KB032865

 26

글쓰는기계 게임 판타지 장편소설

초판 1쇄 찍은 날 | 2020년 11월 13일
초판 1쇄 펴낸 날 | 2020년 11월 20일

지은이 | 글쓰는기계
펴낸이 | 예경원

기획 | 위시북스
편집책임 | 이은송
편집 | 위시북스

펴낸곳 | 예원북스
등록번호 | 제396-2012-000132호
등록일자 | 2012. 7. 25
KFN | 제1-573호

주소 | 경기도 고양시 일산동구 호수로 646-24 위너스21II빌딩 206A호 (우)10401
전화 | 031-819-9431 팩스 | 031-817-9432
E-mail | yewonbooks@naver.com

ⓒ글쓰는기계, 2019

ISBN 979-11-365-4512-1 04810
       979-11-6424-237-5 (Set)

Wish Books

나는 될 놈이다

26 글쓰는기계 게임 판타지 장편소설

WISHBOOKS GAME FANTASY STORY

CONTENTS

CHAPTER 1

"이 배 어디로 가는 거지?"

"글쎄. 프로즈란드 아니냐는 소문이 있던데."

덩글랜드 왕국의 플레이어들은 대부분 유럽권 플레이어들이었다. 오스턴 왕국에 중국 쪽 플레이어들이 모이고, 태현 덕분에 아탈리 왕국에 한국 쪽 플레이어들이 많이 모이는 편이라면…… 에랑스 왕국이나 에스파 왕국은 나름 균형 잡힌 편이었다. 잘츠 왕국도 균형 잡힌 편에 들어가긴 했다. 워낙 플레이어 숫자가 적어서 그렇지.

그래서 그런지 덩글랜드 왕국 플레이어들은 대부분 대륙의 영지전에 관심을 가지지 않고 있었다.

영주니 뭐니 니들끼리 싸우고 싶으면 싸워라! 우리는 우리 알아서 논다!

영주 자리는 얻는 순간 어마어마한 권한이 들어오지만, 꼭 영주 자리가 있어야만 판온에서 잘나갈 수 있는 건 아니었다. 그냥 자기 레벨을 꾸준히 올리고, 스킬을 키우고, 장비를 맞춰 입는 것만으로도 충분했다. 실제로 지금 판온에서 영주가 아닌 랭커들도 엄청나게 많았다.

오스턴 왕국이나 그 근처에서 플레이하는 거면 길드 동맹의 정책에 따라 행동해야 하니 영향을 받았지만, 덩글랜드 왕국이면 그런 걸 신경 쓸 필요도 없는 것!

그렇게 계속 레벨 업과 퀘스트만 하던 덩글랜드의 길드들과 랭커들이었다.

"프로즈란드? 거기 한 번 가봤는데 너무 까다롭던데."

"눈과 얼음밖에 없잖아."

갈락파드가 아키서스의 권능을 찾기 위해 한 번 찾아갔던 곳! 중앙 대륙에서 덩글랜드 왕국보다 훨씬 더 북쪽으로 가야 나오는 추운 땅이었다.

"어…… 저거 잘츠 왕국 항구 아닌가?"

"잘츠 왕국으로 가나? 내릴 곳도 없고, 잘츠 왕국 같은 곳은 좀…… 아. 지나가네."

"……저기 오스턴 왕국 아냐?"

멀리 보이는 항구. 플레이어들은 고개를 갸웃거렸다. 그때가 돼서야 겔렌델이 명령을 내렸다.

"원정대여! 우리는 저 항구를 점령하고 원정을 위한 요새로 만들 것이다."

"어…… 저거 건드려도 되나?"

"길드 동맹 쪽 도시 아냐?"

오스턴 왕국의 상황을 아는 플레이어들은 당황했다. 건드려도 되는지 의문이 들었던 것이다. 길드 동맹과 부딪힐 일은 없었지만, 괜히 문제를 만드는 건 사양이었다.

그때 태현이 재빨리 나섰다.

"와! 신난다! 심지어 오스턴 왕국 원정이라니! 길드 동맹 놈들의 콧대를 꺾어놓을 수 있겠어!"

다른 배에 타고 있던 케인은 그 말을 받아 크게 외쳤다.

"길드 동맹 놈들이 맨날 자기들이 최고라고 하는데 어디 한 번 최고인가 보자고! 그놈들이 오스턴 왕국 다 점령하고 나면 딩글랜드도 점령할 수 있다고 떠드는 게 재수 없었는데!"

곳곳에서 태현에게 미리 명령을 받은 플레이어들이 나서기 시작했다. 미묘하게 자존심을 건드리는 말들!

그렇게 되자 여기서 물러서는 플레이어들은 길드 동맹이 무서워서 물러서는 것처럼 분위기가 흘러갔다. 일반 플레이어들은 몰라도 대형 길드나 랭커들은 그럴 수 없었다.

"제닝스 님! 왜 돌격 안 하세요?! 같이 돌격해요!"

은근히 랭커들까지 끌어들이면서 돌격하자고 하는 일행들! 물귀신 작전이었다. 그러는 사이 겔렌델은 다시 한번 명령했다.

"배를 붙여라!"

뜬금없는 엘프 원정대의 항구도시 습격. 항구도시 벡텔의 영주를 맡고 있던 위안은 이 느닷없는 기습에 기겁했다.

'엘프 공작이 미쳤나?!'

게시판에 엘프 공작이 대함대 끌고 원정 간다는 글을 보고 '흠 대형 퀘스트네' 했었는데, 그 대함대가 여기로 오다니.

"지원 요청하고 플레이어들 불러서 수비를……."

"숫, 숫자가 너무 많이 차이 나는데……."

바다를 가득 메운 배들은 그것만으로 사람을 압도하는 힘이 있었다. 지금 오스턴 왕국의 병력들은 대부분 우르크 지역 쪽이나 에랑스 왕국, 아탈리 왕국 방향으로 배치된 상태. 이런 별 위험 없는 항구도시에 병력이 배치되진 않았다.

"엘프 공작한테 항의 보내! 이게 무슨 짓이냐고!"

위안은 일단 사신 NPC를 보내봤다. 상대는 폭주한 오크 무리가 아닌, 나름 왕국의 공작 아닌가. 오해가 있다면 대화나 교섭으로 해결할 수 있을 것이다!

그러나 돌아온 대답은 간단했다.

-오크들을 치기 위해 길을 빌리러 왔다. 순순히 비키면 다칠 일은 없을 거다.

"……끝?"

"끝, 끝인데요."

"이 귀쟁이 새끼들이 미쳤나?!"

무슨 길 빌려달라고 공격하다니 이런 놈들이 있어?!

-당장 안 물러서면 오스턴 왕국의 이름으로 전쟁이다!

-정당한 오스턴 왕가가 아닌 반역자들의 항의는 받지 않는다. 너희는 오스턴 왕국이 아니다.

'뭐 시×놈들아??!'

대화하면 대화할수록 어이가 가출하게 되는 엘프들!

'엘프 공작이 이런 놈이었나?'

말이 안 통하면 싸워야 했⋯⋯ 지만, 위안은 그럴 생각이 없었다.

"튀자!"

지금 맞서 싸워봤자 남는 건 사망 페널티뿐! 일단은 도망쳐야 했다.

우르르-

벡텔에 있던 플레이어들은 배가 닿기도 전에 도망치기 시작했고, 덕분에 겔렌델은 손쉽게 도시를 점령할 수 있었다.

"자네 말대로 쉽군."

"크헬헬. 다 공작님 덕분 아니겠습니까?"

태현은 사악한 웃음으로 공작을 치켜세워 줬다.

"그러면 바로 오크들의 머리통을 부수러 가볼까?"

"잠, 잠깐만요. 일단 이 주변은 너무 방어가 부실한데 좀 요새를 만드는 게 낫지 않겠습니까? 곧 오크들이 산더미처럼 몰려올 겁니다."

"음. 그래? 바로 오크 머리통을 부수러 가고 싶은데."

겔렌델은 더 이상 못 참겠다는 표정이었다. 태현은 단호하게 말했다.

"저를 믿으십시오. 오크들은 바로 몰려들 겁니다. 아주 흉악한 놈들이거든요."

"그래. 알겠네. 자네 말을 한번 믿어보도록 하지."

태현의 목표는 겔렌델과 엘프 원정대가 여기 아주 오래오래 머무르게 만드는 것이었다.

'길드 동맹이 가만히 있을 리 없겠지. 어떻게든 싸우러 온다.'

물론 이들이 더 치고 올라올 리는 없었다. 애초에 우르크 지역의 오크들을 미끼로 데리고 온 것이었으니까.

그렇지만 길드 동맹은 그 사실을 몰랐다. 이들이 더 올라올까 봐 걱정을 할 것이고, 무엇보다 그냥 도시 하나가 날아갔는데 내버려 두면 체면이 깎였다. 겔렌델을 여기 묶어두려면 일단 여기로 오크들이 아주 많이 쳐들어온다는 걸 보여줘야 했다.

'오크들을 끌고 와야겠군.'

"아니! 이게 누구신가! 우리가 오스턴 왕국에서 열심히 일하는 동안 카라그를 먹튀한 아드님 아니신가!"

김태산은 잔뜩 감정 섞인 말투로 태현을 맞이해 줬다.

태현은 어이가 없다는 듯이 대답했다.

"아버지. 저번 주에 집에서 밥 먹을 때는 아무 말씀 없으시다가 왜 갑자기?"

"인마. 그때는 윤희가 보고 있었잖아!"

당당하게 외치는 김태산! 태현은 김태산의 처세술에 감탄했다. 어쩌면 저렇게 소심하게 당당할 수가!

"카라그 먹튀한 건 어쩔 수 없었습니다."

"뭐? 어쩔 수 없어?? 어쩔 수 없다는 게 언제부터 그럴 때 쓰는 단어가 된 거야?!"

김태산이 펄펄 뛰는 사이 오크 아저씨들이 다가와서 말했다.

"야, 태현아. 괴식 요리를 더 해보려고 하는데……."

"태현아. 저번에 놓고 간 마수들 있잖냐. 게네한테 뭘 잘 먹여야 좋을까?"

"태현아. 저번에 준 언데드 놈들 있잖아. 계속 패고 패니까 이제 좀 말을 듣기 시작하는데 얘네들은 뭘 해야 성장하냐?"

김태산은 무시하고 자기들 원하는 걸 챙기려고 하는 아저씨들!

"모두 안 다물어?"

"길마님 화나셨다. 쉿쉿!"

아저씨들은 입을 다물었다. 그러나 귓속말로는 계속 물어보았다.

-그 괴수가 되게 쓸 만한데 하나 타고 다녀도 괜찮냐?

-저번에 길드 동맹 놈들 영역에 가서 강도질할 때 아이템 좀 챙겨왔는데 이거 더 비싸게 팔 방법 없냐? 그냥 파니까 길드 동맹 놈들이 방해하는 것 같던데.

"너희들 지금 귓속말로 말하고 있지?"

김태산은 예리하게 말했다. 아저씨들은 흠칫 떨었다.

"아, 아닙니다."

"아니긴 뭐가 아냐 이 자식들아! 귓속말로 이야기하고 있었구만!"

"아버지. 이걸 보시면 화가 풀리실 겁니다."

"이…… 이건!"

태현은 〈오크 선조들의 해골 목걸이〉를 꺼냈다.

오크 선조들의 해골 목걸이:

대대로 대족장에게 전해져 내려온, 대족장의 권위를 상징하는 해골 목걸이다.

김태산이 진행하고 있는 전설 직업, 우르크 대족장 퀘스트를 깨기 위해서는 필수적인 아이템!

"역시 네가 먹었구나! 이 자식!"

'사실 그 전부터 갖고 있었는데……'

김태산은 끙 소리를 내며 다시 앉았다.

"뭘 원하는데? 골드냐? 골드지? 골드로 해결 보자."

"에이, 그러면 아버지한테 너무 유리하잖습니까."

"돈으로 준다는 게 뭐가 나한테 유리한 거냐?! 이놈이 돈을 우습게 보네?!"

그 모습에 아저씨들이 수군거렸다.

"태현이가 요즘 잘나간다고 아주……"

"광고에 방송에 대회까지 하면 그게 얼마야? 저러다가 나중에 형님 뺨 때리는 거 아니야?"

"에이, 설마……"

작게 말했지만 김태산의 귀에는 유난히 크게 들려왔다. 김태산은 부들부들 떨었다.

"조건이 뭔데?"

"저기 오스턴 왕국 북쪽 항구도시에 엘프 원정대가 도착했거든요."

"음. 그놈들을 쓸어버리면 되는 거군."

김태산은 고개를 끄덕거렸다. 어렵지만 나쁜 조건은 아니었다. 대족장 되는 퀘스트 중에는 엘프들과 싸우는 것도 있었으니까.

"엘프들과 싸우는 겁니까?"

"오오…… 그런……!"

"싸움이야? 나도 끼어야지!"

옆에 있던 아저씨들도 그 말을 듣고 솔깃해했다.

이제 슬슬 은퇴할 나이에, 집구석에서는 밥만 먹고 할 게 없으니 판온에서는 싸우는 걸 가장 좋아하는 아저씨들!

"아뇨. 싸우면 안 되고 그냥 멀리 나타났다가 사라지시면 되는데요."

대번에 시무룩해지는 아저씨들이었다.

"왜……? 그냥 싸우면 안 돼?"

"길드 동맹 애들이 올 거라서 안 됩니다."

"크윽……."

"잠깐만!"

아저씨 중 한 명이 손을 들고 말했다.

"길드 동맹을 치면 되잖아! 그건 되지 않나?"

"그건……."

태현은 생각해 봤다. 항구 도시를 공격하러 온 길드 동맹을 친다?

"괜찮은데요?"

"와! 길드 동맹을 치면 되겠네!"

"엘프 못 치는 게 아쉽지만 그게 어디야!"

"근데 태현아. 여기서 벡텔 시까지 가려면 이 산맥을 넘어가야 하잖아. 플레이어들끼리 가는 거면 모를까 싸우러 가는 거면 오크 전사들도 잔뜩 데리고 가야 하는데……."

벡텔 시와 우르크 지역 사이에는 높고 가파른 산맥이 자리잡고 있었다. 날아가면 편했지만 저 많은 인원들이 다 날아갈 수는 없었다.

"산맥 넘어가야죠 뭐."

거인들과 오크 전사들을 총동원해서 가파른 산맥을 기어오르는 원정! 태현은 가장 앞에서 앞장섰다.

"저기다. 부숴!"

-알겠다. 알겠다.

우르크 지역에 자리 잡은 거인 부족들은 태현의 명령에 충실히 따랐다. 이렇게 힘을 쓸 때는 엄청난 위력을 발휘하는 그들!

꽝, 꽝, 꽝-

"폭탄 던진다. 비켜!"

거인들의 완력으로 부수고, 그것도 안 되면 폭탄으로 부수고, 그래도 길이 안 부서지면……

"비켜라. 내가 할 테니까."

이런 작업에 특화된, 고대의 망치!

태현은 거기에 〈행운 전환〉까지 썼다.

'다행히 한 번에 힘으로 됐군.'

막대한 행운 스탯이 힘으로 전환되고, 거기에 고대의 망치 대미지까지 들어가면…….

꽈르릉!

천둥 치는 소리보다 몇 배는 더 큰 소리가 울려 퍼졌다.

[거인들이 당신의 힘에 감탄합니다! 믿을 수 없는 업적을 세웠습니다. 힘 스탯이 크게 오릅니다.]

태현 일행은 계속 움직였다. 그러던 도중 몇 명 안 남은 방송계 사람들이 말했다.

"아, 저는 슬슬 출근 준비해야 해서……."

"즐거웠어요! 다음에 또 불······."

탁-

태현은 그들의 손을 붙잡았다.

"여기까지 어떻게 왔는데! 같이 갑시다!"

원래라면 감동적이었을 말이, 태현이 말하니 매우 무섭게 들렸다.

'못 도망친다'로 바뀌어서 들리는 말!

"아, 아니. 준비해야 하는데······."

"연차 내세요!"

"저, 저는 촬영 준비······."

"나중에 하세요!"

인간 폭탄×3을 그냥 보내줄 태현이 아니었다.

어떻게든 붙잡겠다!

"그, 그러면 조금만 더······."

"바로 그겁니다!"

'게임을 저렇게 목숨 걸고 해야 하나??'

세 명은 질린 얼굴로 태현을 쳐다보았다. 이미 충분히 재밌게 놀았으니 그냥 나가고 싶었는데······.

"여러분, 재밌죠?"

"아. 네."

"대답 없으신데 갑자기 로그아웃하려고 하시는 거 아니죠?"

뜨끔!

플레이어 중 한 명이 움찔했다. 사실 그런 생각을 하고 있었던 것이다.

"갑자기 로그아웃하시면 제가 걱정되어 찾아갈 수도 있습니다."

이 자리에 최상윤이 있다면 '저 자식 시동 걸렸네'라고 했을 것이다. 한번 퀘스트 시작하면 같이 시작한 사람을 데리고 끝장을 보려는 저 성격!

"여러분, 즐겁지 않습니까?"

"즐…… 즐거운데요."

"즐거우면 더 웃으면서 하죠."

"하하, 하하하……."

억지로 웃던 PD는 무언가 깨달았다.

-애들아. 왜 이렇게 안 웃냐? 회의는 웃으면서 해야 잘 되는 거야!

'크흑…… 애들아. 미안하다!'

부하 직원들한테 갑자기 미안한 마음을 가지게 된 PD!

"아! 오크 머리통 부수고 싶다!"

겔렌델은 지어지는 요새를 보며 문득 말했다. 주변에 플레이어들이 없어서 다행이었다. 있었다면 겔렌델의 이미지가 확 달라졌을 테니까. 아직도 겔렌델의 이미지는 냉정하고 올곧은 엘프 공작이었다. 신비주의란 게 이렇게 무서웠다.

"정말 오크들이 오는 거 맞…… 앗! 오크들이다! 오크들이야!"

"헉헉. 공작님."

저 멀리 산맥에 오크 전사들이 나타난 것과 동시에, 태현이 헉헉대며 돌아왔다.

"자네 왔군! 저기 오크들이 나타났어! 머리통을 부수러 가세!"

"진정하십시오. 공작님. 저 오크 놈들은 매우 영악하고 비열하고 치사한 놈들이라……."

멀리서 오크들을 이끌고 있던 김태산은 고개를 갸웃거렸다.

"왜 그러십니까, 형님?"

"아니. 갑자기 귀가 간지러워서."

그러는 사이 태현은 공작을 계속 설득했다.

"저기서 함정을 파고 기다리고 있는 게 분명합니다. 먼저 가면 위험해요!"

"상관없다! 함정이 있다 하더라도 오크 놈들의 함정 따위는 내 힘으로 부술 수 있어. 오크 놈들의 머리통을 부수게 해줘! 머리통을 부수고 싶단 말이야!"

쿵! 쿵!

겔렌델은 도끼를 휘둘러 앞에 있던 탁자를 쪼개버렸다. 태현은 그걸 보고 다시 한번 겔렌델이 미친놈이란 걸 느꼈다.

"걱정 마십시오. 공작님께서 함정에 걸리지 않으시면 오크 놈들이 알아서 내려올 겁니다. 그런 놈들이니까요!"

"그래? 자네 말을 한 번 더 믿어보도록 하지. 이제까지 틀린 적이 없었으니까. 자네는 내가 오크 머리통을 더 많이 부수기 위해 신이 보내준 천사 같구만!"

[카르바노그가 기겁합니다.]

"하하. 별말씀을."

그러나 김태산이 이끌고 온 오크들이 내려가기도 전에, 저 멀리서 한 무리의 원정대가 나타났다. 길드 동맹의 원정대였다.

랭커, 야만전사 맥필은 길드원들과 용병들, 영지 병사들을 이끌고 재빨리 벡텔로 올라왔다. 게시판을 보니 엘프 원정대에 참가한 플레이어들은 벡텔을 점령하고 재빨리 요새를 짓고 있다고 들었다.

요새를 지으면 공성하는 데 몇 배는 힘들었다. 다 지어지기 전에 공격해야 했다.

"위안 이놈! 지키지도 못하고 도망이냐! 영주 자리는 뭐로 받았냐! 쑤닝하고 친해서 받았냐!"

쩌렁쩌렁 울리는 목소리.

야만전사 맥필은 직업과 플레이어가 정말 잘 맞는 사람이었다. 덩치 큰 턱석부리에 야만전사라니.

"다시 점령하면 이 도시는 나한테 준다고 들었는데. 그게 사실이겠지?"

"물론입니다."

따라 나온 간부 하나가 고개를 끄덕였다. 애초에 위안이 이 도시를 받은 건 능력보다는 연줄 때문이었다. 지금 길드 동맹은 랭커를 더 챙겨주고 있는 상황. 맥필이 다시 점령한다면 영주 자리를 주지 못할 것도 없었다.

"끌고 나와라."

맥필이 명령하자, 뒤에서 공성 병기 몇 대가 모습을 드러냈다. 거기에 고렙 마법사들까지! 공성 병기는 길드 동맹이 키우는 대장장이들이 만든 아이템이었다. 비싼 돈을 냈지만 그럴 만한 가치가 있었다. 만드는 데 비용이 들고, 탄환도 비용이 들지만 마법사들보다 훨씬 더 안정적인 공격이 가능!

맥필은 야만전사였지만 영지전은 처음이 아니었다. 기본은 잘 알고 있었다. 먼저 압도적인 화력을 퍼부어서 적들을 약하게 만든 다음 붙어서 끝장을 낸다! 정석적인 전략이었다.

쉬이이익-

"?"

쾅!

"커어어억!"

[우르크 지역 특제 화강암에 맞았습니다!]
[막대한 힘이 실린 공격에 맞아 튕겨나갑니다!]
[<야만적인 힘의 건틀렛>이 충격으로 파괴됩······]

"안 돼에에에에!"

맥필은 절규했다. 야만전사는 HP가 높은 탱커 계열의 직업이라 공성 병기에 직격해도 즉사하진 않았다. 그러나 재수 없게도 장비 하나가 대미지로 인해 파괴되어 버렸다.

자기 팔이 날아간 것 같은 슬픔!

"이…… 이 자식들이 감히……!"

맥필은 분노했다. 저쪽에서 먼저 쏠 줄이야!

"너희도 쏴라!"

"앗, 네!"

맥필 쪽 대장장이들도 맞서서 발사하기 시작했다. 그러나 얼마 지나지 않아 압도적인 차이가 나기 시작했다.

그 차이에 맥필은 경악했다.

"뭐…… 뭐냐! 이런 말도 안 되는!"

발사되는 속도도, 명중률도 차이가 났다. 계속 맞붙자 맥필쪽 공성 병기들은 하나둘씩 박살 나기 시작했다.

"안 되겠다. 돌격 준비!"

"돌격 준비!"

이대로 맞사격만 해봤자 달라질 게 없다는 걸 깨달은 맥필은 명령을 내렸다. 맥필을 필두로 한 길드 동맹의 고렙 플레이어들은 무시무시한 기세를 뿜어냈다.

[<야만의 돌격> 스킬을 사용했습니다.]

[<전사의 대지> 스킬을……]

[<핏줄의 가호> 스킬을……]

"와, 미친. 저거 맥필 아냐?"

"어디? 어디?"

반쯤 지어진 요새 벽 위에서 구경하고 있던 플레이어들도 와서 놀랄 정도! 맥필은 꽤 유명한 랭커였기에 당연한 일이었다.

슬금슬금-

플레이어들이 뒤로 조금씩 물러서는 게 보였다.

이런 싸움에서 가장 위험한 건, 가장 앞에 있는 사람!

물론 공적치 포인트는 훨씬 더 많이 쌓이겠지만 지금 그걸 챙기겠다고 앞에 서 있을 사람은 없었다.

"유지수. 케인. 너희 둘이 나서야겠다."

유지수는 배에 같이 데리고 온 타이럼 사냥꾼들을 앞에 세우고 고개를 끄덕였다. 당장에라도 쏠 것 같은 기세!

케인은 고개를 갸웃거렸다.

"난 왜?"

"저놈 막아."

같은 탱커긴 했지만, 케인은 맥필을 보자 갑자기 자신감이 사라졌다.

"아, 아니. 나랑 덩치 차이가 너무 나잖아."

"그건 현실 이야기고 판온에서는 별로 차이 안 나잖아."

"그렇긴 한데……."

"멋진 모습 안 보여줄 거야?"

"지금 간다!"

"쯔쯔……."

태현은 고개를 절레절레 흔들었다. 정수혁이 그걸 보며 안타깝게 말했다.

"케인 씨가 너무 안타깝습니다."

"냅둬라. 자기 행복한데. 여러분! 이제 슬슬 출근 준비하셔야 하죠?"

태현은 세 명을 쳐다보며 물었다. 집에 가겠다고 하는 그들을 붙잡은 보람이 있었다.

"네! 가도 되나요?!"

"하하. 마지막으로 정말 정말 재밌는 거 한번 하고 가셔야죠."

"저, 저는 이미 충분히 재밌어서 만족했는데요."

이건 진심이었다. 이제 재밌는 건 충분해! 그냥 로그아웃하게 해줘!

태현이 재밌다고 말하는 게 기대되기보다는 슬슬 무섭기 시작했다. 이러다가 영원히 못 나가는 거 아닐까?

그러나 아직 정신 못 차린 한 사람이 솔깃한 목소리로 물었다.

"그게 뭔데요?"

"야!"

"그걸 물어보면 어떡해!"

"아, 아니. 궁금하잖아! 이게 아무 때나 올 수 있는 기회도 아니고."

아직 정신이 덜 든 한 사람!

다른 둘은 매섭게 그를 노려보았다.

"이번에는 무려 랭커와 싸우는 기회를 제공해 드립니다."

"랭……."

"……커??"

셋은 당황해서 서로 쳐다보았다.

우리들이 랭커와 싸울 수준이 되나?

"무리죠? 우리가 어떻게……."

"랭커도 별거 아닙니다. 두들겨 맞다 보면 로그아웃이에요. 랭커 하나 잡으면 몇 주일은 계속 자랑할 수 있지 않겠어요?"

순간 셋 앞에 미래가 보였다.

-그러니까 말이야, 내가 거기서 딱 치니까 랭커가 쓰러지더라고. 랭커 별거 아니라니까?

-와! 부장님 대단해요!

-흠흠. 내가 좀 대단하지.

친구, 가족, 부하 직원들한테 계속 자랑할 만한 건수!

또 이런 기회가 언제 오겠는가?

"할게요!"

"하고 싶습니다!"

방금까지 태현한테 붙잡혀서 로그아웃하지도 못했던 건 잊어버리고 새로이 의욕을 불태우는 사람들!

태현은 흐뭇하게 고개를 끄덕였다. 이런 케인 같은 사람들

같으니라고!

쾅!

날아오는 공성 병기는 피하고, 화살들은 스킬들로 막아내고, 맥필과 고렙 플레이어들은 바로 요새 벽에 붙었다. 쾅! 소리와 함께 그들은 반쯤 만들어진 벽을 때려 부수고 뛰어넘었다.

파파파파팍!

"크하하하! 어딜!"

맥필은 호쾌하게 웃으며 튕겨냈다. 이럴 때마다 야만전사 직업을 잘 골랐다는 생각이 들었다. 자잘한 원거리 공격 따위는 그냥 무시하고 쭉쭉 들어갈 수 있는 강력함!

그 순간 눈과 갑옷 사이의 빈틈들을 노리고 화살들이 날아왔다. 이제까지보다 몇 배는 빠르고 날카로웠다.

-함성 방패!

맥필은 고함을 질러 화살들을 막아냈다. 저건 몸으로 맞으면 위험할 것 같았다. 유지수와 타이럼 사냥꾼들이 쏜 화살들!

유지수는 혀를 찼다. 멋있는 모습을 보여줄 기회였는데 맥필이 막아낸 것이다.

"감히 날 쏴! 죽여 버린다!"

"내가 할 소리거든?! 그냥 맞기나 해!"

"맞아, 맞아!"

타이럼 사냥꾼들도 유지수의 말에 호응했다. 원시적인 말로 남 도발하는 데에는 이골이 난 그들!

"아주 야만적인 놈이구나! 가죽 냄새가 여기까지 난다!"

"네가 사는 곳에는 변변찮은 목욕탕 하나 없는 모양이구나!"

"네 마을 주변에는 토끼밖에 없나 보다!"

유지수는 고개를 갸웃거렸다. 타이럼 사냥꾼들이 욕하면서 말하는 게 어디서 많이 들어본 곳이었던 것이다.

그러나 맥필한테는 꽤 효과적이었다.

"이 궁수 새끼들이!"

그 순간 케인이 나타나서 맥필에게 덤벼들었다.

카카캉!

맥필은 케인과 공격을 몇 번 교환하자마자 깨달았다. 상대는 결코 만만한 저렙 플레이어가 아니었다.

"넌 누구냐!? 너 같은 플레이어가 이름이 없을 리가 없을 텐데."

"……."

"누구냐니까!"

"아, 시끄러워!"

케인은 짜증 내며 무기를 휘둘렀다. 안 그래도 어려운데 태현이 까다로운 명령을 내린 것이다. 가능하면 정체는 숨기자.

'아오, 그걸 말이라고.'

평범한 스킬들만 써서 버티라는 것 아닌가.

캉, 캉, 캉-

탱커 계열 직업들의 싸움은 화려하기보다는 묵직했다. 그렇다고 보는 맛이 없는 건 아니었다. 사람에 따라서는 오히려 더 박진감 넘치는 싸움인 것!

맥필도 흥이 올라서 무기를 연신 휘둘렀다.

"어디 한번 계속 싸워보자!"

그러나 맥필이 원하는 상황은 벌어지지 않았다. 태현이 한 명씩 사람을 보낸 것이다.

"맥필! 덤벼라!"

"넌 뭔…… 어디서 별……."

맥필은 어이가 없었다. 랭커도 아닌 것처럼 보이는데 뭘 믿고 덤비는 거야? 그러는 사이 케인은 슬금슬금 뒤로 물러섰다. 맥필은 눈치채지 못했다.

"한 방에 쪼개주마!"

콰아아아아아앙!

"커허어어억!"

괴성을 질렀다. 갑자기 상대 중심으로 폭발이 일어난 것이다. 맥필은 처음에 마법에 당한 줄 알았다.

'마법사가 어디 있나?!'

"맥필, 다음은 나다!"

한 번 당하니 정신이 없었다. 맥필은 본능적으로 막으러 들었다. 그러나 아무 의미가 없었다. 그냥 앞에 와서 폭발하는데 막는 게 무슨 의미가 있겠는가!

콰콰콰쾅!

"크아아악……!"

"맥필은 내가 잡는다!"

세 번째!

'잡았나? 아니, 저 자식 안 죽었네?'

태현은 감탄했다. 폭탄 세 방을 직격했는데 아무리 랭커라도 버티다니.

'특별한 스킬이 있는 모양이군.'

태현에게 부활 스킬이 있듯이, 다른 사람들에게도 있을 수 있었다. 보아하니 맥필은 거의 너덜너덜해진 상태로 간신히 버티고 서 있었다. 움직이지도 못하는 게 스킬 페널티 같았다.

"도, 도와줘!"

맥필의 비명에 다른 길드원들이 기겁해서 달려왔다. 〈야만족의 근성〉이라는 스킬이 없었다면 즉사였다. 이 스킬 덕분에 간신히 목숨을 건질 수 있었던 것이다.

태현은 목청을 가다듬었다. 최고급 화술 스킬과 최고급 전술 스킬의 화려한 조합을 보여줄 시간이었다.

"아, 아, 아! 저기 맥필이 도망친다! 저기 맥필을 잡아라! 잡으면 대박이다!"

넓고 넓은 전장 전체에 쏙쏙 들어오는 목소리! 거기에 최고급 전술 스킬로 인해 수비 플레이어 전원에게 버프가 들어갔다.

[<폭군의 지휘> 버프를 받습니다!]

[이동 속도가……]

그러자 뒤에서 숨어 있던 플레이어들도 상황을 깨닫고 재빨리 튀어나왔다.

"잡아라!!"

"저놈 잡아라!"

맥필은 간신히 요새 밖으로 도망쳤다. 같이 온 길드원들이 필사적으로 막아서였다.

"맥필 님. 어쩌다가?!"

"시끄러워…… 스킬 페널티 끝나려면 좀 걸린다. 버티고 있어봐."

"적 엘프들이 나옵니다!"

맥필의 공세가 실패로 돌아가자, 안쪽에서 하얀 말들을 탄엘프 기사들이 나타났다.

맥필과 다른 플레이어들이 당황한 것처럼, 태현도 당황했다.

"아니, 공작님?!"

"왜 그러나?"

"왜 나오신 겁니까? 적들이 알아서 공격하다가 무너지고 있는데……."

"방금 공격하다가 도망치지 않았나? 이제 오크를 사냥해도 되겠지! 자! 오크 머리통을 부수러 가자!"

미친놈은 가끔 태현의 예상마저 벗어나기 때문에 미친놈이
었다.

태현은 갈등했다. 지금 겔렌델이 산을 올라 오크들을 치면
맥필과 길드원들이 뒤를 칠 텐데…….

'버틸 수 있나?'

그러나 태현이 고민할 필요가 없었다. 엘프 기사들이 등장
하자 길드 동맹이 먼저 다시 돌격한 것이다.

"기사들 돌격하면 버프 붙어서 큰일 난다! 붙어서 돌격 못
하게 해!"

어떻게든 붙어서 난전으로 끌고 가려는 길드 동맹 원정대!

공성 병기도 피하고, 기사들 돌격도 막으려는 속셈이었다.
요새에 붙어서 싸우면 그런 건 피할 수 있었으니까.

물론 겔렌델 입장에서는 어이가 없을 뿐이다.

"이런 벌레 같은 놈들이! 비켜라! 오크 머리통 따러 가야 한다!"

"오크 머리통? 헉. 우리 길드원 중에 누가 오크더라?"

"위안 님이 오크였지."

"도망쳤는데도 쫓아가서 머리통을 따겠다고? 저 엘프 공작
은 대체 우리한테 왜 원한을 가진 거야?!"

알아서 오해해 주는 길드 동맹!

겔렌델은 닥치는 대로 무기를 휘둘러 길드원들을 쳐냈다.
본인의 레벨도 높으니 길드원들은 쩔쩔거리며 물러서는 게 고
작이었다. 길드원들은 차라리 나왔다. 길드원들이 데리고 온

왕국 병사들의 상태가 더 안 좋았다.

[왕국 병사들의 사기들이 내려갑니다.]
[왕국 병사들의 사기가⋯⋯.]

난전을 벌일수록 내려가는 사기! NPC들은 플레이어들과 달리 사기가 일정 수치 이하로 내려가면 탈주를 시작했다.

[왕국 병사 4 백인대가 무너집니다!]

그리고 위에서 김태산은 그걸 아주 흥미진진하게 관찰하고 있었다. 태현이 가르쳐 준 방식으로 오스턴 왕국을 돌아다니며 강도짓을 했던 그들!

"지금이다! 뒤를 치자!"

"와아아아아아아!"

오크들은 고함을 지르며 산에서 뛰쳐 내려오기 시작했다. 늑대들을 탄 오크 전사들이 가장 먼저 있었고, 그 뒤에는 사디크의 마수를 탄 오크들도 몇몇 있었다.

길드원들은 '너희가 왜 그걸 타고 나와?'라고 물을 정신도 없었다. 그 뒤에서 더 충격적인 놈들이 나왔던 것이다.

거인족들이 집채만 한 바윗덩이들을 집어 던지기 시작했다.

"비켜! 비키란 말이야!"

겔렌델은 눈을 붉히며 날뛰었다. 물론 그런다고 길드 동맹이 비킬 수 있는 건 아니었다. 뒤에 오크들이 날뛰는데 어디로 비킨단 말인가!

신나게 뒤를 두들겨 패던 오크들은 때가 되자 재빨리 철수하기 시작했다. 간신히 길드원들을 치우고 길을 만든 겔렌델은 분노했다.

"이 비겁한 오크 놈들아! 이리 와서 내 칼을 받지 못할까!"

"싸우자는데요? 싸울까요?"

"참자. 아직 싸우지 말아달란다."

"형님은 맨날 그렇게 말해도 태현이 말에는 꼭……."

"너 죽을래?"

"아무것도 아닙니다."

길드 동맹이 후퇴하자, 그사이 엘프 측 플레이어들은 일차로 요새를 완성시켰다. 예전에 오스턴 왕국에 수많은 클랜이 각자 요새나 마을 하나씩 잡고 영지전을 펼칠 때가 있었다. 결국 최종 승자는 압도적인 숫자의 길드 동맹이었지만…….

이렇게 다시 새롭게 경쟁자가 나타난 것이다.

"계속 싸울 수 있으려나?"

"겔렌델이 지원을 해주면 될 거 같기도 한데……."

"뭐, 하다 막히면 돌아가면 되겠지?"

예전과 이번은 사정이 달랐다. 엘프 측 플레이어들은 하나의 길드 소속도 아니었고, 젤렌델이 내주는 퀘스트 때문에 참가한 게 대부분이었다.

영지를 꼭 목숨 지켜서 붙어 있을 이유도 없는 데다가, 퀘스트 보상이 적거나 하기 어려웠지만 떠나면 그만! 게다가 젤렌델은 길드 동맹이 아닌 바로 우르크로 쳐들어가고 싶어 했다. 이런 이들을 조율해서 어떻게든 길드 동맹과 싸우게 만들어야 한다!

태현은 필사적으로 계획을 짜냈다.

[카르바노그가 역시 행운의 신이 아니라 음모와 모략의 신이라고……]

카르바노그는 무시하고, 태현은 일단 일차적으로 플레이어들을 움직이게 만들기로 했다.

"여러분. 주변에 산적질하러 가지 않으시겠습니까?"

"응?"

"여기만 있지 말고, 나가서 산적질로 아이템도 좀 챙기고 하자구요."

"어…… 그러면 악명 높아지지 않나?"

이게 바로 정상적인 플레이어들의 반응!

보통 악명 수치가 높아지는 걸 꺼리는 게 당연했다. 악명이 높아지면 여러모로 플레이가 불편해졌으니까.

"그 정도는 괜찮아요. 그 정도 높아진 거 가지고는 아무 지장도 없다니까요."

"현상금도 걸릴 테고……."

"어차피 오스틴 왕국 현상금이잖아요. 올 일 없지 않습니까?"

될 때까지 설득하는 악마의 목소리!

플레이어들은 하나둘씩 솔깃해하기 시작했다.

"들어보니 여기 마을은 벽도 없어서 들어가기 쉽습니다. 그냥 가서 챙기고 오면 됩니다."

"여기는 들어보니 길드 동맹이 옮기는 수레가 지나가는 곳인데 파티 두셋이 힘을 합치면 그냥 털어먹을 수 있대요."

"근데 그쪽은 뭐 하는 사람인데 이렇게 잘 알…… 사라졌네?!"

할 말만 하고 사라지는 태현! 태현은 그렇게 고렙 파티들을 찾아가서 산적의 씨앗을 뿌렸다.

너도 산적질해라! 엄청 재밌다!

김태산과 아저씨들한테만 전파한 게 아닌 선량한 일반 플레이어들도 산적질에 끌어들이는 태현이었다.

유행이란 어떻게 생기는가? 바로 대답하기는 어려운 문제였다. 숙련된 파워 워리어 길드원들도 '으음 그건 좀 어렵군요' 하며 고민하게 만드는 질문!

그래도 유행에 몇 가지 필수적으로 있어야 하는 거라면, 유행을 먼저 일으키는 사람과 그 유행을 따라가는 사람들. 마지막으로 그 유행 자체의 재미였다. 그리고 이 해안가 근처에는 이 모든 요소가 갖춰져 있었다.

'음음. 그거 하러 가지 않을래?'

'그래. 그거 하러 가자.'

처음에는 알음알음 한두 파티 정도 몰래 하던 플레이어들이…….

'너…… 혹시 산적질 해봤냐?'

'헉. 너도?!'

점점 대담해지더니…….

'처음 뵙겠습니다. 혹시 산적질하러 가지 않으실래요?'

'안 될 거 없죠. 좋아요!'

이제는 대놓고!

한번 유행이 불자, 벡텔 시 플레이어들은 아주 대놓고 삼삼오오 모여서 주변으로 산적질을 하러 가고 있었다.

"길드 동맹 놈들이 잡으려고 눈에 불을 켜고 있다는데?"

"에이. 이렇게 인원이 많은데 어떻게 잡아?"

혼자 하면 무섭지만 같이 하면 무섭지 않아! 하도 많은 사람이 같이 하니 겁을 내는 사람들도 별로 없었다.

길드가 척살령을 내리는 것도 한둘이지 이 인원을 어떻게 다 내리겠냐! 게다가 지금 길드 동맹은 즉위식을 올리고 수도 근처부터 정리하고 있어서 이 북쪽의 해안가까지 신경을 쓸 정신이 없었다.

긴 내전으로 인해 피폐해진 상황. 거기에 남부 쪽은 김태산 길드가 역병 지대로 만들어 버리고 서부 에랑스 왕국 국경 쪽은 사디크의 화신이 나타나서 개박살을 내버렸다.

어디부터 건드려야 할지 알 수 없는 총체적 난국! 정말 길드 동맹이 덩치가 크고 막대한 자금력을 가지고 있어서 아직 버티고 있는 것이었지, 다른 길드였다면 왕국을 포기했을지도 몰랐다. 그만큼 현재 오스턴 왕국은 독이 든 성배였다.

군사력을 제외한 나머지 영지 스탯들이 거의 바닥! 치안이 개판이니, 구 왕가를 따르는 반군들부터 시작해서 온갖 NPC들이 나타나 맞불을 놓았다. 이런 상황에서는 길드 동맹의 능력으로도 한 가지씩 해결할 수밖에 없었다.

-일단 수도 근처부터 정리에 들어간다. 수도 근처 퀘스트들부터 집중해서 깨서 스탯을 회복시키고 그다음 영지를 정리해. 북쪽에 엘프들이 왔다고? 랭커들을 보내서 처리하라고 해. 그 정도면 충분하겠지.

물론 그 덕분에 플레이어들은 신나게 흩어져서 산적질을 해 댔다. 심지어 게시판에는 이런 글도 올라올 정도였다.

[님아어리워워파: 현재 산적질하기 가장 좋은 장소는 어디인지 정리해 봤습니다.]

산적 플레이어분들. 요즘 먹고 살기 힘드시죠? 악명 조금만 높여도 병사들과 용병이 쫓아오고, 같은 플레이어들은 공적치 포인트랑 현상금 좀 타겠다고 우릴 쫓아오고. 산적질 하기 보통 힘든 게 아닙니다.

하지만 이럴 때일수록 서로 도와주고 정보를 공유해야 합니다. 여러분. 이 불경기에 힘을 냅시다.

지금 제가 추천하고 싶은 곳은 오스턴 왕국입니다. 왜 오스턴 왕국이냐고요? 다른 왕국보다 훨씬 더 처벌이 엄하지 않냐고요?

여러분. 그게 허점입니다. 거기에 속으면 안 돼요. 길드 동맹이 산적질하다 걸리면 척살령을 내린다고 했지만 이게 얼마나 가능하겠습니까? 요즘 게네들 엄청 바쁩니다.

게다가 오스턴 왕국은 치안이 낮아서 다른 곳보다 산적질하기 훨씬 쉬워요. 처벌에 속으면 안 됩니다, 여러분. 안 걸리면 그만이에요! 지금 다들 꺼리고 있을 때가 기회입니다. 경쟁자 많아지면 먹을 거 줄어드는 거 아시죠? 빨리 와서 한탕 하고 튀세요!

오스턴 왕국이 현재 맛집이라고 광고하는 글!

거기에 헛소문까지 돌기 시작했다.

[님아현태김: 길드 동맹에서 국왕을 위한 검을 만들어서 옮기고 있다는데……]

지금 오스턴 왕국에서 국왕을 위한 검을 만들어서 옮기고 있다네요. 그거 먹으면 대박 아닌가요? 호고곡. 이거 괜히 말했나? 혼자만 알고 있을 걸…….

오스턴 왕국 어딘가에 숨겨놓은 보물이 움직이고 있다! 지금 산적질을 하고 있는 플레이어들도, 할까 말까 망설이고 있는 플레이어들도, 다른 곳에 있는 산적 플레이어들도 움직이게 만드는 소문이었다.

"아직도 일을 하고 있나?"

"예! 오크들을 쓰러뜨리기 위해 공성 병기를 더 만들어야 하지 않겠습니까?"

[겔렌델의 엘프 기사단 내 평판이 크게 오릅니다. 거짓말이 들킬 경우 기사단 내 평판이 크게 하락합니다. 다른 문제가 생길 수 있습니다.]

물론 태현은 공성 병기를 만들고 있는 게 아니었다. 공성 병기 하나 만들어놓고 엘프들 재료를 빌려서 자기 만들고 싶은 걸 만드는 중!

[겔렌델의 허가를 받아 엘프 원정대의 창고를 이용할 수 있습니다. 거짓말이 들킬 경우……]

태현은 오랜만에 본격적인 대장장이 기술을 펼치고 있었다. 현재 만드는 아이템은 크게 세 가지.

일단 카르바노그의 단검과 악마의 영혼이 갇혀 있는 사슬갑옷, 둘 다 파워 워리어 길드원들에게 들려줄 비장의 무기였다.

'잘 먹힐지 모르겠네.'

솔직히 만드는 태현도 이 두 장비가 얼마나 효과적일지 정확히 감이 오지 않았다. 일단 재료가 남의 재료고, 만들면 대장장이 기술 스킬도 오르니까 하는 것!

'검에 폭탄을 쓰면 꽤 대미지를 줄 수 있을 것 같은데…… 랭커들은 귀찮은 수단 많이 갖고 있으니.'

온갖 권능 스킬들을 모은 태현이 할 소리는 아니었지만, 확실히 랭커는 괜히 랭커가 아니었다. 보통 비장의 수단 한두 개 정도는 갖고 있어도 놀랍지 않은 것이다.

땅, 땅, 땅-

태현은 빠르게 망치를 휘둘렀다. 〈악마의 영혼이 갇혀 있는 사슬갑옷〉은 그런 스탯인 주제에 재료도 많이 따지는 편이었다. 여기 있을 때 최대한 많이 만들어야지!

[엘프 원정대의 창고를 함부로 사용했습니다. 들킬 경우……]

'좋아. 100개 맞췄군. 그러면 이제 〈아키서스의 선물〉을 써 볼까.'

마지막으로 만들고 있는 아이템은 〈아키서스의 선물〉을 사용한 장비!

〈아키서스의 선물〉

아키서스의 사악한 의도가 담긴 선물을 제작할 수 있습니다. 이 선물의 숨겨진 스탯은 아키서스의 화신만이 볼 수 있습니다.

결과물의 속성은 랜덤입니다.

'이걸 만들어서 길드 동맹한테 주고 싶은데……'

태현은 고민했다. 아키서스의 선물을 써서 만드는 것까지는 좋았다. 그렇지만 이걸 어떻게 착용시킨다?

그냥 일반 길드원이 착용해서는 가성비가 안 맞았다. 최소한 간부 이상, 랭커가 착용을 해야 했다.

문제는 어떻게 랭커가 착용하게 만드느냐!

랭커 정도 되면 보통 화려한 장비 세트를 갖고 있었고 이유가 없으면 잘 바꾸지 않았다.

'그냥 만들어서 뿌리면 이걸 주운 길드원 놈이 냉큼 착용할 거고……'

뭔가 확실하게 전달될 만한 수단이 필요했다.

-남작 앨콧이다.

……어쩌라고?

-아, 아니. 그냥 그렇다고.

앨콧은 움츠러들었다. 그냥 남작 작위를 받은 걸 자랑하고 싶었던 것이다. 원래 다른 사람한테라면 자랑하지 않았을 것이다.

-다 알고 있을 텐데 뭐 하러 자랑하나! 조용히 하고 있는 게 더 품위 있어 보이지!

그렇지만 상대는 태현! 앨콧은 그냥…… 자랑하고 싶었던 것이다. 내가 이 정도 되는 놈이라고!

-앨콧. 부탁할 게 있다.
-내 영지에서 뭐 필요한 거 있나?

아주 미묘하게 거만해진 앨콧의 목소리!

-교단 건물을 설치하고 싶다면…… 흠흠. 못 해줄 것도 없지.
-아니. 별생각 없는데.
-부탁하기만 하면…….
-아니. 별생각 없다고. 지금도 충분한데 남작령 정도에 설치할 필요는…….
-……부탁하면 해준다고!!
-왜 성질이냐?
-아, 아니. 성질이 아니라. 그냥 그렇다는 거지. 네가 뭔가 놓치고 있다 이 말이야.
-뭐 어쨌든 알겠고. 왜 불렀냐면…….

태현은 깔끔하게 무시하고 넘어갔다. 작위로 따지면 국왕 자리를 갖고 있는 태현이 앨콧을 부러워할 리 없었다.
너는 남작이냐? 나는 왕이다!

앨콧도 그걸 깨닫고 시무룩해졌다.

-내가 이런 저주 장비를 만들어서 너희 길드 내의 고렙 이상에게 뿌릴 생각인데 협조해라.

-뭐, 뭐? 지금 나보고 길드원들을 배신하는 짓을 하라는 거냐? 아무리 나한테는 해가 없더라도?

-응.

-어쩔 수 없지. 알겠다.

빠르게 납득하는 앨콧!

'어차피 내가 당하는 거 아니니까!'

생각해 보면 다른 경쟁자들이 엿 먹는 건 더 좋을 수도 있었다. 안 그래도 지금 앨콧이 길드 동맹 내 이름값이 더 높아지고 있었던 것이다.

유일한 에랑스 왕국 작위 보유자!

-그렇지만 설마 그냥 내가 뿌리라는 건 아니겠지?

앨콧은 걱정되는 목소리로 물었다. 다른 건 몰라도 자기 피해 입는 건 안 된다!

-걱정 마라. 다 생각해 놓은 방법이 있으니까 너한테 피해는 안 갈 거다.

태현이 생각한 계획은 다음과 같았다. 앨콧이 잘 아는 플레이어가 던전 하나를 공략했는데, 아니?! 나온 보상 아이템 중 뭔가 비범해 보이는 아이템이 있잖아! 앨콧 님한테 바쳐야겠어!

……같은 식으로 너한테 흘러온 걸, 네가 친절하게 길드 동맹에게 보고해 준 거지.

앨콧은 듣고서 생각한 다음 고개를 끄덕였다. 이 정도면 괜찮을 것 같았다.

-근데 나하고 아는 사이면 누구? 안 짜놓으면 나중에 위험할 텐데.
-이미 너도 알고 길드 동맹도 아는 사람이 있잖냐.
-……?
-덩샤오핑이란 가명을 쓸 때가 왔군.

케인과 같이 마오쩌둥과 덩샤오핑이란 가명을 지은 덕분에, 길드 동맹한테 길드 가입 제안까지 받았던 둘!
그 이름은 아직도 쓸모가 있을 것이다.
'이렇게 쓰게 될 줄은 몰랐는데 말이지.'

-잠깐 보고할 게 있는데.

-뭡니까, 앨콧 님?

-아는 플레이어가 던전을 공략했는데, 아키서스 관련 장비가 나와서 말이야. 너희들도 알아야 할 것 같아서 말했다.

-!!

간부는 깜짝 놀랐다. 아키서스라면 그 김태현과 관련된 교단의 신! 그 아키서스의 장비라면 절대 그냥 넘길 수 없는 장비가 아니었다.

-자세히 말해주십시오!

-이게 나온 장비들인데…….

-아, 아니. 나온 장비들 전부 말씀해 주실 필요는 없고. 아키서스 관련 장비만 말씀해 주십시오.

-〈아키서스의 휘황찬란한 마법 팔찌〉, 〈아키서스의……〉.

듣기만 해도 가슴 두근거리는 단어! 간부는 침을 꿀꺽 삼켰다. 이건 대박이라는 걸 바로 알 수 있었다.

-어, 어느 분이 그런 걸? 얼마에 파신다고 합니까?

-아. 파는 게 아니라 그냥 바친다는데.

-예?? 뭐라고요? 말도 안 됩니다! 그게 무슨…….

-나하고 친하거든. 우리 길드도 좋게 보고. 자기보다는 내가 더 잘 쓸 수 있을 것 같아서 주는 거라는데?

-대체 어느 분이시길래?

-말해줘도 넌 모를걸? 그, 덩샤오핑이란 플레이어인데……

-아! 그분! 압니다. 전에 이름 들었어요.

-!?

앨콧은 기겁했다. 아니 뭔 잠깐 댄 이름이 이렇게까지 알려져 있어?

-그 마오쩌둥이란 분과 같이 다니던 분 아니십니까? 이야. 그때도 그랬는데 그분 정말 마음에 드는군요. 저희 길드에 가입하라고 권해보시죠.

-그랬는데 길드에는 가입하고 싶지 않다고 하더라고.

-저런. 길드 생활을 안 좋아하시다니. 어쩔 수 없지요.

간부의 목소리는 상냥하게 바뀌어 있었다. 원래라면 '지가 뭔데 우리 길드 제안을 거절해?'라는 반응이 나왔겠지만, 워낙 이미지가 좋아서 반대의 반응이 나왔다.

그래! 너 정도라면 이해해 줄 수 있지!

-언제든지 저희 길드의 문은 열려 있다고 전해주십시오.

-그…… 그래.

'김태현이라면 다른 뜻으로 이해할 거 같은데……'

길드 동맹의 문은 열려 있으니 와서 털어달라는 뜻인가?

앨콧은 속으로 그렇게 생각했다.

-어쨌든…… 내가 착용하기에는 원하는 옵션도 다르고, 지금 착용하고 있는 장비도 있고 해서 그냥 보고했다. 나 말고 다른 사람이 쓰는 게 나을 것 같군.

간부는 감동했다. 자리가 사람을 만든다고, 그 이기적인 앨콧이 작위를 얻더니 사람이 바뀐 것이다.

'앨콧……! 내가 널 오해했다. 중국인이 아니라고 널 믿지 않았었는데……!'

랭커니까 그나마 대접을 받았던 거지, 기본적으로 쑤닝과 그의 측근들은 외국인들을 잘 믿어주지 않았다.

겉으로는 챙겨주는 척해도 속으로는 따돌리는 태도!

길드 동맹 소속 랭커들이 그걸 모를 리 없었다. 그걸 알았기에 대부분 다 자기 이득을 우선시했다. 안 그래도 이기적으로 플레이하는 랭커들에게 이유를 준 셈!

어차피 서로 이용하는데 내가 뭐 하러 길드에 헌신하나?

랭커들 사이에서는 이런 태도가 보통이었는데…….

그 앨콧이 달라진 것이다. 그 개인적이고 싸가지 없고 성격 더럽고 오만하고 재수 없고 길드 내에서 온갖 악플이 달리던…….

-너 왜 아무 말이 없냐?

-네, 네!? 감, 감동하고 있었습니다.

간부는 흠칫하며 대답했다. 속으로 욕하던 게 들킨 건 아니겠지?

'앞으로 위에 보고해서 앨콧을 더 지원해야겠어.'

길드 동맹의 정책은 당근과 채찍. 앨콧처럼 잘 따라주는 랭커는 당근을 줘야 할 필요가 있었다. 다른 랭커들에게 '봐라. 우리에게 충성하면 이렇게 보답이 온다'라고 보여줘야 하지 않겠는가!

-앨콧 님. 제가 앨콧 님을 오해하고 있었던 것 같습니다.

'들켰나!?'

앨콧은 순간 당황했다.

-앨콧 님만큼 길드를 신경 쓰고 있으신 분은 없는데!
-그…… 그렇지.
-앞으로 앨콧 님을 음해하는 놈이 나오면 제가 꼭 오늘 일을 말해주겠습니다.
-아, 아니. 꼭 그럴 필요는 없지만.
-아닙니다! 꼭 말해주겠습니다!

'이 자식 뭐 잘못 먹었나?'

앨콧은 찜찜해졌다. 간부 놈이 이상하게 친절하게 굴었던 것이다. 원래 이러던 놈이 아닌데! 게다가 지금 사정을 아는 앨콧의 입장 상, 이렇게 말해주겠다는 게 별로 좋게 들리진 않았다. 그냥 잊어주면 안 되냐?

"그런데 태현 님."

"응?"

"이게 그렇게 크게 효과가 있을까요?"

"글쎄…… 사실 나도 대장장이 기술 스킬, 신성 스탯 오르니까 하는 거지. 원래 이런 건 크게 기대를 하고 하면 안 돼."

태현은 이다비의 질문에 대답하며 손을 움직였다.

"판온 1 때도 그랬지만 이런 밑 작업은 열 개 해서 하나 정도 효과를 보거든. 그 정도면 충분하지."

열 번 준비해서 한 번 성공하면 충분하다! 실제로 판온 1에서 '김태현 저놈은 미래를 보나? 대체 어떻게 저것까지 준비한 거냐?', '김태현 저 자식 맵핵쓰는 거 아냐!?' 이런 반응들이 나온 이유는 이래서였다.

이 함정을 피한다고? 그러면 걸릴 때까지 함정을 파주마!

"아이템 설명창에 스탯이 안 나오긴 하지만, 랭커들이라면 착용하고 나서 바로 눈치챌 거 같기도 하단 말이지. 실제로 난 아이템 성능 달라지면 바로 눈치챌 거 같고."

옆에 있던 케인과 정수혁이 미묘한 눈빛으로 태현을 쳐다보았다.

'너만 그래 미친놈아⋯⋯.'

'그걸 누가 눈치챕니까?'

가상현실게임에서 착용하고 있는 장비가 보여지는 스탯과 실제 스탯이 다르다는 걸 눈치챌 수 있는 사람은 별로 없었다.

"그래서 들키기 전에 써먹을 기회가 오면 좋겠어. 마이너스 스탯도 스탯이지만, 거기에 심어놓은 스킬들이 크거든. 사실 그걸 가장 크게 기대하고 있어."

예를 들어 아키서스의 찬란한 황금 갑옷에는 숨겨진 패시브 스킬로 '치명적 약점'이 있었다. 갑옷의 아주 작은 부분. 그 부분을 공격하면 착용자가 입는 대미지가 미친 듯이 뛰었다. 대놓고 엿 먹이기 위해 넣은 스킬!

아키서스의 휘황찬란한 마법 팔찌는 마법 속도와 MP 회복을 올려주는, 마법사 계열 플레이어들이라면 눈에 불을 켤 만한 장비였지만⋯⋯. 사실 착용하면 물리 방어력이 내려가고 단검에 입는 대미지가 올라가며, 불운 관련 페널티가 미친 듯이 올라갔다.

아키서스의 저주나 아키서스의 신성 영역에 당하면 지옥 같은 스킬 실패의 맛을 보게 될 것!

케인은 아쉽다는 듯이 말했다.

"나는 이 장비를 갖고 길드 동맹 애들이 싸우게 할 줄 알았는데."

"에이, 그거까진 무리지. 걔네들이 바보가 아닌 이상 그렇게 싸우겠냐. 이런 장비를 어떻게 나눌지 정도는 정해놨겠지."

"이 갑옷은 내 거다! 저번에 사디크의 화신 토벌 퀘스트에서 가장 큰 공을 세운 건 나다! 그런데도 막타를 뺏겼다는 이유만으로 영지도 놓치고 보상도 놓쳤다. 난 이걸 받을 정당할 이유가 있어!"

"헛소리하지 마! 여기서 중갑 스킬이 가장 높은 게 누구냐? 바로 나다! 그러면 이걸 잘 쓸 수 있는 사람도 나지!"

"개소리 좀 작작하십시오. 이게 무슨 중갑 전용 갑옷도 아니고, 페널티 하나 없는데!"

간부는 지끈지끈 아파져 오는 머리를 붙잡았다. 서로 욕설과 고함을 퍼붓는 랭커들!

각자 자기 일로 바빠 잘 안 모이던 랭커들이, 부르지도 않았는데 우르르 모여 있었다.

'이 인간들 저번에 필요할 때 불렀을 때는 오지도 않더니만…… 눈빛 봐라.'

탐욕으로 이글거리는 눈빛! 어디서 새어 나갔는지는 모르겠지만, 아키서스의 강력한 장비가 손에 들어왔다는 소문이 퍼져 나간 게 분명했다. 랭커들 중에 태현을 욕하고 헐뜯는 랭커들은 많아도, 태현의 실력을 부정하는 랭커는 없었다.

오히려 태현의 실력을 인정하고 그 비결을 훔치려고 하는 게 그들! 그런 상황에서 아키서스 장비가 나왔다니 눈이 돌아 갈 수밖에 없었다.

'앨콧 반이라도 본을 받으라고 하고 싶다.'

길드를 위해 이 장비들을 전부 바친 앨콧! 그와 비교하면 이 랭커들은 정말…….

"이 팔찌는 딱 나를 위한 아이템 아닌가?"

"당신 마법사도 아니잖아!"

"마법사만 MP 필요하나?! 나도 필요해!"

"깃발 꽂을까?"

"깃발 꽂자고 하면 누가 무서워할 줄 아냐? 꽂아!"

말싸움의 끝은 역시 진짜 싸움!

"김태현한테 진 새끼가 입은 살아서!"

"뭐, 뭐?! 너 말 다 했어!? 그런 너는 김태현 별거 아니라던 놈이 김태현 관련 장비는 왜 탐내는데?"

"김…… 김태현 관련 장비라서 탐내는 거 아니거든? 옵션 좋아서 그러는 거거든?"

"모두 그만하십시오!"

간부는 크게 외쳤다.

"장비는 엄밀한 기준에 따라 나눠 드릴 겁니다."

"그 엄밀한 기준이 뭔데? 설마 길마하고 친하다거나…….'

외국인 랭커들은 의심쩍은 눈빛을 보냈다. 길드 동맹의 은 근한 차별 대우는 이미 잘 알고 있었던 것이다. 그걸 아는 간 부는 움찔했다.

"아닙니다. 아주 공정한 방식입니다."

"그래서 그게 뭐냐고."

"일단 〈아키서스 죽음의 물약〉은 지금 이 자리에서, 주사위를 굴려서 가장 높게 나온 분에게 드리겠습니다."

원래 마음 같아서는 전부 다 조건을 걸고 싶었지만 그랬다가는 랭커들이 폭발할 것 같았다. 적당히 달래줘야 한다!

"으음……."

"음……."

〈아키서스 죽음의 물약〉은 마시는 순간 온갖 상태 이상을 벗어나고 HP를 회복시키는 엄청나게 강력한 포션이었지만 이 자리에서는 그렇게 좋아 보이지 않았다. 다른 쟁쟁한 아이템들이 있었기 때문!

"뭐 그래. 그건 그렇다 치고. 다른 건?"

"다른 장비들은 현재 길드 동맹 퀘스트에서 활약을 해주시는 분들에게 드리겠습니다."

그 말에 길드 랭커들이 대번에 한숨을 푹푹 쉬었다. 몇 명은 대놓고 불만이라는 듯이 툴툴댔다.

"또?"

"우리 지금 퀘스트하느라 바쁜데."

"기껏 해줘도 고마워하지도 않는데 우리가 나서야 해?"

간부는 불평을 무시하고 외쳤다.

"〈아키서스의 휘황찬란한 마법 팔찌〉는 지금 북쪽 벡텔 시를 습격한 엘프 놈들을 처리해 주는 분들에게 드리겠습니다."

"뭐? 거긴 맥필이 갔잖아?"

"맞아. 맥필이 갔는데."

간부는 살짝 놀랐다. 랭커들이 다른 랭커한테 양보를 할 줄이야? 그것도 먼저 갔다는 이유만으로!

"맥필이 먼저 갔으면 공평한 싸움이 아니잖아?"

물론 그럴 리 없었다.

"이제까지 쌓은 맥필 공적치 포인트는 무효로 하지?"

"먼저 가서 준비하고 있던 것도 있으니까 마이너스로 시작하자."

맥필이 들으면 분노해서 도끼로 머리를 찍어버릴 소리를 하는 랭커들! 간부는 단호하게 거절했다.

"안 됩니다. 그리고 지금 맥필 님 혼자서는 진행이 안 되니 공적치 포인트도 크게 차이 나지 않을 겁니다."

"그래? 그렇단 말이지?"

불평하던 랭커들이 잠잠해졌다. 간부는 그제야 안도의 한숨을 내쉴 수 있었다.

"잠깐만."

"네?"

"근데 저 갑옷은?"

가장 많은 랭커들이 탐을 내던 저 갑옷! 겉모습부터 시작해서 성능까지 탐이 나지 않을 수가 없었다.

정말 갖고 싶다!

"저…… 저 갑옷은 일단 길드에서 보관을……."

랭커들의 눈빛이 대번에 날카로워졌다.

"뭐? 뭘 보관? 왜 저건 퀘스트를 말 안 해주지?"

"아, 아니. 아직 퀘스트가 없어서……."

"없긴 뭐가 없어. 길드 동맹 관련된 퀘스트가 얼마나 많은데."

랭커들은 이미 눈치를 챘다.

"설마 쑤닝이 그냥 먹는 건 아니지? 아무리 길마라도 그렇지."

"앨콧이 쑤닝 가지라고 바친 게 아닐 텐데? 길드를 위해 바친 거잖아? 이래도 돼?"

간부가 쩔쩔매자 쑤닝과 친한 중국계 랭커가 나섰다.

"쑤닝이 갖는다고 확정도 아닌데 왜 그래?"

"뭐? 그러면 쑤닝이 안 갖는 거지? 확답해라. 나중에 쑤닝이 착용하고 있는 거 보면 네가 책임진다 이거지?"

"내가 왜 책임을 져? 이 새끼. 너 전부터 말하는 게 길드에 불만이 넘쳐 보이는데 불만 있으면 나가!"

"뭐? 길드 연합 때 빌빌거리던 놈들이 하도 빌어서 와줬더니 이제 와서 나가라고? 말 다 했냐?"

다시 터지는 불화! 태현이 생각했던 것보다 훨씬 더 강력한 불화가 터지고 있었다.

"그 있잖아. 옛날이야기 중에 황금 사과 하나 던졌더니 전쟁 난 이야기."

케인은 포기하지 않았다. 길드 동맹이 이걸로 분열되지 않을까?

"그건 옛날이야기잖아. 케인. 현실은 그런 것과 달라."

"그런가?"

"저…… 우리 시이바 교단은 언제 지으러……."

"어허. 고르수크. 좀 기다려."

"……"

"내가 너하고 이야기를 안 하려는 건 아닌데, 여기 엘프들 봤지? 너 잘못 들키면 내가 어떻게 지켜줄 수가 없다."

고르수크는 시무룩해져서 물러났다. 태현은 흐뭇하게 쳐다보았다. 노린 건 아니었지만 어쩌다 보니 고르수크가 점점 더 초조하고 안달을 내고 있었다. 좋은 징조였다.

[고르수크가 매우 초조해하고 있습니다. 교단을 지을 때 더 많은 것을 요구할 수 있습니다.]

최고급 화술 스킬이 알려주는 상황! 이대로면 고르수크를 더 탈탈 털어먹을 수 있을 것 같았다.

'흠. 공성 병기도 그래도 좀 만들어줬고, 길드 동맹 쪽 병력도 두들겨 맞고 후퇴했고…… 이제 괜찮으려나? 슬슬 빠져도…….'

겔렌델이 미친 엘프긴 했지만 바보는 아니었다. 오크를 잡으러 가더라도 먼저 공격을 받으면 알아서 잘 싸울 것이다.

'여기가 공격받지 않을 리는 없으니까.'

지금 이 벡텔 시는 무법자들의 도시였다. 도시 자체가 무법이라는 게 아니었다. 도시 자체는 겔렌델의 지휘 아래에 멀쩡하게 굴러갔다. 그냥 오스턴 왕국 전역에서 날뛰고 있는 산적들이 쉬고 싶거나 아이템을 보충해야 하면 벡텔 시로 올라왔다. 오스턴 왕국 내 유일하게 안전한 장소!

산적들은 화기애애하게 내가 많이 털었니, 네가 많이 털었니 떠들면서 정보를 공유하고 때때로는 파티를 맺었다. 얼마 전까지는 악명이 10도 안 되었던 플레이어들의 놀라운 변화!

[벡텔 시에 일시적으로 많은 골드가 들어왔습니다. 도시 분위기에 보너스가 들어갑니다!]

[도시에 있는 플레이어들 전부에게······]

[도시 입구에 <약탈의 동상>이 만들어졌습니다. 모든 약탈에 보너스가 들어갑니다.]

플레이어 중 몇 명은 다른 산적 플레이어들을 위해 조각상까지 만들었다. 약탈한 아이템들을 녹여 만든 동상!

성능보다는 길드 동맹의 뒷목을 잡게 하는 효과가 더 컸다. 태현은 알아서 굴러가는 무법자들의 도시를 보며 코밑을 쓱 훔쳤다. 훌륭하다. 너희들은 이제 알아서 잘할 수 있을 거다!

'이제 그러면 떠날······.'

"야! 길드 동맹에서 랭커들이 왔다는데?!"

"뭐? 하나도 아니고? 어떻게 뭉쳐서 왔지?"

"그, 그러게? 역시 장비 좀 뿌렸다고 지들끼리 싸우진 않나 보다."

"생각보다 길드 동맹이 단합이 잘 되나 보군……."

심각하게 중얼거리는 둘이었다.

잘되는 집은 하나로 뭉치고, 안 되는 집은 더 나뉘어서 싸웠다. 길드 동맹은 요즘 왕국도 먹었겠다, 즉위식도 했겠다, 에랑스 왕국에 첫 영주도 가졌겠다, 전형적인 잘되는 집!

그래서인지 길드 동맹 랭커들이 저렇게 뭉친 것 같았다.

태현의 표정이 진지해졌다.

"여길 그냥 떠날 수는 없겠는데. 한 번 막아주고 가야겠어."

어떻게 만든 무법자들의 도시인데 그냥 떠날 수는 없었다. 여기에는 산적, 해적, 기타 등등 수많은 무법자 플레이어들의 꿈과 희망과 생존이 걸려 있는 것이다.

그들을 위해서라도 물러날 수 없다!

"너 방금 되게 이상한 소리 한 것 같은데."

"그래?"

"아이고. 맥필! 그 건강하던 네가 이렇게 골골대다니. 내 마음이 다 아프다. 그러니까 이제 좀 쉬어라."

"맥필 님! 평소 존경했었는데 이렇게 되시다니요. 하지만 괜찮습니다. 제가 왔으니까요. 그러니 이제 좀 쉬십시오."

"맥필. 난 저놈들처럼 가식적으로 말하지 않겠다. 그냥 쉬어라."

임시로 만든 요새 안에 누워 있던 맥필은 벌떡 일어섰다.

길드 동맹의 랭커들은 걸어 다니는 아드레날린이었다. 보는 순간 혈압이 올라가고 기운이 펄펄 치솟게 만드는 놈들!

"이 새끼들이 부를 때는 가만히 있다가 늦게 와서 한다는 말이 뭐? 빠지라고?"

"아니. 빠지라는 게 아니라~ 그냥 쉬라는 거지. 힘들어 보여서. 어이구. 눈에 다크서클 생긴 거 봐."

"맞습니다. 그냥 쉬시죠."

"너들 속셈을 모를 줄 알아!? 있었던 일 다 들었다!"

맥필은 고함을 질렀다.

대박 장비를 혼자 독점하려고 저렇게 나오는 놈들이라니.

랭커는 뻔뻔하고 오만하고 독선적이고 이기적인 놈들만 될 수 있다지만 정말 새삼스럽게 쓰레기 같은 놈들이었다.

"절대 양보할 생각은 없다."

"너 지금 페널티 때문에 골골대는 것 같은데?"

"내일이면 페널티 끝나!"

〈야만족의 근성〉이라는 희귀한 레어 스킬 덕분에 목숨은 건졌지만, 페널티로 전체 능력치가 엄청나게 하락한 상태로 골골대고 있었다. 그 모습에 랭커들은 서로 쳐다보며 귓속말을 보냈다.

-지금 죽이면 안 되냐?

-아무리 그래도 뒷감당이…….

"이 새끼들이 지금 누구를 그런 눈빛으로 보는 거야?!"

"무, 무슨 소리야? 우리가 뭘 어떻게 봤다고?"

"맞습니다. 맥필 님. 사람을 그렇게 모는 건 그만둬 주십시오."

"들어보니 안에서 연신 떠든다고 하네요."

"으음. 정말 손발이 잘 맞나 보군. 진짜로 방심하지 말아야 겠다."

"넌 원래 방심 안 하잖아……."

밖에서 들릴 정도로 연신 이어지는 회의. 단합의 증거였다.

태현은 고전을 예감했다. 단결된 랭커들의 전력을 상대하는 싸움. 언제나 이길 수 있는 싸움을 하기 위해 노력해 왔다. 상대를 분열시키고, 함정에 빠뜨리고, 유리한 전장으로 끌어들이고……. 그렇기에 압도할 수 있었다.

하지만 언제나 유리한 싸움만 할 수 있는 건 아니었다. 가끔은 승패를 알 수 없는 싸움에 뛰어들어 최선을 다해야 할 때도 있는 법!

'뭐 내 몸 하나 건져서 도망칠 수는 있으니까…… 최선을 다해봐야겠군.'

길드 동맹 랭커들이 듣는다면 기겁을 할 소리였다.

애초에 여기 태현이 있다는 걸 모르는 그들! 태현을 상대해야 했다는 걸 알았다면 장비든 뭐든 몇 번은 다시 고민했을 것이다.

"어떻게 상대할 생각이세요?"

"일단 겔렌델을 설득해서 엘프 군대를 준비시키고……."

겔렌델이 이끌고 온 엘프 기사단은 지금 벡텔 시에서 가장 큰 전력 중 하나였다. 하나하나가 레벨 300을 넘기는 강력한 NPC들! 이런 고위 NPC들은 각 왕국을 지탱하는 힘이었고, 플레이어들이 왕국 내에서 까불지 못하게 만들었다.

그런데 지금 이 엘프 기사단은 겔렌델을 따라 벡텔 시 근처 산맥을 헤집고 있었다.

'오크를 찾아와라! 오크 머리통을 갖고 오란 말이다!'

겔렌델의 명령 때문! 덕분에 엘프 기사들은 플레이어들한테까지 일일 퀘스트를 내렸다.

〈오크를 찾아라-겔렌델 엘프 기사단……〉

물론 험난한 산맥을 넘고 넘어 쭉 나아가야 나오는 오크들이 근처 산 뒤진다고 나올 리는 없었다. 퀘스트에 참가한 플레이어들은 쓴맛만 잔뜩 보고 포기해야 했다.

-이상하다. 저번에 싸울 때 오크들 나타나지 않았었냐?
-그치? 너도 봤었지? 나도 봤었는데…… 왜 안 보이지?

플레이어들은 포기해도 NPC는 포기할 수 없는 법. 지금도 엘프 기사들은 삼삼오오 산을 타며 오크를 찾고 있었다.

"얘네들부터 데리고 와야겠지. 그건 걱정 마. 젤렌델은 설득하기 쉬워."

미친놈이지만 어떻게 미쳤는지만 알면 설득하기 쉬웠다. 계속 오크를 잡지 못하면 언젠가는 태현의 거짓말도 들키겠지만, 적어도 지금은 아니었다. 태현은 친밀도와 공적치가 엄청나게 높은 상태였던 것이다.

"그리고 주변 플레이어들도 다 모으고 싶은데."

"어렵지 않나요?"

"어려울 것 같은데요……."

이다비와 유지수가 동시에 난색을 표했다.

이 주변 플레이어들은…… 대부분이 다 산적질에 몰두하고 있었으니까! 그리고 그 원흉은 태현이었다.

"음. 나도 사실 이렇게 될 줄은 몰랐단 말이지. 길드 동맹도 바쁘고 신경 쓸 곳 많으니, 이런 외진 곳의 항구는 더 이상 밀고 들어오지 않으면 내버려 둘 줄 알았고."

태현의 예상은 거의 맞아떨어졌다. 그 예상을 바꾼 게 태현이어서 그렇지!

"그래서 플레이어들이 좀 흩어져서 따로 놀아도 괜찮을 줄 알았는데……."

사람이 타락하는 건 정말 쉬운 일이었다. 여기 처음 발을 디딜 때만 해도 악명 스탯이 거의 없던, 순진무구한 덩글랜드 왕국의 플레이어들이 지금은 탐욕으로 눈이 붉어진 약탈자 플레이어들이 되어 있었다.

예전이면 '원정대 집합!'이라고 하면 모였겠지만 지금은 '뭐? 그것보다 산적질이 더 중요해!'라고 할 가능성이 컸다.

"감성에 호소해야지 뭐."

"어떻게요?"

"여기가 함락되면 여러분들은 더 이상 산적질을 하기 힘들 것입니다, 이런 식으로?"

감동적이긴 했지만 뭔가 미묘하게 틀린 것 같은 연설!

그 순간 밖에서 엘프 보초병이 고함을 질렀다.

"공격이다! 공격이다!!"

"뭐? 벌써?"

태현은 깜짝 놀라서 일어섰다. 길드 동맹의 랭커들이 왔다 지만 이렇게 빨리 공격에 들어올 줄이야.

길드의 플레이어들을 모으고, 공격에 필요한 아이템들을 지급하고, 미리 합을 맞추는데 꽤 시간이 걸릴 텐데?

공성전은 급하게 할 수 있는 게 아니었다. 게다가 공격하는 입장에서는 더더욱 준비가 필요했다. 길드 동맹은 그만큼 준비가 되어 있었단 말인가!?

'아니. 이 자식들 벡텔 시에 뭐 황금이라도 묻어놨나? 왜 이렇게 철두철미하지?'

태현은 재빨리 밖으로 나가 망루 위로 올라갔다. 저 멀리 서 플레이어들이 우르르 달려오는 게 보였다.

그런데 뭔가 이상했다.

'왜 여러 갈래로 나뉘어서 오냐? 그것도 시간 차로?'

공격할 때는 보통 동시에, 일사불란하게 움직여서 한 번에 들이쳐야 했다. 그래야 수비하는 쪽이 상대하기 어려우니까.

그런데 지금 상대는 소규모 파티로 나뉘어서 오고 있었다. 그것도 동시가 아니라 무질서하게 앞서거니 뒤서거니 하면서.

내가 먼저 간다!

비겁하게 새치기를! 내가 먼저 갈 거다!

저놈 말에 슬로우 걸어!

예? 정말 걸어도 됩니까!?

마치 자기들끼리 다투는 것 같은 모습!

태현은 그 기괴한 모습에 당황했다.

'뭐지? 함정인가? 새로운 전략인가?'

그가 모르는 사이 새 공성전 방법 같은 게 나왔나?

일단 태현은 정석적인 대응에 나섰다. 상대가 어떻게 나오나 볼 생각이었다.

"공성 병기 앞으로!"

다른 짓을 엄청나게 많이 하긴 했지만, 그사이 공성 병기도 차근차근 만든 태현이었다. 공성용 창 발사기, 공성용 투석기들이 요새 벽 앞에 드르륵거리는 소리를 내며 장전됐다.

아키서스의 화신 직업을 가진, 압도적인 행운 스탯을 갖고 있는 태현이 만든 공성 병기. 거기에 숙련된 엘프 사수들과 타이럼 사냥꾼들이 직접 조준했다. 타의 추종을 불허하는 정확도!

[아키서스의 화신……]
[엄청나게 높은 행운 스탯……]
[폭군의 지휘……]
[최고급 전술……]

각종 보너스가 미친 듯이 겹쳐지고 겹쳐졌다.

"발사!"

파파파팍!

먼저 거대한 투창들이 발사됐다. 태현 팀이 던전에서도 종종 쓰는 투창! 물론 갖고 다닐 필요가 없는 요새에서는 더 크고 무겁게 만들었다. 끝에는 독까지 발랐다.

슈우욱-

"창 날아옵니다!"

"공성전 한두 번 해보냐! 빠르게 달려! 안 맞는다!"

랭커들은 자신만만했다. 그들이 데리고 온 각 파티는 오랫동안 합을 맞춰온 파티였다. 공성전 참가 경험도 있었고, 덕분에 저런 공성 병기 따위는 전혀 겁나지 않았다.

공성 병기는 대미지는 무지막지하지만, 명중률은 엄청나게 낮은 무기! 사람들이 바글바글 모여 있을 때 거기다 쏘아서 느리고 운 없는 놈을 맞추거나, 아니면 움직이지 못하는 건축물들을 때려 부술 때 쓰는 무기였다.

여기는 허허벌판. 그냥 빠르게 달리면 저런 공격 따위는 쾅!

"으아아아아악!"

"?!"

옆에 말 타고 달려가던 플레이어가 비명을 지르며 뒤로 날아가자, 파티장을 맡은 랭커는 깜짝 놀랐다.

"야, 괜찮냐?!"

[지금 귓속말을 건 상대는 로그아웃 상태로……]

일격에 로그아웃! 그 위력에 랭커는 자기가 맞지 않았는데도 등골이 서늘해졌다.

"움직여! 재수가 없었던 거야!"

"맞, 맞아! 재수가 없었던 거겠지!"

슈우욱 콰직!

그 말을 비웃기라도 하듯이 두 번째 희생자가 나왔다.

어마어마한 명중률! 마치 활로 저격하는 수준의 명중률이었다.

"맥필 이 개자식! 이런 말은 없었잖아!"

랭커는 맥필을 욕했다. 맥필은 자기가 다 회복하고 나서 같이 공격하자고 했다. 맥필의 지휘하에.

물론 랭커들이 그걸 받아들일 리 없었다.

-정신 나갔니?

-정신 나갔냐?

-정신 나가셨습니까?

-이런 개××들이……! 그래, 어디 한번 알아서 해봐라!

당연히 맥필은 정보를 공유해 주지 않았다. 게다가 태현은 그사이 엘프 원정대 창고를 탈탈 털어가며 공성 병기 숫자를 엄청나게 올린 상태.

"후퇴! 후퇴!"

"앗. 하시다가 돌아섰다! 지금이 기회다! 달려라!"

"잠깐, 지금 창 맞고 죽은 거 아닙니까?"

"그건 저놈이 멍청하고 재수가 없어서 그런 거지! 설마 또 맞겠냐! 벼락도 한 번 친 곳에는 다시 안 친다!"

먼저 간 랭커 파티가 돌아오는데도 상황을 받아들이지 못하고 달려가려는 다른 랭커 파티! 태현 입장에서는 날로 먹는 셈이었다.

"앗. 심지어 저놈들 오크잖아?"

태현은 눈을 빛냈다. 두 번째로 오는 랭커 파티는 대다수가 오크였다. 저놈들 잡으면 겔렌델이 아주 좋아하겠다!

"재장전! 발사!"

"그냥 쟤네가 멍청한 거 아냐??"

케인은 드디어 진실에 근접했다. 아무리 생각해도 오늘 공격은 그것밖에 답이 없었다. 그러나 태현은 완고했다.

"아니야. 저게 함정일 수도 있어."

"저게 함정이라고?"

"저렇게 허접한 모습을 보여줘서 우리를 방심하게 한 다음 몰래 잠입하는 거지."

"……그런 방법이!"

케인은 감탄했다. 확실히 그건 말이 됐다. 그렇지 않으면 저런 추한 모습이 말이 되나? 길드 동맹에서 나온 랭커들인데!

"잠입에 대비해서 주변에 불을 최대로 밝히고, 엘프 정찰병들과 플레이어들에게 말을 해뒀다. 아. 그리고 공성 병기 근처로는 가지 마라."

"……?"

"거기에 내가 함정 설치해 놨으니까. 연계로 해놔서 진짜 재수 없으면 뭐 하기도 전에 죽을 거야."

등골이 오싹해지는 태현의 말! 얼마나 함정을 많이 깔아놨으면……. 케인은 고개를 끄덕였다.

'저쪽은 쳐다보지도 말아야지.'

자리에는 어색한 공기가 흘렀다. 서로 파티원 한둘씩 잃고 돌아온 랭커들의 모임!

"흠흠."

"크흐음!"

아무도 먼저 말을 꺼내지 못하고 헛기침만 하는 그들!

"맥필…… 때문이지."

"……?"

"맥필이 안 알려줘서 그런 거다. 맥필이 우리를 시기해서."

"……그럴듯한데?"

민망해하고 있던 랭커들은 반색했다. 역시 책임은 이 자리에 없는 사람한테 떠넘기는 게 최고!

"맞아. 맥필이 아주 나쁜 놈이라니까."

"그놈이 아주 싸가지가 없어."

"제가 맥필 님 예전부터 싫어한 이유가 있습니다."

순식간에 뒷담화로 화기애애해진 그들!

그러면서 그들은 속으로 생각했다.

'오늘 추태가 밖으로 퍼져 나가면 안 될 텐데…….'

퍼져 나가면 망신 중의 개망신! 다행인 점은, 워낙 빨리 깨져서 돌아온 덕분에 본 사람이 별로 없다는 점이었다.

파티원들만 단속하면 이 주변 영상이 퍼지지는 않으리라.

"이다비. 뭐 해?"

"아. 〈이번 주의 가장 웃긴 판온 순간들〉에 제보할 영상 편집하고 있어요. 여기 도망치는 사람들 뒤로 효과음은 뭐가 좋을까요?"

"이게 더 좋지 않을까?"

"아냐. 난 이게 더……."

어떻게 하면 더 웃기게 만들 수 있을까!

하필 수비 측 망루에 파워 워리어 길마가 있었다는 사실은 모르는 채 랭커들은 다음 대책을 고민했다.

"어떻게 한다?"

"지금 벡텔 시 보니까 공작부터 기사단까지 밖에 나가 있다는 거 같아. 공격하려면 빨리 해야 해."

"빨리 하려다가 이 사달 난 건 안 보이냐?"

"그 공성 병기들만 처리하면 되지 않나? 몰래 잠입해서 없애자고."

랭커 중 한 명이 별생각 없이 내뱉었다. 그런데 의외로 괜찮아 보였다.

"그럴듯한데?"

"거기 플레이어들이 있어 봤자 몇 명이나 있겠어. 그리고 우리가 잠입하는 걸 잡아내지도 못할 거고."

"게다가 고렙 NPC들은 지금 다 밖을 돌아다니고 있다니까……."

말하면 말할수록 괜찮은 것 같은 계획!

그러자 랭커들은 다시 눈치를 봤다.

"흠흠. 도적 직업인 내가……."

"네가 뭔 도적이야!"

"판온 1에서는 도적이었거든?"

"헉. 네가 그 판온 1에서 김태현한테 최초로 털린……."

"걔는 도동수고 미친놈아!"

"아. 미안. 아시아인은 다 똑같아 보여서."

"이 자식이 뭐라는 거야? 죽고 싶냐?"

다시 으르렁대는 랭커들! 한 가지 차이점이 있다면, 여기는 그들을 중재해 줄 간부도 없다는 점이었다.

결국 그들이 낸 결론은 하나였다.

각자 알아서 가자!

낮의 일에서 전혀 교훈을 얻지 못한 이들!

벡텔 시를 둘러싸고 있는 요새 벽과 망루는 밤인데도 대낮처럼 밝았다. 집요할 정도로 불을 밝혀놓은 것이다.

"어. 이거 평범한 불이 아닌 것 같은데?"

"그건 사디크의 화염이다."

케인은 요새 가운데에 활활 타고 있는 화염을 보고 기겁했다. 이 자식이 뭘 켜놓은 거야!?

"그걸 왜!?"

"활 쏠 때 붙여서 쏘면 대미지가 몇 배로 뛸 테니까. 그리고 보통 레벨 높은 놈들은 저런 불 붙여서 쏘면 우습게 보거든. 화염 저항 빵빵하니까."

"근데 진짜 오는 거 맞나?"

"분명 낮의 공격은 함정이었을 거라니까."

"그렇지만 아직까지……."

"침입자다! 침입자다!"

타이럼 사냥꾼이 침입자 하나를 발견하고 화살을 쏘기 시작했다.

"정말 왔잖아?!"

"내가 뭐라고 했냐?"

"정말 함정이었다니…… 이 자식들도 점점 널 닮아간, 아니, 점점 느는구나."

"너 방금 이상한 소리 하지 않았냐?"

태현과 케인이 떠들면서 달려가는 사이, 요새 근처를 돌고 있던 랭커들과 파티원들은 사색이 되었다.

'누가 들킨 거야?'

요새 근처가 생각보다 삼엄하긴 했지만 랭커는 폼으로 딴 게 아니었다. 어떻게든 그림자를 통해 접근하고 있었는데……?! 범인은 검사 하시다와 마법사 제이넨이었다.

-야. 넌 마법사인데 왜 잠입을 해?

-마법사도 은신 스킬 있어. 그러는 너는 검사가 왜 잠입을 해? 나보다 은신 계열 스킬도 모자랄 텐데.

-나…… 나는 도적 쪽 스킬들이 많아서…….

-거짓말하고 있네. 나 먼저 간다.

제이넨은 흥하고 콧방귀를 뀐 다음 먼저 요새 벽 위를 탔다. 각종 투명화 마법과 기척 숨기기 마법, 탐지 방해 마법들을 덕지덕지 걸친 제이넨은 정말로 도적에 맞먹는 은신 능력을 보여주고 있었다. 초조해진 하시다는 제이넨을 앞지르기 서둘렀고…….

[은신이 풀렸습니다!]
[타이럼 사냥꾼 쟈콥이 당신을 발견합니다!]

"침입자다! 침입자다!"

……이렇게 된 것이다.

"이놈들. 정말 낮에 한 공격은 미끼였구나. 치사하게!"

케인은 얼굴을 가리고 덤벼들었다. 하시다는 날렵하게 뒤로 굴러서 공격을 피한 다음 역습을 준비했다. 〈섬광을 자르는 검객〉이라는 영웅 직업을 가진 하시다는 속도 위주의 검사였다. 비교적 둔한 탱커 타입인 케인이 상대하려면…….

"노예의 쇠……."

하시다는 '노예의 쇠'까지만 듣고서 기겁했다. 그러고는 달려들던 걸 멈추고 재빨리 다시 몸을 뒤로 날렸다.

'아차. 나 정체 숨겨야 했지?'

스킬이 안 날아오자 하시다는 당황했다. '생각해 보니 〈노예의 쇠사슬〉은 케인 놈만 쓰는 유니크한 스킬인데 여기 있는 저놈이 쓸 리가 없잖아?'

"이 자식이 날 속여?"

"……그렇다! 널 속인 거다!"

그 말이 끝나기가 무섭게 주변에서 달려온 엘프들과 타이럼 사냥꾼들이 화살 세례를 퍼부었다. 하시다는 진짜로 기겁해서 달리기 시작했다. 방어력이 낮고 HP가 낮은 그는 저런 공격을 맞기 시작하면 정말 위험했다.

"아. 저놈 진짜 날래네!"

"제가 맞출게요."

유지수는 화살을 들어 상대를 겨눴다.

반드시 맞춰서 태현의 칭찬을 듣고 말겠다!

쉭!

하시다는 뭔가 좋지 않은 느낌을 받고 바로 스킬을 사용했다.

-섬광연속베기!

파파파파파팍!

날아오던 화살들이 스킬에 튕겨 나갔다. 유지수는 그걸 보고 분노해서 외쳤다.

"야! 그냥 맞으라고!"

하시다가 어쩌다 보니 주변의 시선을 다 끌어주는 역할을 하고 있었다. 덕분에 다른 랭커들은 나름 쉽게 요새 벽을 넘고 안으로 들어올 수 있……

[<아주 열심히 공을 들여 만든 구덩이 함정>이 작동됩니다.]

퍽!

벽을 넘자마자 훅 꺼지는 땅! 플레이어는 반응도 하지 못하고 그대로 구덩이 밑으로 떨어졌다.

"아니 뭔……"

그나마 다행인 건 대미지가 별로 없었다는 점이었다.

'그나마 맨구덩이라 다행이다. 바로 기어 올라가서……'

[<무게로 작동하는 쇠창 함정>이 작동됩니다.]

"……잠, 잠, 잠깐!"

푹푹푹푹!

"크아아악!"

[<쇠창 함정과 연계된 화염 기름 함정>이……]

"잠깐만! 이건 진짜 아니지! 으아아악!"

CHAPTER 2

절망과 슬픔의 골짜기에 있는 기계공학 대장장이들은 웅성 대고 있었다. 〈악마의 연금술 연구소〉라는 건물이 갑자기 생겨났던 것이다. 나름 〈악마의 대장간〉을 소중히 여기고, 악마 사루온을 그들의 스승으로 여기고 있던 대장장이들은 새 건물에 당황해서 물었다.

"사루온 님. 저건 뭡니까?"

"저 건물은 아주 허접하고 쓸데없는 악마 놈이 아키서스 화신한테 간신히 빌고 빌어서 얻어낸 건물이다. 별 볼 일 없는 건물이니 신경 쓰지 마라."

에슬라 밑에 있는 사루온이, 모스락 밑에 있던 프이드를 좋아할 리 없었다.

"저 꼴 보기 싫은 악마 놈이 여기는 왜 온 거야?"

태현만 아니었으면 당장 가서 시비를 걸었을 터!

물론 프이드도 그렇게 생각하는 건 마찬가지였다.

"내가 좋아서 여기 있는 줄 아냐?!"

사루온이 그렇게 말했지만, 진보적이고 언제나 열심히인 기계공학 대장장이들이 가만히 있을 리 없었다.

"연금술 스킬은 좋은 스킬이지. 기계공학에 비하면 별거 아니지만."

"맞아. 연금술 스킬은 기계공학 스킬에 비하면 하찮은 스킬이지만 그래도 좋은 스킬이야. 폭탄에 들어가는 독이나 특수 재료를 만들 수 있잖아."

"들어가서 재료나 만들라고 할까?"

"그거 정말 좋은 생각이야!"

기계공학 대장장이들은 신이 나서 프이드의 〈악마의 연금술 연구소〉에 쳐들어갔다. 그러고는 외쳤다.

"연금술이나 하는 악마 녀석! 하지만 이제 슬퍼할 필요 없다. 우리가 너의 스킬에서 나온 재료를 고귀하게 써줄 테니까. 지금 당장 〈영원한 불의 기름〉과 〈응축된 산성 독〉을 만들어라! 우리가 이번에 폭탄을 만들면 같이 터뜨릴 영광을 주지!"

프이드는 귀를 의심했다. 오랫동안 악마로 살아왔지만, 인간 놈이 감히 그의 앞에서 이렇게 그를 모욕한 건 처음이었다.

"전부 다 죽여 버린⋯⋯?!"

그때 들어오는 아키서스 교단의 사제!

"무슨 일 있으십니까?"

"재료 좀 받으러 왔습니다."

"그렇군요."

악마를 보고서도 놀라지 않는 사제도 사제였지만, 프이드는 식겁했다.

'아키서스' 교단의 사제라니!

대장장이들은 고개를 갸웃거리며 물었다.

"방금 뭐라고 하려고 했냐?"

"아⋯⋯ 아무것도 아니다."

"빨리 연금술 아이템을 내놔."

"맞아. 사루온 님이 그러는데 너는 이렇게 남 밑에서 봉사하는 걸 기쁨으로 안다며?"

프이드는 이제야 이 간덩어리가 붓다 못해 배 밖으로 튀어나온 인간들이 어디서 나온 줄 알 수 있었다. 사루온이 데리고 있던 인간들! 사루온이 속여서 그를 엿 먹인 게 분명했다.

'죽여 버릴라!'

여기 왔을 때도 비웃던 놈이 감히 이렇게 노골적으로 시비를 걸어!?

물론 사루온은 그러려고 보낸 게 아니었다. 사루온은 태현 앞에서 그렇게 싸움을 걸 정도로 미친 악마는 아니었다. 그냥 대장장이들 데리고 뒷담 좀 했는데 대장장이들이 쏙쏙 기억한 것!

프이드는 당장에라도 사루온의 〈악마의 대장간〉에 쳐들어가서 온갖 독성 연금술 용액을 부어버릴까 하다가 멈칫했다.

또다시 돌아다니는 아키서스 교단의 사제들과 성기사들!

'이 영지는 뭔 놈의 아키서스 교단 놈들이 이렇게 많아?! 그래서 〈절망과 슬픔의 골짜기〉인가?!'

뭔 놈의 영지 이름이 이렇게 흉흉한가 했었는데, 이제야 이해되는 영지 이름! 〈절망과 슬픔의 골짜기〉는 아키서스 교단의 본거지인 만큼 사제들과 성기사들이 치안을 맡아 돌아다녔다. 물론 영지 병사들을 적게 고용하려는 눈물 나는 절약 방법이기도 했다.

교단을 갖고 있는 태현만이 할 수 있는 절약 방법!

'죽…… 이는 건 무리고.'

프이드는 갑자기 분노가 조절되는 걸 느꼈다. 아키서스 교단의 상징과 건물들을 보니 갑자기 가라앉는 분노!

'다른 방식으로 복수해 주겠다!'

프이드는 눈을 감았다 떴다. 지금은 이런 꼴이 됐지만 그는 원래 악마. 인간들 몇 명 혓바닥으로 갖고 노는 건 일도 아니었다.

"너희들 혹시…… 미식에 관심이 있나?"

"뭔 개소리야? 연금술 아이템 내놓으라니까. 빨리 폭탄 만들어야 해."

"먹는 건 딱딱한 검은 빵이면 돼. 그 시간에 폭탄 하나 더 만들어야지."

"먹는 건 터뜨리지도 못하잖아."

'이런 미친 야만인 새끼들!'

프이드는 식겁했다. 어디서 이런 미친놈들만 모여 있는 거지?

'아. 여긴 아키서스의 영지지.'

그렇게 생각하니 저놈들이 다 미쳐 있는 것도 이해가 갔다. 프이드는 참을성 있게 말했다.

"미식이란 것은……."

"아! 됐고 빨리 만들라고! 우리 바쁘다니까!"

"저거 혹시 괴식 요리 말하는 건가? 괴식 요리 먹고 싶어서 저러나?"

"어휴. 욕심 많기는. 기다려 봐라. 내가 갖고 올 테니까."

대장장이 한 명이 요리를 가지러 밖에 나갔다. 그 대장장이가 뭘 가지러 간 건지는 몰랐지만, 프이드는 왠지 모르게 불길해졌다. 괴식 요리라니 뭔 이름이 저래?

"너희들이 미식도 모르는 야만인이라는 건 잘 알겠다. 내가 잘못했다. 다른 걸 말해주지. 연금술에 대해 알고 있냐?"

"연금술? 괜찮은 스킬이지."

프이드는 반색했다. 그래도 이 야만인 놈들이 기본적인 개념은 박혀 있구나!

"기계공학 스킬에 비하면 하찮은 스킬이지만."

불끈!

프이드는 주먹을 불끈 쥐었다. 이 야만인 놈들을 상대로 과연 화를 내지 않을 수 있을까?

"하지만 우리 비교가 좀 잘못된 것 같기는 해."

"……!"

"하긴. 모든 제작 스킬들이 기계공학과 비교하면 하찮기는 하지."

프이드는 연금술 병으로 대가리를 후려갈기려다가 참았다.

"……잘 들어봐라. 연금술은 절대 하찮은 스킬이 아니니까. 게다가 내가 하는 것은 무려 〈악마의 연금술〉……."

"에이, 그냥 연금술이 별로인데 거기에 '악마의' 붙인다고 뭐가 달라져? 그런 기만은 좋아하지 않아."

"맞아. 우리는 포장에 속지 않고 그 안에 담긴 걸 본다고."

"닥치고 들어!!"

"지금 우리한테 소리 지른 거냐?"

"아, 아니. 그런 게 아니라…… 조용히 하고 좀 들어보라는 거지."

프이드는 차근차근 말하기 위해 애썼다. 반드시 이놈들을 연금술의 세계로 끌어들여서 사루온에게 엿을 먹여주고 말리라!

"자…… 연금술은 어렵지 않다……."

"으하암."

"벌써 지루하네."

"이 자식들 엘프 맞아!? 드워프나 고블린도 이러지는 않는다!"

기계공학 함정으로 유명한 드워프나 고블린의 요새도 이렇게 집요하게 함정만 깔아놓지는 않았다.

무슨 시간이 남아도는 인간이 함정만 만든 것 같은 집요함!

기껏 파티원들을 데리고 잠입한 랭커들은 발만 디디면 쏟아지는 함정에 학을 뗐다.

하나둘씩 도망치는 랭커들!

"일단 퇴각!"

"공성 병기 하나만 부수고 가자!"

"그래! 부수고 간다!"

입은 부수고 간다고 하면서 벌써 몸은 요새 벽을 건너고 있는 랭커들!

한발 늦은 랭커들은 다른 랭커의 속셈을 눈치챘다.

자기들을 미끼 삼아서 무사히 도망칠 속셈이구나!

"이런 치사한 자식들이!?"

원래 도망칠 때는 한 가지만 지키면 됐다.

같이 온 동료보다만 빠르게 도망치는 것!

-느려지는 발걸음! 그물 포박! 방향 혼돈의 저주!

"어? 누가 마법 걸었냐?"

스킬에 당해 발걸음이 멈춘 플레이어들을 보고 태현은 의아해했다. 어떤 기특한 플레이어가 저런 센스를 보여줬지?

"……자기들끼리 거는데?"

서로 견제하는 파티들! 그걸 본 케인이 주저하며 말했다.

"야…… 쟤네…… 그냥 사이 안 좋은 거 아닐까?"

태현도 고개를 끄덕였다. 그냥 사이가 안 좋은 놈들이었군!

잠입한 파티들은 하나둘씩 발각되고 박살 나거나 후퇴했다. 용케 잠입한 파티들도 태현이 촘촘하게 깔아둔 함정에 걸려 뭘 하지를 못했다. 그 와중에도 랭커들은 용케 하나도 안 잡히고 도망치고 있었다. 파티원들이 다 뒤져나가는 상황에도 고개 한 번 돌리지 않는 철저함!

그 모습에 케인은 감탄했다.

"와. 저런 쓰레기들."

"저게 랭커지."

파티고 뭐고 일단 자기 캐릭, 자기 스탯부터 신경 쓰는 철저함! 파티원 열 명보다는 자기 스탯 1을 더 챙기는 게 바로 랭커였다.

"남은 놈들 있나 확인하고 전리품 챙기자."

태현은 케인과 함께 주변을 돌면서 함정 사이에 떨어진 전리품들을 챙겼다. 케인은 몸서리를 쳤다. 아무것도 없는 구덩이에 전리품들만 떨어져 있는 걸 보니 무슨 일이 있었는지 짐작이 갔다.

'무섭잖아!'

'내 승리군.'

잠입한 파티들이 박살 나서 도망치고 있는 사이, 한 랭커가 유유히 하늘 위를 걷고 있었다.

마법사 제이넨! 아까 하나둘씩 발각되고 있을 때 제이넨은 가장 먼저 파티를 버리고 하늘로 날아올랐다.

탁월한 선택이었다. 덕분에 다들 우왕좌왕하는 동안 비교적 여유롭게 하늘을 날아 안으로 들어올 수 있었으니까.

-으하암. 정말 날아오는 바보가 있을까? 없을 것 같은데.

-난 주인의 말을 믿는다.

용용이와 흑흑이는 요새 벽 위 하늘을 빙글빙글 돌며 하품을 했다.

-아, 아니. 내가 안 믿는다는 게 아니라…….

흑흑이는 급히 변명을 했다. 설마 이 자식 이르는 건 아니겠지?

-그, 정상적인 모험가라면 하늘로 날아오지는 않지 않을까~ 하는 거지. 피할 수도 없고 말이야.

그 순간 둘의 감각에 날아오는 플레이어 하나가 걸렸다.

흑흑이는 그걸 보고 깜짝 놀랐다. 정말 멍청한 모험가가 있긴 있구나!

-간다!

-잠, 잠깐. 주인이 섣불리 움직이지 말고 그냥 침입자 있으면 보고부터 하라고…….

용용이가 말렸지만 흑흑이는 신이 나서 달려들었다. 방금까지 태현의 뒷담 비슷한 걸 해서 더욱더 필사적이었다.

-마법 해제의 포효!

"으아아아아아?!"

갑자기 어둠 속에서 튀어나온 블랙 드래곤의 모습에 제이넨은 기겁했다. 어두워서 잘 보이지도 않는데 눈빛만 번쩍였다.

[높은 곳에서 낙하합니다! 부딪히면 크게 다칠 수 있습니다.]

'안 돼!'

공중 부양 마법부터 각종 걸린 마법들이 날아가자, 제이넨은 본능적으로 수습에 들어갔다. 그러나 그게 끝나기도 전에 흑흑이는 제이넨 앞에 서서 덤벼들었다.

"공중 부…… 억!"

와드득!

-잘 가라! 멍청한 모험가 놈아!

"항…… 항복! 항복! 잘못했다고! 항복!"

-응?

흑흑이는 당황했다. 항복이면 뭘 어떻게 해야 했더라?

그건 딱히 지시를 내린 것 같지 않았는데…….

'그냥 죽이면 되겠지?'

흑흑이는 제이넨을 물은 어금니에 힘을 주려고 했다.

"잠깐. 너 김태현이 데리고 다니던 펫 아냐?"

용용이와 흑흑이. 겉모습도 그렇고 여러모로 강렬해서 한 번 보면 잊기 힘들었다. 태현을 상징하는 두 펫!

─……아, 아닌데?

"맞잖아? 너 같은 펫이 또 어디 있어."

-나 펫 아니거든? 죽어라.

"안 돼! 죽이지 마! 죽이지 말라고!"

"그래서 정체를 들키고 데려오셨다?"

-죄송합니다…….

흑흑이는 머리를 땅에 박고 있었다. 태현은 어이가 없어서 말했다.

"내가 침입자 보면 와서 알리랬지 가서 잡으랬냐? 그냥 밑에서 화살만 쏴도 쉽게 잡았겠는데."

오싹!

제이넨은 몸을 떨었다. 생각해 보니 그렇게 되면 항복할 틈도 없이 로그아웃됐을 것 아닌가.

"김, 김태현! 난 너 팬이야."

"그래. 고마워. 잘 가. 들킨 게 아쉽지만 뭐 어쩔 수 없지."

태현이 있다는 걸 몰라야 길드 동맹들이 신경을 덜 쓰고, 더 무모하게 행동할 것 같아서 정체를 숨기고 있었다. 이제 그거까지는 안 되겠지만 어쩔 수 없었다.

'뭐 뜯어낼 만큼 다 뜯어냈지.'

"안 돼! 안 돼!"

제이넨은 필사적으로 외쳤다.

"진짜 팬이라니까! 네 굿즈도 샀어!"

태현도 놀랐다.

"그런 게 있어?"

"비공식적으로 파는 게 있을 걸요…… 그보다 저 사람 죽이죠."

"죽여요."

"죽입시다!"

이다비, 유지수, 정수혁까지 죽이자고 입을 모아 외쳤다. 웬 처음 보는 여자 랭커가 태현 팬이라고 하는 모습이 눈꼴사나 웠던 것이다.

"길드 동맹 소속인데 팬은 무슨 팬! 저건 가짜입니다!"

정수혁은 열렬하게 외쳤다. 제이넨은 흠칫했다. 어떻게 알았지?

"진짜 팬이라니까? 팬을 이렇게 대해도 돼?!"

"내 팬들은 폭탄이 되는 걸 즐기던데?"

태현은 그렇게 말하고 제이넨에게 다가갔다. 제이넨은 기겁 해서 고개를 흔들었다.

"살려줘! 나 지금 진행하고 있는 퀘스트가 있어서 죽으면 안 된단 말이야! 살려주면 다신 안 올게!"

그 필사적인 모습에 케인은 살짝 마음이 약해졌다.

"좀 불쌍한……."

"하나도 안 불쌍합니다."

"별로 안 불쌍한데요."

"안 불쌍해요."

"……그, 그래?"

순식간에 케인을 향해 쏟아지는 공격! 태현도 거기에 동의했다.

"맞는 말이야. 원래 랭커들은 불쌍한 척을 되게 잘해. 판온 1 때 많이 겪어봤었지."

-네가 김태현이냐? 아주 잘 걸렸다. 내가 널 어떻게 할지 말해주지. 일단 널 한 번 죽인 다음에, 이 리스폰 추적 주문으로 네가 어디서 부활할지 찾고서 또 죽일 거야. 기분이 풀릴 때까지 한 다음 네가 바칠 장비를 보고 화를 풀지 생각해 주지.

그리고 30분 후.

-잘못했습니다 엉엉! 살려주십시오!

"생각해 보면 케인도 확실히 랭커의 재능이 있었어."

"어? 왜 갑자기?"

케인은 쑥스러워했다. 태현이 그를 칭찬해 줄 줄이야.

"아니. 나한테 그렇게 털리고 나서 나한테 도와달라고 했었잖아. 그 정도는 뻔뻔해야 하거든."

30분 전까지 말했던 걸 잊고 머리를 박을 수 있어야 랭커가 가능!

태현과 케인의 대화를 들으면서 제이넨은 식은땀을 흘렸다.

사실 제이넨은 판온 1 때 태현한테 당한 플레이어 중 하나였던 것이다. 그것도 지금 태현이 말하는 것과 비슷하게!

-호호. 누가 난리를 친다고 해서 왔는데 대장장이야? 무릎부터 꿇을래? 무릎을 꿇다니. 잘했어. 이제 머리를 땅에 박…… 콰콰콰콰쾅!

30분 후.

-으흑흑! 잘못했어요! 살려주세요!

'설마 기억하고 있진 않겠지?'

물론 태현은 기억하지 못했다. 제이넨은 그 기색을 보고 안심했다. 그리고 동시에 화도 좀 났다.

'생각해 보니 이 새끼…… 그걸 까먹는 게 말이 돼?'

태현 입장에서는 제이넨 같은 플레이어가 너무 많아서 대충 다 넘긴 것이었지만, 맞은 입장에서는 분노할 수밖에 없었다.

"어쨌든 제이넨이라고 했나? 어? 어디서 들어본 것 같은데."

"내, 내가 길드 동맹에서 유명해서 그래."

"그래? 이상하다. 어쨌든 네가 내 팬이든 말든 그건 중요한 게 없고…… 자. 우리 같이 사진이나 찍자."

태현은 친근하게 제이넨 옆에 서서 팔짱을 꼈다. 그리고 사진을 찍었다.

"아, 뭘 한 거냐고? 나중에 길드 동맹 쪽에 뿌리려고."

"……야 이 개씨!"

"역시 연기가 맞았군."

제이넨은 아차 싶었다. 옆을 보니 살벌한 눈빛들이 그녀를 쳐다보고 있었다.

'죽일 거야!'

'죽일까요.'

'끼고 있는 마법사 장비가 좋아 보입니다.'

살기로 공기가 팽팽해지자 제이넨은 당황해서 상황을 수습하려고 했다.

"흥분해서 욕이 나온 거야!"

"저도 흥분해서 화살 나갈 것 같은데 괜찮죠? 괜찮죠?"

"잠시만 참아. 에이넨. 길드 동맹 쪽에 김태현 절친으로 알려지기 싫으면 여기 온 이유부터 시작해서 지금 쟤네들이 뭐하고 있는지 탈탈 털어놔라."

"난 제이넨인데……."

"뭐?"

"아, 아니야. 에이넨 할게. 근데 쟤들 좀 치워주면 안 돼?"

제이넨은 뒤에서 노려보는 태현 일행을 가리키며 말했다. 아까까지는 불쌍하게 여기던 케인도 '속았다'는 눈길로 노려보고 있었다.

"김태현인 거 알았으면 여기 오지도 않았을 거라고! 그렇게 좀 그만 노려봐!"

제이넨은 유지수나 이다비가 왜 노려보는지 착각하고 있었다. 친근하게 사진을 찍어서였지만, 제이넨은 그냥 경쟁 길드의 랭커여서로 착각한 것이다.

"……그걸 믿으라고? 지수야. 장전해라."

"네!!"

"진짜야!! 진짜라고!!"

제이넨은 바락바락 소리를 질렀다. 좀 믿어줘라 좀!

"아키서스 관련된 장비가 나타나서 그걸 얻으려고 싸웠고, 그 와중에 쑤닝이 하나는 먹튀했고, 여기 오긴 왔는데 단합이 안 되어서 각자 놀았다…… 너무 개소리 같은데…… 그렇게 멍청할 수가 있나?"

제이넨은 속으로 불평했다. 정말로 그렇게 된 걸 그녀보고 어쩌라는 거야?

태현은 생각했다. 확실히 보여준 추태를 떠올리면 제이넨의 말이 타당하기는 했다. 너무 추해서 그렇지.

"저기. 아키서스 관련 장비도 포기하고 여기서 물러날 테니까 나 좀 풀어주면……."

"뭐 그럴까?"

말한 제이넨도 놀랄 정도의 친절!

"선배님! 죽입시다! 장비도 좋아 보이는데!"

무심코 뒤에 나온 정수혁의 본심! 태현은 그걸 보며 생각했다.

'저 녀석도 참 많이 변했어.'

예전에는 훨씬 더 순했던 것 같았는데…….

사실 옆에는 더 격해진 인물이 하나 있었지만 태현은 눈치 채지 못했다.

"수혁아. 어떻게 그런 소리를 하니. 남의 장비잖아."

"흑흑. 죄송합니다."

정수혁은 고개를 꾸벅 숙였다. 케인은 태현을 '이 자식 또 무슨 꿍꿍이길래 이렇게 착한 척이지'라는 눈으로 쳐다보았다. 태현이 보통 안 하던 짓을 하면 꿍꿍이가 있는 것!

이다비나 유지수는 살짝 경계하는 마음으로 제이넨을 쳐다보았다. 안 그래도 태현의 팬이라고 하면서 온 게 신경 쓰였는데, 저렇게 친절을 베풀어 줬다가 정말로 반해 버리면 어떡하나! 물론 연기라고는 했지만 사람 마음은 모르는 법 아닌가.

물론 제이넨은 태현한테 반할 리 없었다.

'이 새끼가 대체 나한테 뭘 원하는 거지!?'

태현이 친절하게 나올수록 증폭되는 공포! 반하기에는 판 온 1 때부터 직접 경험한 게 너무 많았다.

거기에 다른 사람들한테 듣고 본 것까지.

'아…… 안 돼. 다른 사람들한테 도와달라고 해야…….'

제이넨은 주변을 둘러보았다. 물론 도와줄 것 같은 사람은 보이지 않았다. 그나마 착해 보이는 유지수나 이다비도 노려 보고 있는 상황!

'내가 그렇게 큰 잘못을 한 것도 아닌데! 김태현이 있는 것도 모르고 온 건데! 너희들이 있다고 했으면 오지도 않았어!'

속으로 외쳤지만 둘에게는 들리지 않았다.

유지수가 제이넨을 노려보며 낮은 목소리로 말했다.

"지금 되게 두근거리는 것 같은 얼굴인데⋯⋯."

두근거리긴 했다. 공포로!

제이넨은 무심코 고개를 끄덕였다.

"역시! 그럴 줄 알았어!"

"아, 아니. 사람인 이상 김태현을 앞에 두고 안 두근거릴 수가 있어?"

"그렇긴 하지만⋯⋯ 그래도 용서할 수 없어!"

'뭔가 엇갈리는 것 같은데?'

이다비는 고개를 갸웃거렸다. 아무리 봐도 제이넨은 공포에 질린 얼굴이었다. 둘의 대화를 끊은 것은 태현이었다.

"그냥 보내줄게. 대신 부탁 한 가지만 하자."

"흑흑. 아프지 않게 죽여줘⋯⋯."

순간 어색해진 분위기!

"⋯⋯그냥 돌아가서 애들 진행 상황하고 그런 것 정도만 말해주면 되는데."

"아⋯⋯ 그렇구나. 잠깐. 그거 스파이잖아?"

"스파이라고 하면 좀 안 좋게 들리니까 내가 베푼 친절에 네가 보답한다고 하자고."

태현은 제이넨을 달래려고 했다. 스파이를 포섭할 때 중요한 건 달래는 것!

이 정도는 괜찮지!

그러나 달랠 필요가 없었다. 제이넨은 즉시 대답했다.

"스파이든 뭐든 어때. 나만 살면 그만이지."

"아주 훌륭해."

"잠깐. 너 이런 식으로 우리 길드에 스파이 더 심어놓은 거 아냐? 많이 해본 솜씨인데?"

제이넨은 갑자기 생각이 들어 물었다. 태현은 당황했지만 표정 하나 변하지 않고 대답했다.

"많지. 너희 간부 중에 절반이 내 스파이야."

"호호호호! 농담도 잘 하네. 그런 사람이 있을 리가 없잖아?"

앨콧은 놀러 온 마법사 랭커, 크로포드를 맞이하기 위해 준비했다.

"봐라! 여기가 영주실이다!"

"오오…… 괜찮은데?"

크로포드는 감탄했다. 영주에게만 주어지는 권한 중 하나. 전용 공간이었다. 이게 바로 권력인가!

아주 커다란 영지의 영주는 아니었지만 그래도 앨콧의 영지는 탄탄하고 견실했다.

"너 근데 길드 동맹에서는 뭐라고 안 하냐? 오스틴 왕국 말고 에랑스 왕국에서 영주 한다고."

"야. 에랑스 왕국에 첫 영주인데 그게 대수냐? 오히려 길드 동맹에서는 날 더 밀어준다고. 계속해서 에랑스 왕국에서 영향력을 키워보라고."

"그래? 신기한데?"

크로포드는 신기해했다. 그 모습에 앨콧은 기분이 나빠졌다.

"왜? 뭐가 신기한데?"

"아니. 너 거기서 친한 놈들 별로 없지 않았냐? 외국인에, 너하고 친한 길드 간부는 저번에 내부 분쟁 때 다 갈려 나갔고……."

하나씩 짚어주는 크로포드!

"너 랭커만 아니었으면 진작 쫓겨났을 텐데?"

비겁하게 사실로 때리다니. 앨콧은 속으로 생각했다.

"게다가 너 김태현하고 친하잖아."

"누…… 누가 김태현하고 친해?"

"아. 네가 일방적으로 쫄……."

"안 쫄았다!"

"……뭐든 간에 어쨌든, 겉으로 보기에는 친해 보이잖아."

퀘스트 몇 개 같이 했으면 대충 친한 것 아니겠는가.

크로포드는 그렇게 생각했다.

"그건 걱정 마라. 잘 설득했으니까."

"오. 진짜?"

"그리고 난 깨달았다."

"……?"

"김태현하고의 관계를 무조건 두려워할 필요는 없는 거라고."

'쫄 거 맞잖아……'

크로포드는 그렇게 생각했지만 입 밖으로 내지는 않았다. 지금 앨콧은 영주였으니까. 영주 권한으로 쫓겨날라!

"그, 독도 잘 쓰면 약이 된다잖아. 어둠도 잘 받아들이면 내 힘이 되는 거지."

"……뭐 어떻게 쓰려고?"

"길드 내 경쟁자 놈들을 제거한다거나?"

"그건…… 스파이 아니냐?!"

"돌아왔구나! 제이넨!"

"돌아왔냐! 제이넨!"

"안 돌아오지 그랬어!"

'잘 돌아왔어, 제이넨!'

"야. 속마음을 내뱉으면 어떡해."

"헉."

가식적인 환대를 해주는 랭커들! 그 모습에 제이넨은 화사하게 웃었다. 죄책감은 원래 없었지만, 있었을 죄책감도 덜어주는 친구들!

"용케 살아 돌아왔다?"

"내 비장의 스킬이 있었지. 그보다 하시다. 네가 지금 입고 있는 갑옷이 뭐였지?"

"〈얇게 가공한 이자크 붉은 와이번 가죽 갑옷〉인데."

"그거 약점이 물리 방어였나 마법 방어였나? 속성 약점은 뭐가 있었지?"

"그걸 왜 물어?"

"다음에 공격할 때 맞는 스킬로 버프 걸어주려고 한다. 왜?"

"아. 그런 거라면……."

제이넨이 날카롭게 묻자 다들 꼬리를 내렸다. 일단 제이넨을 두고 도망친 걸로 따지면 할 말이 없기 때문이었다.

'네가 쓰던 〈섬광의 연속 검격〉 약점이 뭐더라?'

'네가 쓰던 방어 스킬들이 뭐였지? 그거 쿨타임이 각자 몇 초?'

'……이런 것까지 알아야 해?'

그렇게 제이넨은 알차게 각자 약점들을 조사해 나갔다.

"소식은 들었다."

"맥필!"

요양을 끝내고 나온 맥필이 돌아온 랭커들을 비웃었다.

"뭐? 나는 빠지라고? 크하하하! 크하하하하하!"

아주 통쾌하게 웃어대는 맥필! 랭커들은 그를 곱지 않은 눈길로 쳐다보았다. 누구든 간에 자기 실패 비웃는데 좋아할 사람은 없었다.

"그만 웃어라."

"싫은데? 크하하하! 〈이번 주의 가장 웃긴 판온 순간들〉은 잘 봤다."

거기까지 나왔어!?

"나, 나도 나왔냐?"

"넌 당연히 나왔지."

"난??"

"네가 가장 인기가 좋다!"

오만상을 찌푸리는 랭커들!

그런 랭커들을 비웃으며 맥필은 힘차게 말했다.

"잘 있어라! 난 간다!"

"뭐?!"

"맥필, 가지 마라! 네가 남아서 총알받…… 아니, 탱커 역할을 해줘야지!"

"개소리는 저기 가서 해라. 내가 뭐가 아쉬워서 여기 이러고 있는지 모르겠네. 너희들 왔으니 잘 됐다. 난 빠진다."

랭커들의 추한 모습을 게시판 1위 영상으로 보면서, 맥필은 많은 생각을 했다. 이놈들과 같이 이 요새를 같이 깰 수 있을까? 정답은 '아니다'였다.

'내가 미쳤지.'

처음에는 오합지졸들만 모인, 급조한 요새가 만만해 보였다. 엘프 백작과 기사단들도 잘 안 보이니 손쉽게 박살 낼 수 있다고 생각한 것이다.

그렇지만 보면 볼수록 요새는 튼튼해 보였다. 백작과 기사단은 상대도 못 했는데 벌써 이 정도라면…….

'아주 계륵이야.'

랭커들이 이렇게 모여 있으면 깰 수 있을지도 모른다고 생각했는데, 이놈들은 플러스가 아니라 마이너스였다. 같이 모아놓으면 서로 견제하느라 더 도움이 안 되는 것들!

괜히 미련 때문에 망설이는 것보다 빨리 빠지는 게 나았다. 다른 랭커들이 왔으니 길드에 핑계 대기도 좋았고.

맥필이 사라지자 분위기는 이상해졌다. 랭커들도 사실 알고 있었다. 지금 저 요새가 만만해 보여도 쉽게 깨기는 어렵다는 것을. 그렇지만……

'아키서스 장비는 탐난다!'

'내가 빠지면 저놈이 가질 텐데……'

'빠져야 하나, 말아야 하나……'

"점점 빠지는군."

랭커들이 하나둘씩 눈치를 보다가 사라진다는 소식을 듣고, 태현은 만족스러워했다. 이 정도면 벡텔 시는 완전히 자리를 잡을 수 있을 것이다.

길드 동맹도 나중에 여유가 생기면 여기부터 털려고 할 것이고, 그때는 또 그때 생각해 봐야 하겠지만 일단은 지켜낸 것!

"다 빠졌대?"

"아니. 둘 정도 남았다는데. 가서 잡지 뭐."

이제 랭커 두 명 정도는 별로 어려워 보이지도 않았다. 케인은 그렇게 생각하는 자신을 깨닫고 깜짝 놀랐다.

'내 기준이 어쩌다 이렇게 됐냐?!'

"야. 근데 우리 정체 숨기자고 했잖아?"

"그렇지. 저기 도시 광장 가서 '헉! 엄청 대박 장소 발견! 수익률 500% 보장! 파티장이 미쳤어요!'라고 하고 와."

케인은 떨떠름한 얼굴로 광장을 향해 움직였다. 그리고 30분 후에 돌아왔다. 구름 같이 몰린 산적 파티들을 데리고!

그들 모두 초롱초롱한 눈빛으로 태현을 쳐다보고 있었다.

"정말 대박 맞아?"

"만약 아니면 널 털어버린다."

악명 스탯을 보니 아직 산적질을 한 지 얼마 안 되는 애송이였다. 그런데도 이런 훌륭한 태도라니.

태현은 흐뭇하게 고개를 끄덕였다. 이 도시의 분위기가 이런 놈들을 키워내고 있는 거겠지.

"하하. 이리 와라."

푹푹푹푹푹!

상대를 붙잡고 다짜고짜 공격을 시작한 태현!

"으아아아아악!"

정신 차리지 못할 정도로 빠르게 공격을 날려서 HP를 5% 정도만 남긴 대현! 대현은 상대 얼굴 앞에 무기를 멈추고서 말했다.

"다시 지껄여 봐."

"아…… 아닙니다."

순식간에 조용해지는 분위기!

태현에게서는 거장 산적의 위엄이 흘러넘쳤다. 플레이어 중 한 명이 무심코 악명 스탯을 확인해 주는 〈악명 확인의 외안경〉을 꼈다. 악명이 높을수록 빨갛게 보이는 안경!

그리고 그는 기겁했다.

"야. 저 사람 악명 스탯이 대체……!"

"왜 그래? 허어억!"

"아, 아니. 저 악명 스탯 갖고 일상생활이 되나?"

"그보다 뭘 했길래 저런 악명 스탯이 되는 거야?"

보면 볼수록 신기한 태현의 악명 스탯! 평생 밥 먹고 산적질만 했어도 저 정도는 힘들 것 같았다.

"잘 들어라. 나는 큰 거만 턴다. 자잘한 건 털지도 않아! 만약 너희들이 내 일에 방해되면 내가 날려 버릴 거다."

꿀꺽-

플레이어 중 한 명이 긴장해서 침을 삼켰다.

"대박을 원하나?"

"원…… 원합니다!"

"대박을 원하냐고!"

"원합니다!!"

"좋아. 날 따라와라! 내 명령에만 따르면 대박을 가질 수 있을 거다!"

"어. 잠깐. 여기는……."

"공격!"

"아니 잠깐만……?!"

이 인간이 간덩이가 배밖에 나왔나!? 아무리 이 근처 모두가 다 산적질을 하고 있다고 해도, 지나가는 수레를 터는 것과 길드 동맹 랭커들이 있는 곳을 직접 터는 건 차원이 달랐다. 후자는 그냥 죽여 달라는 거잖아!

그러나 이미 태현과 태현 일행은 공격을 날리며 들어간 상태였다. 따라온 플레이어들은 울며 겨자 먹기로 따라 들어갈 수밖에 없었다.

'저놈이군.'

태현은 랭커를 보자마자 선공부터 날렸다. 언제나 중요한 건 기선 제압이었다. 정신을 차리기 전에 쳐야 한다!

카르바노그의 창으로 찔리자, 랭커는 움직이려다가 그대로 넘어졌다.

자기 자신도 못 믿겠다는 얼굴! 이런 어처구니없는 실수를 하다니??

"저놈 쓰러졌다! 모두 다 공격해라! 〈가짜 스킬 이름 외치기〉!"

태현은 공격하면서 동시에 스킬을 사용했다. 그러자 다른 사람들에게는 다른 스킬의 효과가 보였다.

-고대 제국의 영원불멸한 힘!

"??!"

〈고대 제국의 영원불멸한 힘〉. 일정 시간 동안 받는 대미지를 1%로 줄이는, 판온에서 유명한 사기 스킬 중 하나! 그리고 이 스킬은, 〈고대 제국의 백기사〉로 알려진 최상위권 랭커 스미스의 직업 스킬이었다.

"뭐…… 뭐…… 뭐??"

그걸 직접 마주한 랭커의 충격은 말할 것도 없었다.

"찔러!"

"이것들이 진짜 봐주니까 미쳤나!"

랭커는 분노해서 바로 대응하려고 했다. 보아하니 산적 놈들의 수준은 기껏해야 고렙 플레이어 정도.

평상시라면 눈도 못 마주칠 놈들이?!

'무시하고 쓸어버린다!'

이런 놈들이 주는 대미지는 그냥 스킬로 무시하고, 공격을……

"컥!"

[치명타가 터졌습니다! 한 번에 너무 많은 HP가 줄어서 출혈 상태에 빠집니다.]

공격 사이에 섞여 있는 상상을 초월하는 대미지!

'뭐야? 뭐야??'

랭커는 갑자기 훅 줄어드는 HP를 보면서 기겁했다.

이 같잖은 산적 놈들이 대체 뭔 짓을 한 거지?

특별한 아이템이라도 썼나? 그러나 그걸 알아채기도 전에 계속해서 추가 공격이 들어왔다. 한 대 한 대는 견딜 만해도 사방에서 두들겨 패면 무시할 수준이 아니었다.

게다가 지금 그는 HP가 훅 깎인 상태!

'일단 회복부터 해야······.'

[스킬이 실패합니다. HP가 반대로 감소합니다.]

몇 천 번 넘게 쓴 스킬이 실패하는 기현상까지! 랭커는 그가 쓴 스킬이 실패할 수도 있다는 걸 처음 알았다.

'안 돼······!'

"와!! 우리가 잡았다!"

"해냈어! 우리가 해냈다고!"

처음으로 랭커를 잡았다는 성취감에 방방 뛰는 플레이어들! 태현은 그들을 보며 흐뭇한 표정을 지었다.

그래. 한창 좋을 때지.

저렇게 한 걸음 한 걸음씩 진정한 산적 플레이어가 되어가는 것!

벡텔 시에 랭커 하나도 아니고 랭커 여럿이 가서 아무 성과도 못 내고 돌아오다니! 게다가 그 와중에 랭커 하나는 산적 플레이어들한테 습격당해 로그아웃까지 당했다.

그대로 알려진다면 망신 중의 개망신.

길드 내에서도 체면이 서지 않았다.

이런 상황에 처하자 남은 랭커들이 할 수 있는 건 하나밖에 없었다.

조작!

-아니~ 벡텔 시 별거 아니더라고. 하려면 얼마든지 점령할 수 있었는데, 저거 해서 뭐 남겠나, 싶어서 그냥 왔다.

-맞다. 맞아. 괜히 거기서 진흙탕 싸움해 봤자 남는 게 있어야지. 랭커라면 품위가 있어야 할 거 아니야?

-우리 말고 다른 길드원들 보내서 해도 충분할 거 같으니까, 게네들 맡겨. 이거 우리가 하기에는 좀 그렇네.

물론 〈이번 주의 가장 웃긴 판온 순간들〉에 랭커들이 나온 걸 본 쑤닝으로서는 기가 막히는 소리였다.

-이 새끼들이 가서 추태란 추태는 다 부려놓고 어디서 혓바닥을 놀려!? 전부 다 근신 처분이다!

-쑤닝 님. 아무리 그래도 랭커들을 전부 다 그렇게 하는 건…….

길드의 간부가 난색을 표했다. 랭커들이 이번에 삽질만 했어도 다른 곳에 가면 몇 명 몫을 너끈히 하는 이들이었다.

그런 랭커들을 근신하게 하는 건 길드 입장에서도 손해였고, 랭커들한테도 불만이 나왔다.

　쑤닝은 이를 갈았다.

　-랭커 놈들 눈치를 계속 보다 보니 이 길드가 내 길드인지 그놈들 길드인지 모르겠군. 좋아. 근신은 넘어가 주지. 하지만 그놈들한테 이번에 새로 나온 장비는 못 주겠다. 나온 장비는 전부 몰수다! 누구한테 줄 지는 내가 정하겠다.

　길드 간부들은 서로 눈치를 봤다. 아키서스 관련 장비 때문에 그들이 움직인 걸 생각한다면 저건 좀 심한 처사였다. 게다가 뒷말이 나올 수도 있었다. 쑤닝이 자기와 친한 랭커들한테만 장비를 준다고.

　지금 길드 내에는 아키서스 관련 장비들에 대한 소문이 확 퍼져 있었던 것이다. 아무리 쑤닝이라도 그냥 억지로 넘어가기에는 문제가 컸다.

　-따끔한 교훈이 되겠지만 불만이 좀 쌓이지 않겠습니까?

　-좋은 방법이 있습니다. 장비 중 하나를 골라서 앨콧한테 하사하는 겁니다.

　-필요 없다고 하지 않았나?

　-없다고 해도 억지로 쥐여줘야죠. 최소한 '우리는 랭커들 차별하지 않는다'고 말은 할 수 있을 겁니다.

친하지 않은 앨콧한테 장비를 주는 것으로 뒷말이 나올 걸 막을 속셈이었다. 쑤닝은 고개를 끄덕였다.

-좋아. 장비 하나 골라서 앨콧한테 주고 나머지는 내가 알아서 분배 한다고 알려!

쑤닝의 결정은 곧 길드 내에 알려졌다. 그리고 못 받은 랭커들과 혹시나 하고 관심을 갖고 있던 랭커들은 대번에 불만이 폭발했다.

-일이 실패했어도 그렇지 그냥 뺏어가? 아예 처음부터 몰수할 생각이었구만?
-자기가 분배한다니. 누가 중국인 아니랄까 봐.
-자기하고 친한 랭커들한테만 준다는 거 아니야?
-일이 실패했으면 다른 일로 결정을 해야지 왜 자기가 멋대로 분배한 다는 거냐?
-앨콧한테 하나 준 것도 엄청 속 보이는군. 대충 닥치라는 거 아니야.

불만이 노골적으로 커지자, 길드 간부들은 앨콧에게 연락했다.

-앨콧. 네가 직접 다른 랭커들한테 말해라. 이번 아키서스 관련 장비는 네가 길마님한테 직접 바친 거라고! 그러니까 길마님한테 분배 권한

이 있다고!

다른 랭커들도 가만히 있지 않았다. 그들도 앨콧에게 연락했다.

-앨콧. 넌 이번 장비를 길드에게 도움 되려고 바친 거지? 길드 전체에? 쑤닝한테 준 게 아니라 길드 전체에 뿌린 거라고 말해!

앨콧은 어이가 없었다. 진짜 이 장비 하나 바쳤다고 길드 안의 싸움이 이렇게 커진다니. 이게 말이 돼?

'그보다 내가 착용하기 싫어서 바친 건데 왜 다시 돌아오는 거야?'

앨콧은 떨떠름한 눈으로 장비를 쳐다보았다. 다른 사람들이라면 냉큼 찼겠지만 앨콧은 아니었다.

아무리 봐도 수상해 보여! 길마와 중국계 랭커들의 편에 서느냐, 아니면 반대쪽 랭커들의 편에 서느냐.

앨콧은 고민했다. 그리고 둘 다 차단했다.

"나는 에랑스 왕국의 영주니까 내 일이나 잘해야지!"

"고르수크. 우는 거 아니지?"
"안 운다!"

고르수크는 감격한 얼굴로 땅바닥에 엎드려 있었다. 드디어 약속이 지켜진 것이다. 절망과 슬픔의 골짜기 한구석에 시이바 교단의 건물을 허락받은 고르수크!

"여기에 지으면 된다."

"그런데 한 가지 궁금한 게 있다."

"뭐냐?"

"……저건 사디크 신의 성기사 아닌가??"

"아. 저건 사디크 신을 믿던 아키서스 교단의 성기사야."

고르수크는 도저히 이해가 안 간다는 눈으로 사디크 성기사들을 쳐다보았다.

"이야기가 복잡해지니까 그냥 그렇다고만 생각해 둬. 여기는 그런 게 많아."

"……한 가지만 더 물어봐도 되나?"

"그래."

"저건…… 악마 아닌가?"

"쟤네들은 아키서스 교단을 돕는 악마지."

고르수크는 세상에서 가장 기괴한 걸 본 눈으로 악마 대장장이, 사루온을 쳐다보았다. 여기 교단 성지 맞아?

"그렇군…… 그러면 저기서 사람을 붙잡고 약병을 억지로 건네주는 악마도 별로 특이한 건 아닌 모양이군."

"헉. 저게 뭐지?"

태현도 깜짝 놀라서 움찔했다. 저 처음 보는 놈은 뭐야?

"아…… 프리드군. 쟤는 떨거지야. 자기가 연금술 잘한다고 해서 기회를 줬지."

"보통 뭘 잘한다고 해서 악마한테 기회를…… 주나?"

"어허. 악마한테도 기회를 주는 게 아키서스 교단의 방침이
야. 방금 말은 좀 차별적이었어. 고르수크. 실망이군. 시이바
교단이 그렇게 속이 좁을 줄이야."

"아, 아니다. 내가 말실수를 했다."

고르수크는 허겁지겁 작은 신전을 완성했다. 태현이 도중에
방해라도 할 것처럼!

"고르수크. 잊지 마라. 이 아주 조그만 신전을 허락해 주는
대신 너는 이 주변을 돌면서 순찰을 서고, 오크 주술사들을
훈련시켜 줘야 하고, 저기 텃밭 농장 가서 슬라임도 좀 길러줘
야 하고…… 또 뭐가 있더라……."

태현은 아예 빽빽하게 적은 리스트를 꺼냈다.

-우리 언제 가나?

-우리 진짜 언제 가나??

-우리 가기는 하는 건가?

벡텔 시에서 오래 머무는 동안 점점 절박해진 고르수크! 그
리고 그 고르수크를 차근차근 등처먹은 태현이었다. 덕분에
고르수크가 해야 할 일들은 산더미처럼 늘어나 있었다.

"다 해야 해. 알겠지?"

"알겠다……."

[느림과 슬라임의 신, 시이바의 신전이 완성되었습니다! 잊혀진 희귀한 신의 신전을 영지에 지어준 것으로 인해 명성이 크게 오릅니다.]

[신성이 크게 오릅니다.]

[시이바가 당신의 헌신에 고마워하며 당신에게 권능 하나를 선물합니다.]

'오오!'

태현은 감동했다. 이런 친절이라니.

역시 마이너한 신들이 착해!

[카르바노그가 우쭐해합니다.]

'……뭐 어쨌든.'

저번 지팡이로 〈슬라임 분신 소환〉을 얻었는데 하나를 더 주다니.

[〈시이바의 구속 장치 제작〉을 얻었습니다.]

"……뭐?"

[영지 근처에 슬라임이 증가합니다.]

[영지 주민들의 물리 방어력에 버프가 들어갑니다.]
[영지 주민들의 장비 내구도에 버프가…….]

스킬을 읽어볼 시간도 없이 메시지창들이 우르르 떴다.

시이바는 생각보다 버프가 괜찮은 신이었다. 영지 근처에 슬라임들이 증가한다는 게 어떤 의미인지는 모르겠지만!

<시이바의 구속 의자 제작>

슬라임으로 이루어진 구속 의자를 만듭니다. 이 구속 장치에 당한 상대는 장치가 부서지기 전까지 명령을 거역할 수 없습니다.

구속 의자의 내구도는 기계공학 스킬과 대장장이 기술 스킬, 신성 스탯에 영향을 받습니다. 부서지기 전까지는 다른 구속 의자를 만들 수 없습니다.

구속 의자는 플레이어한테 사용할 수 없습니다.

의자처럼 생긴 구속 장치. 일단 여기에 누군가를 앉혀야 써먹을 수 있는 장치였다.

'이걸 어떻게 쓴다?'

일단 하나 쓰면 다른 걸 못 쓴다는 점에서, 상대를 잘 골라야 했다. 가장 먼저 드는 생각은 악마나 천사!

하나 잡아서 앉힌 다음 명령을 따르게 시키면 아주 좋을 것 같았다.

[카르바노그가 시이바는 뭔 이런 흉흉한 권능을 갖고 있냐고 놀랍니다.]

'그러게……?'

생각해 보니 권능치고는 상당히 많이 흉악한 권능이었다.

'음. 나중에 마계 가서 적당한 악마를 이 위에 앉게 하고 싶은데. 방법을 생각해 봐야겠군.'

제정신을 가진 악마라면 저렇게 수상쩍은 신성력이 느껴지는 의자 위에 앉지는 않을 것이다. 그렇지만 태현은 자신이 있었다. 제정신을 가진 상태로는 못 앉겠다면 제정신을 잃게 만들어주면 그만 아니겠는가!

"근데 겔렌델한테 말 안 하고 그냥 와도 되는 거야?"

케인이 불안하다는 듯이 물었다. 그가 보기에 겔렌델은 상당히 미친 NPC였다. 언제나 태현과 함께했던 케인이 미친놈 취급할 정도면……!

"말하고 오는 것보단 나았을걸. 괜히 붙잡혀서 오크 머리 잡으러 가자는 소리 듣기 싫었다고."

랭커들도 사라지고, 안에서 내분이 일어났다는 소식을 들었을 때 태현은 벡텔 시가 한동안 안전할 거라는 확신을 내렸다. 그러면 이제는 떠날 때! 겔렌델과 기사들이 산맥을 뒤지고 나서 여기에는 오크들이 없다는 사실을 깨닫기 전에 튀어야 했다.

원래라면 겔렌델 앞에 가서 잘 설득하고 작별 인사를 했겠지만…….

태현도 겔렌델은 좀 예측이 안 됐다. 워낙 미친 엘프였던 것이다.

'괜히 발목 잡히거나 강제 퀘스트 나오면 골치 아파지지.'

이럴 때 정답은 야반도주!

겔렌델이 이렇게 멀리 도망친 태현을 쫓아올 수는 없을 것이다.

"괜찮을까?"

"안 괜찮을 게 뭐가 있겠어. 머리가 없는 건 아니니까 오크 좀 더 찾다가 없으면 포기하고 다른 곳으로 찾으러 갈 거야. 에스파 왕국으로 다시 갈 수도 있고."

케인은 뭔가 찜찜한 표정을 지었다.

[<오크 선조들의 해골 목걸이>를 손에 넣었습니다. 오크들의 함성이 산맥을 가득 채웁니다!]

거대한 오크 함성이 우렁차게 울려 퍼졌다. 지켜보는 사람들의 가슴을 뛰게 만드는 웅장한 모습이었다. 산맥의 한 봉우리부터 다른 봉우리까지 꽉꽉 채운 어마어마한 숫자들의 오크들!

김태산은 그걸 보며 코밑을 쓱 훔쳤다. 리×지 생각이 났다.

그때는 서버의 사람들이 저렇게 나열해 있었는데…….

[위대한 오크 족장인 당신은 오크들의 성물을 얻은 것으로 당신의 능력을 증명해 보였습니다. 이제 남은 것은 <우르크 오크 대족장>으로서 당신의 각오가 충분한지입니다.]
[퀘스트를 진행하시겠습니까?]

"물론!"

<더 많이 모아라!-우르크 오크 대족장 전직 퀘스트>
숫자는 곧 힘!
더 많은 오크 부족들을 당신 밑에…….

<더 많이 불태워라!-우르크 오크 대족장 전직 퀘스트>
오크들은 평화로운 걸 싫어합니다. 전쟁을 일으키십시오! 전쟁이야말로 새로운 대족장의 출현을…….

나온 퀘스트는 2개. 하나는 오크 부족의 숫자를 늘리는 것이었고, 다른 하나는 전쟁을 일으키라는 퀘스트였다.
앞의 건 받아들여도 뒤의 건 받아들이기 힘들었다. 전쟁이 쉬운 것도 아니고……. 그러나 김태산은 아직도 오스턴 왕국에서 도망치듯 나와야 했던 일을 잊지 않았다.
'비겁한 놈들. 쪽수로 몰아붙이다니!'

원래 김태산도 쪽수로 밀던 사람이었지만, 그건 그거고 이건 이거였다. 감히 날 이기다니 절대 용서할 수 없다!

'이제는 내가 되돌려줄 차례다.'

길드 동맹이 플레이어 숫자로 친다면, 김태산은 오크 NPC들의 숫자로 반격할 생각이었다. 어차피 우르크 지역 동쪽은 거인들의 산맥이고, 북쪽은 얼음밖에 없는 바다였다.

치려면 서쪽, 오스턴 왕국뿐!

"형님. 엘프 놈들이 또 어슬렁거리는데요."

"아. 진짜. 이 자식들 언제까지 여기 있을 거야!?"

김태산은 신경질을 냈다. 엘프 공작 겔렌델은 정말 끈질긴 엘프였다. 적당히 모습 보여주고 사라지면 알아서 포기할 줄 알았는데, 산맥을 뒤지다 못해 이제 넘어오려고 하고 있었다.

'미친놈 아냐?'

"나는 아직 배고프다."

LK 라이온즈의 주 감독이 선수들 앞에서 차가운 눈빛으로 말했다. 그러자 주장을 맡은 토드머가 말했다.

"저희는 충분히 만족했는데요."

"맞아요. 4강이잖습니까. 이제 좀 적당히 해도 괜찮잖아요. 이미 충분히 이름 날렸는데."

LK 라이온즈의 선수들은 모두 만족한 표정이었다. 이 대회에 4강까지 간 것만으로도 충분했던 것이다.

태현이나 이세연만큼은 아니었지만 그들도 꽤 언론에 기사가 나왔었다.

"개소리하지 마라! 거기서 만족은 무슨. 너희들은 패배자냐? 잘 들어라. 지금 수만 명이 이 업계에 뛰어들려고 하고 있다. 수백 팀이 실제로 뛰어들 거고. 김태현이야 4강에서 떨어져도 한동안 안 잊혀지겠지. 가만히 있어도 온갖 이슈를 달고 다니던 놈이니까. 그렇지만 너희들은? 내 장담컨대 너희들은 4강에서 떨어지면 한 달이면 잊혀져! 농담 같냐? 던전 대회 끝나면 투기장 리그 시작이다. 거기서 너희들이 활약을 얼마나 할 거 같냐?"

주 감독의 독설에 선수들의 얼굴이 굳어졌다. 나름대로 자부심이 있던 그들에게 감독의 독설은 상당히 불쾌했던 것이다. 완전히 근거가 없는 말이 아니어서 더 불쾌했다.

실제로 그들은 던전 공략에 특화된 팀. 투기장에 나갔을 때 얼마나 활약을 할지 알 수 없었다. 즉 그들의 이름을 각인시키려면, 지금이 이번 해의 마지막 기회라는 뜻이었다.

한 번 이기면 던전 공략 대회의 왕자 취급을 받을 수 있다!

"잘 들어라. 이 자식들아. 지금은 너희 인생의 분기점이다. 이기면 올라가고 지면 잊혀져. 난 이 업계에서 오랫동안 일했어. 여기서 스타가 되는 건 정말 한 줌이라고. 나머지는? 그냥 반짝하고 사라지는 거야. 스타가 되고 싶으면 이길 생각을 해! 김태현을 꺾으면 니들이 그렇게 원하는 스타가 될 수 있으니까!"

주 감독의 말에 선수들은 반항했다.

"아니, 그렇게 말해서도 불리한 걸 어쩝니까? 감독님도 솔직히 자신이 없으니까 그렇게 흔들려고 했던 거 아닙니까?"

"맞아요. 이기게 만들 전략을 짜야 하는 건 감독님이잖습니까."

뛰는 선수들을 집중할 수 있게 전략과 전술을 짜오는 게 감독의 역할. 주 감독은 이제까지 그런 식으로 전략과 전술을 짜왔고, 상대 팀을 족족 무너뜨려 왔다.

그런데 이번 경기만은 유난히 초조하게 굴고 있었다. 선수들은 상대가 상대여서라고 생각했다.

"닥쳐. 네깟 놈이 뭘 아는데? 이미 상대할 준비는 다 했다. 벌써 김태현 팀이 다음 경기에 쓸 전략까지 다 알고 있지."

"어? 어떻게요?"

"거기 놈들 대화를 엿듣는 건 어린애 손목 비트는 것보다 손쉬운 일이거든."

"그, 그거 불법 아닙니까?"

"불법 아니냐고? 안 들키면 그만이지. 너희들이 그러면 이제까지 어떻게 이겨서 올라온 거라고 생각했냐? 상대방 전략을 딱딱 알아낸 게 이상하다고는 생각 안 했고?"

주 감독은 선수들을 비웃으며 말했다.

"정신 차려라! 너희들이 대단했으면 다른 게임단에서 스카웃이 더 왔겠지. 너희들 위치는 딱 여기다. 더 올라가고 싶으면 수단과 방법을 가릴 때가 아니야!"

주 감독은 그렇게 말하고 돌아섰다. 이렇게 말한 다음 선수들을 내버려 두면 선수들은 알아서 흔들리게 되어 있었다.

이기기 위해서는 뭐든지 하는 장기 말! 그게 주 감독이 원하는 선수들이었다.

'아 진짜 빌어먹을 놈들……'

주 감독은 속으로 욕을 하며 걸어갔다. 선수들 앞에서는 허세를 부렸지만 상황이 정말 좋지 않았다.

문제는 다음 경기! 선수들한테도 다음 경기가 중요했지만, 그한테도 못지않게 다음 경기가 중요했다.

만약 이 선수들을 데리고 김태현 팀을 이긴다면?

-저런 떨거지들을 데리고 이긴 주 감독의 신묘한 전략!
-주 감독은 어떻게 LK 라이온즈를 강팀으로 만들었나?

이런 기사들이 나올 게 분명!

지금 전 세계에서 수백 개가 넘는 팀들이 판온 E스포츠계에 뛰어들고 있었고, 그만큼 수많은 감독이 '나를 써줘!'라고 나타나고 있었다. 예전 스타 프로게이머부터 시작해서 하버드 경영학 출신이라고 거들먹거리는 놈들까지.

지금을 굳이 따지자면 판온 E스포츠의 초창기. 이 때 제대로 해야 했다. 강한 인상을 남기고, 명감독이라는 이름을 날려야 오래 갈 수 있었다.

그런데 답이 보이지 않았다. 일단 김태현 팀부터가 전략을 안다고 어떻게 할 수 있는 팀이 아니었다.

애초에 전략을 숨기지도 않았다! 태현 팀은 본선에 올라왔을 때부터 같은 전략을 꾸준히 밀고 오고 있었다.

태현이 직접 몬스터를 몬 다음, 공성 병기와 폭탄을 사용해 **빠르게** 폭딜을 넣고 공략! 간단한 방법이었지만 그만큼 대단했다. 빈틈이 전혀 보이지 않을 정도로.

일단 공성 병기도 태현만큼 만들 수 있는 사람이 없었고(애초에 대장장이 플레이어를 대회에 넣는 팀이 없었다), 폭탄 사용도 태현만큼 안정적으로 사용하는 사람이 없었고, 심지어 몬스터를 모는 것도 태현만큼 잘하는 사람이 없었다.

보면 볼수록 사기적인 놈!

주 감독 입장에서는 '아 나도 진짜 저런 놈 하나만 있으면 세계 리그 제패한다'라는 말이 나올 지경이었다.

'불가능한 걸 바라봤자 의미가 없지.'

LK 라이온즈 예산으로는 이 정도까지 한계였다. 전에 선수들과 문제를 일으켜서 평판이 안 좋은 주 감독이 고용된 것도 LK 라이온즈 상황이 아니었다면 불가능했을 것!

'어떻게든 흔들어야 하는데 흔들리지도 않고…… 크으윽.'

차라리 투기장 리그였다면 상대 팀에 맞춰 카운터를 준비했겠지만 던전 공략 대회다 보니 할 수 있는 게 너무 한정되었다. 상대를 막거나 방해하는 것보다는 자기 팀 전력을 올려야 하는 대회! 상대의 전략은 그의 팀이 할 수 없는 전략이고…….

'제발 뭐라도 좀 토해내 봐라.'

주 감독은 조마조마한 마음으로 프로그램을 켰다.

해킹한 것은 케인의 컴퓨터! 수상쩍은 프로그램을 잘도 까는 게 케인밖에 없었던 것이다.

케인 컴퓨터에서 나누는 대화는 주 감독에게 오게 되어 있었다. 이게 대화의 전부는 아니겠지만. 주 감독은 제발 여기서 참고할 만한 힌트가 있길 기도했다.

-야. 오늘 점심 뭐야?
-오늘 저녁 뭐야?
-오늘 야식 뭐야?

케인은 신이 나서 메시지를 보냈다. 그러자 잠시 후 태현이 캡슐에서 나와 케인의 멱살을 잡았다.

"이 자식이 내가 너 밥해주는 사람이냐? 응? 배가 고프면 캡슐에 들어가서 요리를 먹어! 버프도 들어가고 좋네!"

"켁켁켁. 아, 아니. 그냥 궁금해서……."

태현한테 멱살을 잡혀 앞뒤로 흔들리고 난 다음 케인은 시무룩해졌다.

"앞으로는 그냥 말로 해야겠다."

"……그냥 알아서 해 드시면 되는 거 아닙니까?"

"쟤가 요리 나보다 잘한단 말이야……."

'저러니까 맨날 구박받지…….'

정수혁은 한심하다는 듯이 케인을 쳐다보았다.

'요즘 수혁이가 날 쳐다보는 눈빛이 좀 많이 변한 것 같은데.'

"……이 새끼는 밥에 환장했나??"

주 감독은 기가 막혔다. 케인은 무슨 걸신이 들렸는지 메뉴만 물어댔다. 심지어 김태현은 대답도 해주지 않았다.

솔직히 주 감독이었어도 그랬을 것이다. 저딴 질문에 누가 대답을 해줘!

'이것들 혹시 눈치채고 페이크 거는 거 아냐?'

오죽하면 이런 의심이 들 정도!

숨겨진 스킬이나 전략에 대해 좀 들으려고 했더니 나오는 건 숙소의 메뉴밖에 없었다.

'음…… 그렇군. 케인은 소고기보다는 돼지고기를 좋아하고…… 치킨을 많이 먹으며…… 김태현이 요리를 잘하는군…… 이런 ××××들이!'

와장창!

주 감독은 포기하고 집어 던졌다.

"헉. 컴퓨터 망가졌다."

"예? 아니, 이상한 거 좀 보지 말라니까요!"

"안…… 안…… 안 봤거든?!"

"완전히 랜섬웨어에 걸려서 맛이 갔잖습니까!"

정수혁은 어이가 없어서 케인의 컴퓨터를 이리저리 확인했다.

"그냥 포맷해야 할 것 같은데……."

"안, 안 돼!"

"안에 뭐 중요한 거라도 있어?"

"……아니야. 그냥 포맷하자."

케인은 졸지에 자기 컴퓨터가 해킹당한 건지도 모르고 넘어가게 되었다. 그러던 도중 갑자기 최상윤이 깜짝 놀라서 외쳤다.

"지금 케인 컴퓨터에 뭐가 있는지 중요한 게 아니야! 게시판 봤나?"

"뭐? 그럼 뭐가 중요한데?"

"이세연이 한 건 했나 봐!"

최상윤의 말에 케인과 정수혁은 연달아 게시판을 켰다. 게시판은 전부 이세연이 방금 깼다고 알린 퀘스트에 관한 글로 꽉 차 있었다.

-아스비안 제국으로 가려면 어떻게 갈 수 있죠?

-프리카 대륙으로 건너간 다음 동쪽으로 엄청 가야 한다는데 지도 있으신 분? 여기 가는 것만 해도 일인데.

-아탈리 왕국 남쪽 해안 도시 항구에서 동남쪽으로 가는 게 더 낫다던데, 같이 배 타고 가보실 분 있으세요?

-우르크 지역 남쪽에서도 출발할 수 있을 것 같은데?

-거기는 해적 많고 지형 개 같아서 안 돼.

-와, 이세연 진짜 대단하다. 제국을 새로 부활시키다니. 퀘스트 스케일이 달라.

-괜히 판온 NO.1 네크로맨서가 아니야.

아스비안 제국. 이번에 이세연이 퀘스트를 성공적으로 해냄으로써 부활한 제국의 이름이었다.

중앙 대륙 남쪽, 프리카 대륙의 동쪽에 위치한 고대 제국! 한동안 사라져서 흔적도 없었던 제국이 플레이어의 퀘스트로 부활하고 다시 나타난 것이다.

새로운 지역의 등장은 언제나 많은 관심을 불러오게 마련. 플레이어들은 벌써 잔뜩 흥분해 있었다.

-아스비안 제국 황제가 네크로맨서에 언데드라던데 정말인가요?
-게다가 거기 귀족들도 다 부활한 언데드라던데? 영상 보니까 황제도 해골이고 귀족들도 해골이야.
-와. 그러면 우리도 차별 안 받는 건가?
-흑흑. 맨날 도시만 들어가면 냄새난다고 구박 들어요…….

초보 네크로맨서들의 한탄!

이세연 정도 되면 워낙 명성부터 시작해서 쌓은 게 많아 NPC들이 구박을 하진 않지만, 초보들은 아니었다.

네크로맨서는 대표적인 비호감 직업! 음침하고, 냄새날 거 같고, 대부분의 교단들이 싫어하고……. 덕분에 초보 네크로맨서들은 NPC를 상대할 때마다 언제나 손해를 봐야 했던 것이다.

"이세연이 뭐 하나 했더니……."

"뭐 하냐?"

"힉!"

갑자기 태현이 뒤에서 불쑥 나타나자 다들 움찔했다.

"이, 이세연이 이런 걸 해서……."

"흐음……."

태현은 별다른 말 없이 글을 읽었다. 그걸 보고 다들 긴장했다. 태현이 이세연에 관해서는 유별나게 유치하게 구는 걸 알고 있었기 때문이었다.

'괜찮겠지?'

'에이, 태현이도 요즘 많이 달라졌는데…….'

"이세연…… 대회 도중에 이런 퀘스트를 하다니. 대회에 집중해야지. 안일하군!"

'네가 할 소리냐?!'

다른 출전 팀들이 연습에 시간을 쏟아붓는 동안 '연습은 실전으로 하는 거야'라고 하면서 온갖 퀘스트는 다 깨놓은 주제에!

"너희들도 그렇게 생각하지?"

"어…… 어! 물론이지."

"이세연이 사람이 참 경솔하네!"

"……."

다들 할 말은 많았지만 꾹 참았다. 심지어 케인마저 분위기를 읽고 눈치를 보았다.

'여기서 괜히 입 놀렸다가는 며칠 내내 괴롭겠지?'

뒤끝 하나는 칼 같은 태현!

"영, 영상이나 볼까? 튼다? 틀어도 되지?"

케인은 화제를 돌리기 위해 말했다. 그리고 영상이 궁금하기도 했다. 이런 건 역시 직접 봐야 제맛 아니겠는가.

어두운 유적 통로를 한 명이 걷고 있었다. 물론 그 사람은 이세연이었다. 유적 통로를 지나자 황금으로 뒤덮인 눈부신 방이 나타났다.

태현이었다면 일단 견적부터 냈겠지만 이세연은 눈길도 주지 않고 가운데로 들어갔다.

"이야. 이세연 대단하네."

"확실히……."

"그래. 카메라를 의식하고 있군."

"아, 아니. 그런 뜻으로 한 말은 아니었지만……."

태현은 이세연이 카메라를 매우 의식하고 있다고 생각했다. 다른 사람들과 명백히 다른 방향의 감상!

이세연은 석관을 열고 지팡이를 올려놓았다. 석관 안에는 지팡이와 왕관의 빈자리가 있었다.

쿠르르르릉!

유적 안에 눈부신 섬광이 솟구치더니 통로를 따라 퍼져 나가기 시작했다.

[<잊혀진 망자의 지팡이>가 원래 주인에게 돌아갑니다.]

[멸망한 아스비안 제국의 황제, 우이포아틀이 깨어납니다.]

[폭주한 고룡들에게 멸망한 제국, 아스비안 제국은 먼 훗날을 위해 황제와 신하들을 언데드로 만들어 보관해놓았습니다. 이제 진정한 아스비안 제국의 황제가 깨어났으니, 질서가 없는 이 땅에도 다시 질서가 잡힐 것입니다!]

-모험가여. 그대가 나를 깨웠다. 그대의 공을 내 잊지 않으리라.

해골로 된 우이포아틀이 이세연의 손을 붙잡고 감사를 표했다.

-내 그대에게 제국의…….

우이포아틀이 보상으로 무엇을 줬는지는 이세연이 편집해서 나오지 않았지만, 듣지 않아도 짐작이 갔다. 봉인된 황제를 깨웠으니 어마어마한 보상이 나왔을 것!

벌써 게시판에서는 이세연이 아스비안 제국의 영주가 되었다느니, 아스비안 제국의 군대를 받았다느니 같은 추측이 돌아다녔다.

"아스비안 제국 별거 아니네. 완전 사막이잖아. 물론 온갖 자원이 많이 나오고 미발견 던전투성이지만……."

"맞습니다. 아스비안 제국 되게 볼 거 없습니다. 에랑스 왕국보다 못한 것 같습니다. 황제와 귀족들도 다 해골이고…… 쟤네 마법도 별로 못 할 겁니다."

억지로 아스비안 제국의 흠을 잡는 그들!

물론 속마음은 다 똑같았다.

'가보고 싶다!'

자고 일어나면 새로운 곳이 발견되는 게 판온이었다. 그러나 그런 곳들은 보통 둘 중 하나였다. 고렙 이상 플레이어는 갈가치가 없거나, 아니면 랭커들도 가기 무리거나.

전자가 대부분이었고, 후자는 가끔가다가 나왔다. 갈락파드가 권능을 찾기 위해 갔던 차가운 북쪽의 대지, 프로즈란드가 후자에 속했다. 하도 난이도가 높아 랭커들도 몇 번 공략하다가 물러선 곳! 판온은 아직 미답지가 더 많았다.

그렇지만 아스비안 제국은 둘 다 아니었다.

드넓은 사막의 대지 위에 갑자기 나타난 제국! 건물도, NPC들도 갑자기 나타났고 퀘스트들과 던전이 쌓여 있었다. 먼저 가는 사람이 임자였다.

가는 길이 조금 멀기는 했지만 이 정도는 고생으로 보이지도 않았다. 다른 미답지에 비교하면 아스비안 제국은 놀이공원 수준!

"너희 가고 싶은 것 같다?"

"아, 아니야. 별생각 없었어."

"저도 별생각 없었습니다."

"나…… 나는 살라비안 교단 찾느라 바빠서 가시도 못해!"

셋이 열심히 말했지만 태현은 귓등으로도 듣지 않았다. 그리고 한탄을 시작했다.

"후…… 이세연은 저런 대형 퀘스트 하는데 나는 중앙 대륙

통일 하나 못하고……."

'비교 대상이 좀 이상하지 않나?'

'아무리 생각해도 후자가 훨씬 더 어렵잖아!'

셋은 그렇게 생각했지만 입을 다물었다.

"자괴감이 드는군. 앞으로 더 열심히 해야겠다."

"너…… 너는 충분히 열심히 하고 있지 않냐?"

케인은 결국 참지 못하고 입을 열었다. 태현이 저기서 더 열심히 하면 어떻게 될지 좀 무서웠던 것이다.

'저기서 더 열심히 하면 사람이 어떻게 되는 거야? 아예 캡슐 속에서 사나?'

"뭐? 지금 이세연이 저 퀘스트를 깬 걸 보고서 그런 소리가 나오냐? 케인. 네가 그러니까……."

'으아아아…….'

괜히 말 한 번 잘못 했다가 시작되는 잔소리 폭격!

케인은 고개를 푹 숙였다.

접속한 태현은 일단 하던 일부터 마무리 지으려 했다. 이세연이 대형 퀘스트를 깼다고 해서 하던 일을 내팽개칠 수는 없었다. 이세연은 이세연이고, 태현은 태현!

[<아주 크고 멋진 바퀴 네 개 달린 부릉부릉>을 만들었습니다!]

[기계공학 스킬이 크게 오릅니다.]

[대장장이 기술 스킬이…….]

크고 아름다운 네 발 자동차! 파워 워리어 길드원들이 한 땀 한 땀 모은 고오급 재료들이 왕창 들어간 기계공학 스킬의 걸작이었다.

"이게……!"

"크흐윽! 저 바퀴 봐! 저 바퀴에 들어가는 재료 내가 모았어!"

"저 뒤에 달린 부스터 재료는 누가 모았는지 아냐!"

파워 워리어 길드원들은 부릉부릉 근처에 와서 닭똥 같은 눈물을 흘렸다. 마치 성장해서 떠나는 자식을 보는 부모님의 마음!

"애들아. 비켜봐. 이거 찍어야 광고를 할 거 아니야."

파워 워리어 길드의 원대한 계획. 허위…… 아니, 과장광고로 기계공학 랜덤박스를 팔아먹으려는 속셈!

그냥 한두 푼 벌어먹을 생각은 아니었다. 파워 워리어는 이걸 길드의 수입원 중 하나로 만들 생각이었다.

그렇지만 길드원들은 엉엉 울며 말했다.

"길마님! 얘 상자에 넣지 마세요!"

"아니, 안 넣으면 어떡하라고?"

"저희가 탈게요! 매일 광내고 닦아주겠습니다!"

"애들아. 정신 차려! 너희 전부 팔아치워도 얘 못 사!"

"……으허헝!"

묵직하게 때리는 이다비! 태현은 당황해서 말렸다.

"그렇게까지 말할 필요는 없었잖아."

"아, 아니…… 지금 태현 님이 기껏 만들어줬는데 저러면 안되죠."

이다비는 과연 길마다웠다. 이런 눈물에 흔들려서는 길마 못 한다! 매달리는 길드원들을 매몰차게 밀어내고, 이다비는 광고 준비를 마쳤다.

광고 컨셉은.

'수만 개가 넘는 상자들 사이에서 행운을 찾아보세요!'

광고를 준비하는 이다비를 보면서 태현은 살짝 회의감이 들었다. 확률이 0.001%도 안 되는데 아무리 희귀한 탈것이라도 사람들이 많이 살까?

물론 태현은 판온 1때부터 저것보다 낮은 확률이어도 도전하고 도전해서 아이템을 만들어낸 사람이었지만…….

'그거하고 이건 이야기가 다른데.'

이미 모든 준비를 마친 이상 남은 건 잘 되기를 바랄 수밖에 없었다.

"그런데 태현 님은 아스비안 제국 안 가세요?"

움찔-

태현은 움찔했다. 이다비는 눈치채지 못했다.

"나, 나는 여기서 할 게 많아서. 이거 제작도 해야 하고……."

"이제 다 하셨잖아요?"

"던전 공략 준비도……."

"……어? 또 할 거 있어요?"

"……권능 퀘스트도 깨야 해."

"아. 그러면 어쩔 수 없네요. 다음은 어디인가요?"

이다비는 천진난만하게 물었다. 태현이 뭘 하든 도와주고 싶었던 것이다.

"이제 찾아봐야……."

"폐하! 제가 찾아왔습니다. 제가 찾아왔습니다!"

멀리서 호다닥 달려오는 펠마스.

"뭘?"

"제가 누굽니까, 폐하. 교단의 충신 펠마스 아닙니까?"

"……음. 그렇다 치고?"

"제가 사방에 풀어놓은 모험가들이 있습니다. 그놈들 중 하나가 보고를 해왔습니다."

〈유적에 숨겨진 권능을 찾아라-교단 권능 스킬 퀘스트〉

프리카 대륙의 동쪽 사막에는 수많은 신비가 잠들어 있다. 아스비안 제국이 멸망하고 나서 갇혀 있던 신비들이, 제국이 부활하고 나서부터 문을 열기 시작했다.

아스비안 제국으로 가 유적을 수색해라. 거기 어딘가에 신의 권능이 잠들어 있을 것이다.

보상: ?, ??, ??

"아스비안 제국이 망해서 그 근처는 발 디디기도 힘들 정도로 위험하고 황량한 곳이었는데, 웬 대단한 모험가 하나가 황제를 깨우고 제국을 부활시켰다고 하는 모양입니다. 폐하! 얼마나 좋은 소식입니까?"

펠마스는 '나 잘했지?' 하는 얼굴로 태현을 쳐다보았다. 태현은 하늘을 쳐다보며 한숨을 푹 쉬었다.

"그래. 가자, 가."

"와아아아!"

케인과 정수혁은 환호성을 질렀다. 사실 그들도 가고 싶었던 것이다. 언제나 가슴을 두근거리게 만드는 것이 바로 새로 발견된 맵!

'가서 이세연이나 안 만났으면 좋겠는데.'

제국이 넓으니 이세연과 마주칠 일은 적었지만, 태현은 잘 알고 있었다. 꼭 이럴 때면 재수 없게 마주치더라!

새 제국이 부활하고 나타났다고 해서 모두가 관심을 가지는 건 아니었다. 자기 일에만 묵묵히 집중하는 플레이어도 있었다. 유 회장도 그중 하나였다.

"으으음……."

"왜 그러십니까, 회장님?"

유 회장에게는 요즘 고민이 하나 있었다. 그것은 바로 새로운 낚시 플레이어들!

"왜 낚시 방송은 시청자 숫자가 이렇게 적다고 생각하나? 대장장이나 요리사 플레이어는 랭커도 아닌데도 시청자 숫자가 훨씬 많은데."

"아마…… 낚시가 인기가 좀 적어서 그런 거 아닐까 싶습니다."

"낚시가 인기가 적다니. 허…… 요즘 젊은 놈들은……."

유 회장은 투덜거렸다.

아란티스 왕국은 잘 돌아가고 있었다. 왕국의 주 플레이어인 낚시꾼 플레이어들에게는 압도적 지지를 받고 있었던 것이다.

낚시꾼들의 천국! 어찌나 대우가 좋았는지 그들은 유 회장 이름만 말해주면 목숨이라도 바칠 정도였다.

그렇지만 문제는 플레이어층이었다. 아란티스 왕국은 정말 낚시에 목숨을 건 낚시꾼들만 왔다. 그리고 그런 플레이어층 은 한정되어 있었다. 어쩐지 연령대 좀 있는 아저씨들만 많이 보이는 것 같은 기분!

유 회장은 남녀노소 모든 층에게 낚시의 즐거움을 알려주고 싶었다. 그러기 위해서는 더 홍보를 해야 했다. 아무래도 낚시 스킬은 다른 스킬들에 비해 꽤 마이너한 편이었으니까!

"잠깐. 이놈은 왜 이렇게 시청자 숫자가 많지? 이놈도 낚시 꾼인데?"

유 회장은 개인 방송 목록을 뒤지다가 이상한 걸 발견했다. 한 낚시꾼 플레이어가 유난히 인기가 있었던 것이다.

방송 내용을 확인해 보니 낚시 말고 다른 걸 하는 것 같지 도 않았다. 정 비서실장은 빠르게 확인하고서 말했다.

"아…… 그 플레이어는 낚시 말고 다른 것으로도 인기가 있 는 것 같습니다."

"뭘 말하는 거지? 낚시 말고 뭐가 있다고?"

유 회장은 의아해했다. 판온에는 꽤 익숙해진 유 회장이었지만, 아직 넓고 깊은 개인 방송의 세계에는 익숙하지 않은 그였던 것이다.

"방송을 자극적으로 하는 것 같습니다. 보십시오. 단순히 게임 내용만 영상에 넣는 게 아니라, 낚시가 끝나고 나서 따로 직접 얼굴을 드러내고 홍보를 하잖습니까?"

"으음. 제법 반반하게 생겼군."

"그뿐만이 아닙니다. 이걸 보십시오."

"……'좋아요'를 눌러주시면 추첨해서 영웅 등급 장비를 드린다고? 이게 뭐지?"

"말 그대로 이런 식으로 좋다는 평가를 유도하는 겁니다. 회장님."

"이래도 되는 건가?"

"많이들 이렇게 합니다."

"김태현 그놈은 이런 거 없던데?"

"……그야 그 친구는 워낙 유명해서 그런 거 아니겠습니까?"

유 회장은 멍청한 사람이 아니었다. 비서실장의 말에 바로 알아차렸다. 태현은 이러쿵저러쿵해도 판온 1부터 이어져 온 슈퍼스타. 그렇게 유명한 사람 기준으로 보면 안 됐다. 당연히 이런 거 없이도 잘 나갈 테니까.

"그렇군. 이런 식인가……."

유 회장은 개인 방송이 어떻게 굴러가는지 알 것 같았다.

겉으로는 평화로워 보여도, 뒤에서는 수많은 플레이어들이 위로 올라가기 위해 온갖 짓을 다 하는 치열한 곳! 이런 곳에서 순박하게 낚시 영상만 달랑 올리니 관심을 못 받는 것도 당연한 일이었다. 이기기 위해서는 바뀌어야 했다.

"예. 아주 천박한 짓입니다."

"음?"

"……왜, 왜 그러십니까?"

"아니…… 나도 해볼까 생각 중이었네만."

"회, 회장님!"

정 비서실장의 얼굴이 창백하게 질렸다.

그의 머릿속에는 순간 빠르게 불길한 미래가 스쳐 지나갔다.

-이게 서민들이 먹는 라면이라고? 회장님이 직접 먹어본다!

-1억 구독 감사 이벤트! 10명에게 추첨으로 비행기를…….

-우리 회사 핸드폰보다 좋다!? 타 회사 핸드폰…….

-유성전자 유 사장의 어렸을 적 일화! 몇 살까지 오줌을…….

그리고 동시에 떠오르는 언론 타이틀!

[회장님이 미쳤어요! 유 회장의 파격 행보…….]

[유성 그룹 주가 대폭락! 주주들 패닉!]

[일각에서는 알츠하이머 의심도…….]

'안 돼!'

유 사장이 달려와서 '넌 이 ××야 월급을 줬더니 뭘 하고 있는 거야! 아버지가 저러시면 말려야지!'라고 멱살을 잡을 것이 분명했다.

"회장님! 노이즈 마케팅은 안 됩니다!"

"음? 그게 무슨 소리지?"

"아무리 자극적인 게 잘 먹혀도 가족사를 이야기하거나 회사 내부 사정을 외부에 이야기하거나, 비싼 걸 경품으로 거는 건……!"

그 말을 들은 유 회장의 얼굴이 일그러졌다. 이놈이 날 뭐로 보고?

"……내가 말한 건 내가 나와서 젊은이들에게 삶의 교훈 같은 걸 말하려는 생각이었네만. 빌 게×츠나 워× 버핏 보면 나와서 이런저런 교훈을 주는 강연들을 하잖나."

"아……."

"……자네 방금 뭐라고 했지?"

"아무것도 아닙니다. 회장님."

정 비서실장은 유 회장의 시선을 피하기 위해 애썼다. 눈이 마주치면 죽는다!

유 회장은 쯧쯧 거리며 넘어갔다.

"됐네. 어쨌든 내 말을 이해했으면 준비나 해주게나."

"예!"

정 비서실장은 즉답했다. 그러고서 걱정했다.

'근데…… 별로 인기가 없을 것 같은데…….'

말실수한 것 때문에 거절할 분위기가 아니어서 넘어갔지만, 생각해 보니 별로 인기가 있을 것 같지 않았다. 수많은 사람들이 온갖 자극적인 방송을 하는데, 유 회장 같이 나이 지긋한 어른이 나와서 '인생이란~ 무엇이냐 하면은~ 그래서 낚시가 좋은 것인데~'같은 지루한 훈계를 하면 누가 보겠는가.

'특단의 방법을 써야겠군.'

다음 날 사원들에게 메시지가 날아왔다.

-다음 주소의 영상을 보고 근무를 시작할 것.

"?"

"사람들 더럽게 많군."

"지금 다 아스비안 제국 가려고 배를 구하는 거 맞지?"

아탈리 왕국의 항구에는 플레이어들이 꽉꽉 흘러넘쳤다.

그걸 본 태현 일행은 태현의 눈치를 보며 말했다.

"이, 이건 반짝 인기입니다. 곧 사그라질 겁니다."

"맞아. 대륙은 역시 중앙 대륙이 짱이지. 덥고 건조하고 모래밖에 없는 아스비안 제국이 뭐가 좋겠어?"

"비록 던전 숫자도 어마어마하고 묻혀 있는 템들도 많고 자원도 어마어마하지만 말입니다."

"……여러분들은 그냥 조용히 하시는 게 나을 것 같은데요."

이다비는 어이가 없다는 듯이 둘을 쳐다보았다. 뭔 놈의 설득을 저렇게 못 해?

"태현 님, 괜찮죠?"

"난 괜찮아. 물론 이세연을 보면 공격하고 싶겠지만 괜찮아. 흠. 근데 이다비. 제국을 멸망하게 하려면 어떻게 해야 할까? 역병을 풀면 되려나? 해골이라서 안 통하나?"

아무리 봐도 이세연의 일에 초를 치려는 의도가 가득!

이다비는 당황해서 말렸다.

"태현 님, 저희 지금 안 그래도 길드 동맹하고 싸울 일 많아요. 그래서 다른 적들은 최대한 안 늘리기로 했었잖아요."

분명 며칠 전만 해도 태현과 이다비는 매우 이성적인 태도로 미래 계획을 세웠었다.

-이다비, 우리 슬슬 진지하게 미래 계획을 이야기해 보자.

-네? 네?? 네?? 방, 방금 뭐라고…….

-응? 길드 동맹 상대할 전략을 짜야 하잖아. 케인이나 수혁이는 멍청해서 도움이 안 돼.

-아…… 네…….

그 결과 내린 결론은 '길드 동맹을 중심으로, 최대한 연합을 늘려서 둘러싸자'는 것이었다. 에랑스 왕국, 덩글랜드 왕국, 잘츠 왕국의 길드들과 우르크 지역의 플레이어. 그리고 지금 프리카 대륙에서 활동하고 있는 플레이어들까지. 길드 동맹은 강하고 거대한 만큼 적이 많았다. 그 약점을 노리는 계획이었다.

　-판온 1의 태현 님처럼요.

　-굳이 날 기준으로 할 필요는…….

　-판온 1의 태현 님처럼요!

　-혹시 화났니?

　-화 안 났어요.

어쨌든 이세연은 길드 동맹과 손을 잡지 않은 최상위 랭커였고, 당연히 연합해야 할 대상 1위였다. 게다가 직업도 네크로맨서 아닌가! 대규모 전투에 최적화 된 직업!

물론 그건 그거고 이건 이거였다. 태현의 감정은 논리를 거부하고 있었다.

"후…… 그래. 참아야지."

"그거 폭탄 아니죠?"

"이건 잠시 넣어둬야겠다. 그보다 배 좀 구하자."

"줄 좀 서야겠습니다. 배가 너무 많아서…… 지금 구하기도 힘들 수 있습니다."

정수혁은 걱정된다는 듯이 말했다. 지금 항구에는 배를 구하려는 플레이어들로 인산인해였다. 어찌나 인기가 좋았는지 조각배를 타고 따라가려는 사람들도 있었다.

"웅? 뭔 소리야?"

"네?"

태현은 바로 사람들을 지나쳐 군 항구로 향했다.

국왕 특권! 왕국군의 함선이 있는 항구로 향한 것이다.

"아……!"

[군 항구를 이용할 수 있습니다.]

[현재 정박되어 있는 함선은…….]

"폐하!"

태현이 군 항구에 오자 갑자기 NPC 하나가 달려 나왔다.

아탈리 왕국의 3 함대 제독인 브랑송! 지금도 변경의 귀족들은 태현을 닭 소 보듯 하는 상황에서 태현을 영웅으로 여기며 충성을 바치는 브랑송은 참 좋은 사람이었다.

"폐하께서 오신다는 말을 듣고 신 브랑송, 전력을 다해 달려왔습니다. 폐하는 제가 직접 모시겠습니다!"

"어…… 어?"

태현은 당황했다. 왜냐하면…….

'해적들 배 타고 가려고 했었는데…….'

태현의 영지로 들어온 〈붉은 바다 무법자〉 세력! 해적 출신인 만큼, 빠르고 날렵한 배를 타고 다니며 바다 위를 누비는 데에는 도가 튼 이들이었다. 게다가 이들의 장점은, 깃발 내리고 해적기를 건 다음 깽판을 쳐도 별문제가 없다는 점이었다. 왕국 해군을 데리고 그런 짓을 한다면?

국왕이 약탈을 저질러 왕국 해군의 사기가…… 브랑송이 경악합니다! ……이렇게 될 게 분명!

"브랑송. 왕국의 바다를 지키느라 바쁜 그대에게 어떻게 이런 잡일을 시키겠나? 다른 함선을 타고 가도록 하지."

"안 됩니다, 폐하! 저희 말고 어떤 자들이 폐하를 모시겠습니까! 말씀해 주십시오. 누구입니까?!"

"어…… 어, 음……."

태현은 말문이 막혀 머뭇거렸다. 책임감과 의무감으로 활활 타오르는 브랑송 제독의 눈빛! 만약 해적 배 타고 간다고 하면 자살이라도 할 것 같은 기세였다.

CHAPTER 3

[왕국 3 함대의 함선에 탑승했습니다.]

[<왕국 해군의 명예> 버프를……]

[<왕국 해군의 깃발> 버프를……]

"그, 그래도 왕국 해군은 전투력은 좋잖아!"

"그렇기야 하지……."

태현은 입맛을 다셨다. 이미 탄 이상 어쩌겠는가. 사실 그리고 불평하는 게 웃길 정도로 왕국 함대 함선은 좋은 함선이었다. 일반 플레이어들은 이런 함선을 구하는 게 거의 불가능했다.

"우와…… 저거 왕국 함선이야?"

"크기 봐. 대단하다."

"앗! 태현 님! 저희도 태워주세요!"

태현을 발견한 플레이어들이 구름처럼 몰려왔다. 기대감으로 반짝반짝 빛나는 눈빛들!

단순히 함선이 좋을 뿐만 아니라, 태현과 같이 퀘스트를 하고 싶다는 기대감으로 가득했다.

"김태현이라면 아스비안 제국에서도 대형 퀘스트만 골라하겠지?"

"뭘 할까? 제국 영토 회복? 반란 진압? 황제의 유물 회수?"

"야, 김태현이 그렇게 알려진 것에서 하겠냐? 언제나 예상을 깨는 게 김태현인데! 우리가 아는 것보다 김태현이 아는 게 더 많을걸?"

"하긴. 제국 부활시킨 건 이세연이고, 김태현은 이세연하고 사귄다니까 모를 리 없겠네."

태현이 알면 멱살 잡히고 이세연이 알면 거꾸로 묻힐 소리를 하는 플레이어! 다행히 여기에는 둘 다 듣고 있지 않았다.

"어? 둘이 사귄다는 거 루머 아니었어?"

"에이, 원래 연예인들이 들키면 만날 부정하잖아. 기사 보니까 사귀는 거 같던데."

"맞아. 나도 보니까 보통 다정한 게 아니더라. 판온 1에서 이세연이 김태현 영입하려고 했던 제안을 거절한 게 사실 사랑싸움 때문이었다며?"

"뭐? 정말?!"

그러는 사이 태현은 갑판 위에서 몰려든 플레이어들을 훑어보고 있었다.

"쟤네가 날 쳐다보는 눈빛이 뭔가 기분 나쁜데?"

"야, 아무리 그래도 그렇지 너 좋다고 몰려온 팬들한테 그러면 안 되지!"

케인은 태현한테 따끔하게 훈계했다. 아무리 그래도 이건 아니야!

"아니…… 진짜 기분 나쁜 눈빛인데. 뭔가 잘못된 정보를 갖고서 날 욕하는 것 같은 눈빛이야."

"네가 지금 이세연 때문에 기분 나빠져서 그런 걸 거야."

"지금 내가 이세연한테 흔들린다는 소리냐?"

"아, 아니. 그게 아니라…… 흠흠. 어쨌든 배에 자리 많으니까 플레이어들 태울 거지?"

"안 됩니다. 폐하! 폐하의 안전을 위해서 이 배에는 폐하만 타셔야 합니다. 저들 중에 불충한 놈들이 있을지 누가 알겠습니까?"

브랑송은 단호하게 말했다. 태현은 슬픈 얼굴을 가리며 말했다.

"그렇지만 브랑송. 왕인 내가 백성들을 안 챙기면 누가 챙긴단 말인가?"

"폐, 폐하. 아무리 그래도……."

"저기 조각배를 타고 가려는 저들을 보니 내 마음이 너무 아프군. 크흑!"

"폐하! 폐하의 그 선량하시고 관대하신 마음을 나쁜 자들이 이용할까 봐 두렵습니다! 영웅이란 조금 더 냉철할 필요가 있는 법인데……!"

다른 일행들은 브랑송을 식은 눈빛으로 쳐다보았다. 저놈은 대체 언제 환상에서 깨어나는 걸까?

"난 그대를 믿네! 무슨 일이 있으면 그대가 지켜주겠지."

"저 브랑송. 폐하를 끝까지 따르겠습니다!"

설득 끝. 태현은 바로 앞으로 가서 말했다.

"여기서 아탈리 왕국 소속 플레이어인 분?"

절반 정도가 손을 들었다. 나머지 절반은 다른 왕국 소속인데 여기 온 걸 보니, 정말 아스비안 제국이 인기가 좋긴 한 모양이었다.

"좋아. 이중 아키서스 교단 소속 플레이어인 분?"

손을 든 플레이어 중 절반 정도가 손을 내렸다.

태현은 흡족하게 고개를 끄덕였다.

"전원 탑승!"

"저, 저희도 왕국 변경할게요!"

"아키서스 교단 가입도 하겠습니다!"

"평소에 해뒀어야지."

"어차피 자리 남지 않습니까?"

정수혁은 의아해했다. 왕국 함대는 커다란 함선을 여럿 거느리고 있었다. 지금 항구에 몰린 플레이어들을 더 태우고 가도 별문제 없었다.

"쟤네들은 돈 받고 가야지."

"……"

"아. 맞다. 파워 워리어 애들 풀어서, 길드 동맹이나 오스틴 왕국 소속 애들은 비싸게 받아라."

길드 동맹 길드원들의 특징은 자기가 길드 동맹인 걸 자랑하고 다닌다는 점! 길드 마크부터 시작해서 알아보기 참 쉽게 하고 다녔다.

"항의하지 않을까?"

"항의하면 어쩔 건데? 오스틴 왕국으로 가라 그래."

태현은 쿨하게 무시했다. 어차피 뭘 해도 태현을 싫어할 놈들인데! 남이 아무 이유 없이 자기를 싫어하면 그 이유를 만들어주는 게 태현이었다.

"파워 워리어 애들한테, 길드 동맹 찾아서 탑승료 비싸게 받으면 절반은 찾은 놈한테 준다고 해줘."

"정말 기뻐하겠네요."

이다비는 웃으며 말했다. 태현의 예측은 그대로 맞아떨어졌다. 지령이 떨어지자, 항구 근처에서 어슬렁거리던 파워 워리어 길드원들은 눈을 번쩍 떴다.

"저기 길드 동맹 놈이다!"

"쉿. 티 내면 안 돼. 조용히 찾아야 한다고."

가장 쉬운, 길드 마크를 차고 다니는 놈부터 시작해서…….

"쟤네들 중국인 같지?"

"일본인 같은데."

"……쟤네는 한국인이잖아. 너 한국인 맞냐? 어떻게 그걸 구분 못 해?"

"크윽!"

"자. 날 따라 해라. 자연스럽게 말 거는 거야. 앗. 혹시 중국 플레이어세요? 저희도 중국 플레이어인데!"

유도심문까지! 숙련된 파워 워리어 길드원들은 초보 길드원들을 이끌었다. 초보 길드원들은 숙련된 길드원들을 보며 감탄했다. 유난히 그들의 등이 커보였다.

파워 워리어 길드원들은 손짓발짓 귓속말까지 이용해서 정보를 공유했다.

-저놈 길드 동맹 놈이다.

-2배로?

-3배로.

-아냐. 돈 많은 거 보니까 5배는 해도 될 거 같다. 올려!

"어? 탑승료가 20골드?"

"1등석이라 그렇습니다, 손님."

"1등석!? 그런 것도 있습니까?"

"후후. 원래는 없는데, 손님이 워낙 귀하게 생기셔서 드리는 겁니다. 다른 분들한테는 말하시면 안 됩니다."

"1등석은 뭐가 좋습니까?"

"바다를 가장 가까이 느낄 수 있고, 항해만 해도 경험치가 부쩍부쩍 늘며, 전투가 일어났을 때 가장 안전하죠."

"오오……!"

말은 청산유수! 길드 동맹 길드원들은 파워 워리어 길드원들에게 껌뻑 넘어갔다.

-야, 여기 1등석 있단다.

-뭐? 진짜?

-그래, 우리 정도면 1등석 타야 하지 않겠냐? 맞다. 이거 다른 사람들한테 말하면 안 된다고 했으니까 조용히 말해라.

-물론이지.

친구에게 귓속말로 정보를 전해들은 길드원은 자기 차례가 오자 조용히 말했다.

"1등석……."

"!"

"……후후. 있는 거 알고 있습니다. 제가 겸손한 걸 좋아해서 장비를 이렇게 입고 다니는 거지, 원래 장비를 입으면 굉장합니다. 1등석 주시죠."

'놀고 있네.'

파워 워리어 길드원은 속으로 그를 비웃었다. 지금 입고 있는 장비는 방금 대장장이한테 맡겼는지 번쩍번쩍 윤이 나고 버프가 걸려 있었다. 그러는 놈이 뭘…….

물론 파워 워리어 길드원들은 그런 감정으로 기회를 놓치지 않았다. 철저하게 비즈니스!

"아, 그런데 자리가 지금 없어서……."

"30 골드!"

"안내해 드리겠습니다!"

길드 동맹의 길드원들 중에서는 길드를 숨기는 플레이어들도 있었다. 주로 경험이 있는 고렙 플레이어들이 그랬다.

자랑도 할 곳에서 해야지, 아탈리 왕국에서 길드 동맹 소속인 걸 자랑했다가는 위험할 수도 있는 것이다. 그런 조심스러운 그들은 파워 워리어도 찾을 수가 없었지만…….

"1등석 있는 거 압니다. 경험치 더 들어온다면서요?"

"전투 때 안전한 1등석 어딥니까?"

헛소문에 알아서 자수하는 그들! 경과를 보고 받은 태현은 어이가 없었다.

"아니, 뭐 이리 많이 왔어?"

"그만큼 아스비안 제국이 인기가……."

"조용히 해라."

길드 동맹 길드원들은 서로 쳐다보았다. 얼굴을 아는 사람들도 있었고, 모르는 사람들도 있었지만 서로 같은 길드라는 건 확실했다. 그리고 지금 여기는? 배의 가장 지하인, 노잡이들의 공간!

"……이게 뭔 1등석이야!"

"책임자 불러!"

"이런 사기꾼 새끼들을 봤나. 절대 용서하지 않겠다!"

상황 파악이 끝나자 동시에 터져 나오는 분노! 그러자 계단

위쪽에서 왕국군 병사 NPC가 내려왔다.

"무슨 일이냐?"

"우리를 속였어! 이봐! 이렇게 생긴 놈인데, 여기가 1등석이라고 하고 우리한테 골드를 받았다고!"

"아. 그걸 말하는 거군. 백부장님! 여기 모험가들이 할 말이 있답니다."

병사가 고개를 끄덕이자 다들 안도했다.

왕국 병사나 장교는 질서의 상징. 이런 식으로 문제가 생기면 언제나 나타나서 깔끔하게 해결해 주었다.

"뭐지?"

"여기가 1등석인 줄 알았답니다."

"여기 1등석 맞다. 폐하께서 그렇게 말하셨지."

순간 길드원들은 자신들이 잘못 들은 줄 알았다.

"뭐…… 뭐라고? 내가 잘못 들은 거지?"

"여기가 1등석이라고?"

"여기가 1등석, 위가 2등석, 더 위가 3등석이지. 모험가들. 잘 알았나?"

독특한 계산 방식! 물론 길드원들이 저런 말에 납득할 리 없었다.

"개소리하지 마!"

"맞아! 말장난으로 넘어갈 거 같냐? 다른 건 어쩔 건데?"

"다른 거? 뭘 말하는 거지?"

"바다를 가장 가까이 느낄 수 있고, 항해만 해도 경험치가 부쩍부쩍 늘며, 전투가 일어났을 때 가장 안전하다고……."

말하던 길드원의 얼굴이 창백해졌다.

설마…….

"가장 밑이니 가장 가까이 느낄 수 있고, 노잡이로 노를 저을 테니 경험치가 많이 늘 것이고, 전투가 일어났을 때 갑판 위에서 싸울 테니 여기가 가장 안전한 게 맞잖나. 모험가들. 자꾸 귀찮게 하면 용서하지 않겠다."

[백부장 존의 친밀도가 떨어집니다. 자꾸 트집을 잡을 경우 백부장 존이 화를 낼 수 있습니다.]

"아니, 이런 미친……!"

저 장교가 진심으로 말하고 있는 것 같아서 더 화가 났다.

명령을 받은 NPC한테 더 말해봤자 의미가 없었다. 위로 올라가서 사기를 친 놈을 찾아 조져야 했다.

"야! 가자. 여기서 말해봤자 의미 없다."

"자리를 떠날 수 없다. 자리에 앉아서 노를 저어라!"

[무단으로 자리를 떠날 경우 처벌받을 수 있습니다.]
[백부장 존의 친밀도가……]
[아탈리 왕국 제 3 함대 내 평판이……]

우르르 떨어지는 평판과 친밀도!

길드원들은 이제 슬슬 뒷목이 당겨오려고 하고 있었다.

"이 자식들…… 용서하지 않겠다. 비켜!"

"야! 잠깐! 멈춰!"

"닥쳐! 내 일에 이래라저래라하지 마!"

몇몇 성질 급한 길드원들은 분노해서 계단을 올라갔다. 병사들이 막으면 공격이라도 할 기세였다. 아직 이성을 잃지 않은 길드원들은 지금 상황을 깨닫고 말리려고 했지만 그들은 듣지 않았다.

"병사들! 비상! 비상!"

"무슨 일이냐!"

"기사님들! 모험가들이 반역을 일으켰습니다!"

[아탈리 왕국 제 3 함대가 적대 상태로 변합니다.]

[공격당할 수 있습니다.]

[평판이……]

기다렸다는 듯이 바로 달려오는 기사들! 가장 밑인 노잡이들 위에서 기사들이 대기하고 있었다니. 길드원들은 상상치도 못했다. 병사들이라도 여럿을 상대하기는 까다로운데 기사들까지! 무기를 뽑은 길드원은 이러지도 못하고 저러지도 못하고 머뭇거렸다.

싸워야 하나?

촤악, 촤악-

"하나! 둘! 하나! 둘!"

"저희는 열심히 노를 젓고 있습니다!"

"야 이 배신자들아!"

그사이 뒤에 있던 길드원들은 재빨리 자리에 앉아 힘차게 노를 젓기 시작했다. 마법사, 사제 플레이어도 노를 젓게 만드는 마법! 덕분에 앞에 나선 길드원들만 피를 보게 된 상황.

동료들이 다 빠져 버렸는데 뭘 어떻게 하겠는가.

"항…… 항복!"

"죄송합니다! 제가 잠간 미쳤나 봅니다!"

"닥쳐라, 모험가!"

[<해군의 무거운 쇠사슬>을 착용합니다.]

[<해군의 무거운 수갑>을……]

"만약 한 번만 더 소란을 일으키면 바다로 던져 버리겠다!"

길드원들은 더럽고 치사해도 입을 다물 수밖에 없었다.

"이야. 저 배는 왜 저렇게 빠르냐?"

"저 밑에 길드 동맹 애들 탔잖아."

"쟤네를 여기 태울 거 그랬나? 노 젓는 속도가 보통이 아니네."

태현도 감탄할 정도의 속도! 지금 일행은 대함대를 이끌고 아스비안 제국을 향해 나아가고 있었다.

단순히 왕국 함대만 있는 게 아니었다. 왕국 함대를 쫓아 나온 배들이 가득 붙어 있었다. 자기들끼리 가는 것보다 태현과 같이 가는 게 안전하다고 생각한 것이다.

"아, 해적질하고 싶다."

"큰 소리로 말하지 마!"

"하필 왜 왕국 함선이라……."

-저, 주인님.

-주인이여.

용용이와 흑흑이가 동시에 태현을 부르는 건 드문 일이었다.

"무슨 일이지?"

-저…… 그게 있잖습니까. 그, 아스비안 제국은…… 저희를 별로 안 좋아할 것 같습니다.

-맞다. 주인이여.

태현은 깨달았다. 아스비안 제국은 용들한테 멸망당한 제국. 그리고 용용이와 흑흑이도 일단 종족이 용!

-일단이 아니라 그냥 용입니다만.

"알겠어. 알겠어. 어쨌든 너희 모습을 보이면 안 된다는 거잖아? 주의하도록 하지."

-주인님, 괜찮은 겁니까?

이런 사실에도 태현이 별로 당황하지 않자 두 신수는 의아해했다.

"아니, 사실 별로 특이하지도 않잖아. 너희가 각각 사디크랑 아키서스의 신수인데."

사디크나 아키서스는 둘 다 어디 가서 환영보다는 욕을 더 많이 먹을 신이었다. 물론 용용이는 그렇게 생각하지 않았다.

-주인이여! 아키서스와 어떻게 사디크를 비교하냐!

[카르바노그가 동의합니다. 아키서스에 비하면 사디크는 발끝에도 못 미친다고……]

"앗. 저기 괴수군."

[<톱니이빨 달린 대형 바다뱀>이 나타났습니다!]

멀리서 물보라를 일으키며 헤엄치는 대형 바다 괴수 몬스터. 물론 이 함대 정도면 전혀 두려워할 게 없는 몬스터였다. 여기 있는 플레이어들이 공격 한 번씩만 넣어도 대미지가 얼마인데. 게다가 가는 길에 있지도 않았다.

"그냥 무시하고 가면 되겠네."

"아니, 그럴 수는 없지. 배를 돌려라!"

"?"

"저거 잡고 가야지."

태현의 말에 갑판에 있던 어부 플레이어 하나가 와서 말했다.

"태현 님. 저 바다뱀 류 몬스터는 가성비가 안 좋습니다. 고기도 맛없고, 효과도 별로에요. 굳이 배 돌려서 봤자 손해 아닙니까?"

"응?"

태현이 말하려는 순간 이다비가 말했다.

"저희만 가도 괜찮지만, 지금 다른 사람들이 많이 이 항로로
오고 있는데 그냥 지나쳤다가는 크게 피해가 날 수 있잖아요.
작은 배들은 더더욱."

"아……! 그런 깊은 뜻이!"

"대단해요!"

유지수까지 감동했다. 그런 깊은 뜻이 있었을 줄이야.

그러나 이다비는 무슨 소리를 하냐는 듯이 쳐다보았다.

"네? 당연히 거짓말이죠."

"?"

"아마 괴식 요리에 쓸 재료 모으려고 저러는 것 같은데요?"

"케인, 기뻐해라. 네가 먹을 몬스터 정수다."

일단 덩치 크고 생명력 좀 좋아 보이면 바로 잡아서 정수를
만들 생각부터 하는 태현! 점점 사고방식이 아저씨들과 비슷
해지고 있었다.

가장 앞에 가던 태현의 함선이 방향을 바꾸자, 뒤를 쫓던 다
른 배들은 의아했다.

"왜 방향을 바꾸지?"

"저기 있는 몬스터 치우러 간다는데?"

"왜? 멀리 있어서 위험할 것도 없잖아."

"여기 지나가는 플레이어들 위험할까 봐 치운다는데."

"역시 김태현……! 다른 랭커들하고는 차원이 달라!"

"김태현이라면 이세연하고 사귀어도 인정이지!"

"김태현 인성 안 좋다는 놈들은 다 바다에 빠뜨려야 해!"

"판온 1에서 있었던 일도 그냥 과장이겠지!"

태현한테 당한 이들이 있었다면 피눈물을 흘리며 반박했겠지만 여기는 그런 사람들이 없었다.

"우리도 돕자!"

"그래!"

다들 방향을 돌려 태현을 돕기 위해 움직였다.

"저기 김태현이다!"

"이쪽 봐주세요!!"

"앗. 저기는 케인인가 본데?"

"왜 얼굴을 가리고 있지? 좌절한 것 같은데?"

"에이. 잘못 본 거겠지."

퍼퍼퍼퍼퍽!

경쾌한 소리와 함께 바다뱀 하나가 고꾸라졌다. 사방에서 날아오는 화살과 마법을 견뎌내지 못하고 쓰러진 것이다.

"저거 회수하는 것도 일이겠군."

"그런 건 어부들을 시키면 되지 않겠습니까?"

"응?"

브랑송이 말했을 때 이미 태현은 뱃전에 서 있었다.

벌써 뛰어내릴 준비 끝!

"폐, 폐하! 그런 건 다른 사람들을……."

태현은 못 들은 척 뛰어내렸다. 스킬 레벨 올리고 아이템도 챙겨야 하는데 무슨 소리람!

작은 쪽배를 몰고 몬스터를 해체하러 온 어부 플레이어들은 태현을 보고 깜짝 놀랐다.

"저희가 할 수 있습니다!"

"맞아요!"

"아니야! 내가 하게 해줘. 보고만 있을 수 없지!"

착착착착!

태현은 행여 다른 사람들이 말릴까봐 일단 칼부터 대고 시작했다.

[<톱니이빨 달린 대형 바다뱀>을 해체합니다.]

[<바다뱀의 가죽>을 얻었……]

태현이 손을 한 번 뻗을 때마다 죽죽 나오는 아이템들! 행운 스탯 덕분에 남들이 하나 얻을 때 두셋은 얻는 태현이었다.

'이 근처를 돌면 한동안 몬스터 정수는 거뜬하겠군.'

욕망 가득한 속셈. 그러나 그런 태현의 모습은 옆에서 봤을 때 솔선수범하는 리더로 보일 뿐이었다.

"우리도 돕자!"

"맞아!"

레벨 좀 높은 어부, 낚시꾼 등 플레이어들은 오지 않고 배 위에 있었다. 바다뱀 계열 몬스터들은 해체해 봤자 처치가 곤

란했기 때문이었다. 고기나 가죽도 인기 없는데 굳이 가서 뭐 하러 고생하겠는가!

그러니 저렙 플레이어들만 가게 된 것이었다. 저렙 플레이어들에게는 저런 잡템도 충분히 쓸 만했으니까.

"아니, 왜 오는 거야? 이거 별 쓸모없다며?"

덕분에 황당한 건 태현이었다. 독식 좀 하려는데 갑자기 배 위에서 우르르 사람들이 몰려오기 시작한 것이다.

"저희도 돕겠습니다!"

"도울게요!"

"필요 없거든?"

"역시 김태현이야! 말은 저렇게 하지만 상냥해!"

태현은 한 대 치려다 말았다.

'쯧. 모자라게 생겼네.'

태현은 다른 어부들에게 시선을 돌렸다.

"이거 어차피 맛없고 효과 안 좋아서 안 팔리는 거면 나한테 팔래?"

"이런 배려까지 해주실 필요는……."

"아, 팔 거야 안 팔 거야?"

"팔게요! 팔겠습니다!"

"크흑…… 상냥해!"

태현은 케인 몫으로 몬스터 정수를 만들어주고 남은 건 괴식 요리에 사용했다.

"컥. 냄새가 너무 독하지 않냐?"

"먹어야 늘지."

'독한 자식 같으니……'

케인은 속으로 혀를 내둘렀다. 그 같으면 태현 정도의 위치가 됐을 경우 놀고먹었을 것 같은데…….

태현은 무슨 틈만 나면 저렇게 자기 계발에 매달렸다.

"아주 좋은 냄새입니다. 역시 김태현 씨는 요리도 독특하고 기발하게 하시는군요?"

"?"

일행들은 모두 고개를 돌려 쳐다보았다. 뭔 미친 소리야?

웬 처음 보는 플레이어가 앞에 서 있었다.

'장비 보니까 꽤 잘나가는 것 같은데…….'

비싸고 화려한 것이 저렙용 장비는 절대 아니었다. 플레이어는 다가오더니 태현한테 소금을 꺼내 내밀었다.

"이 소금을 쓰시면 한층 더 맛이 살아날 겁니다."

"오. 좋은 소금 같은데?"

"역시 알아보시는군요! 요리사 랭커 파즈가 만든 특제 소금입니다. 이 소금을 만들기 위해서 〈해저룡의 던전〉의 암염과, 〈붉은 루비 광산〉의 암염……."

태현은 듣지도 않고 대충 소금을 뿌렸다. 어차피 맛으로 먹는 게 아니라 효과 때문에 먹는 거였으니까.

[요리 스킬이 오릅니다. <파즈가 만든 특제 비전 소금>을 먹었습니다! 영구적으로……]

"……맛이 어떠십니까? 복잡하고 깊은 맛이……."

"짜네."

"네? 그럴 리가……."

"소금이잖아."

"흠흠. 잘 안 맞으셨나 봅니다."

"아냐. 잘 맞네. 더 내봐."

태현은 닥치는 대로 소금을 뿌려댔다. 이미 맛과는 거리가 멀어진 상황! 플레이어는 그걸 멍하니 지켜보다가 다급히 말했다.

"김태현 씨! 너무 많이 뿌렸습니다!"

"아냐. 난 짜게 먹는 게 좋더라고."

"……아. 제가 왜 왔는지, 제가 누구인지 궁금하실 겁니다."

"별로 안 궁금한데."

"당연히 궁금하시겠…… 네? 안 궁금하세요?"

"혹시 길드 동맹 첩자니?"

"예?! 아닙니다!"

"그럴 거 같았어. 판온 1 때 나한테 당한 놈이냐?"

"아닙니다!"

"그래, 눈빛이 너무 순하더라. 그러면 별로 안 궁금한데."

스포츠 에이전트, 빈센트는 속으로 생각했다.

'김태현? 아주 좋은 선수지. 근데 포기하게'란 말을 들은 이유를 이제 알 거 같다고!

스포츠 에이전트. 보통 선수들을 담당해, 그들이 계약을 맺도록 도와주는 사람들이었다. 그러나 그건 어디까지나 표면의 일!

빈센트 정도 되는 초일류 에이전트에게는 훨씬 더 복잡하고 말할 수 없는 일이 들어왔다.

-A란 선수를 우리 구단에 데려오고 싶네. 하지만 그 구단은 A를 절대 내놓고 싶어 하지 않아. A를 설득해서 우리 구단에 오고 싶게 만들어주게!

-B라는 선수가 있소. 이 선수는 자기 처지에 불만이 있는 거 같군. 잘 설득해서 우리 구단에 오게 만들어주시오. 그 선수한테도, 당신한테도 이득일 거요.

선수들한테만 해결사 역할을 하는 게 아닌, 구단에게도 해결사 역할을 해주는 것. 그것이 초일류 에이전트였다.

판온과 함께 판온 E스포츠 시장이 폭발적으로 커지자, 당연히 에이전트들도 이 시장에 뛰어들었다. 실제로 빈센트는 몇 명의 선수들을 게임단과 계약시켰고, 그들은 좋은 성적을 내고 있었다. 새 시장에서 얻은 순조로운 결과였다.

'후후. 아주 좋아.'

사람들은 에이전트를 '별로 안 좋은 선수를 어떻게든 포장해서 팔아먹는 놈들'로 욕할 때가 많지만, 빈센트는 자기 일에 자부심이 강했다.

언제나 진심으로 최선을 다한다. 이것이 빈센트의 방식!

그는 한 번도 사기를 친 적이 없다고 자부했다. 구단에게도, 선수에게도, 자신에게도 최선의 계약을 한다! 얼핏 들으면 말도 안되어보였지만 이걸 충실하게 해왔기에 빈센트가 일류를 넘어 초일류 에이전트라고 불리는 것이었다.

실제로 빈센트와 계약한 선수들은 언제나 거짓말을 하지 않고 말을 전하는 빈센트를 신뢰했다. 구단도 마찬가지였다.

빈센트가 추천한 선수들은 비쌀지언정 실망시키는 법이 없었다. 성공적으로 시장에 자리 잡은 빈센트는 다음 타깃을 고민했다.

누가 좋을까? 답은 바로 나왔다.

실력은 탑클래스에, 현재 다른 게임단들의 제안을 거절하고 단독으로 뛰고 있는 바로 그 선수! 김태현이다!

빈센트는 느낌이 왔다. 김태현은 진짜라고. 나타났다가 사라지는 선수들이 아닌, 정상 위에 군림하는 몇 안 되는 스타! 게다가 지금 계약을 하지 않고 있다는 게 더 매력적이었다.

만약 김태현을 설득해서 다른 게임단에 계약시킬 수만 있다면, 빈센트는 에이전트의 신으로 불리게 될 것이다.

남들이 안 된다고 포기할 때 도전해라!

빈센트는 바로 작업에 착수했다. 일단 김태현과 만나본 사람들부터 연락해 봤다.

뉴욕 라이온즈의 스카우트, 매킨리! 태현을 섭외하려고 한국까지 왔다가 헛물만 들이키고 돌아간 사람이었다.

"김태현, 어떤 선숩니까?"

-아. 그 선수? 아주 대단한 선수지.

"그렇죠? 저도 그렇게 생각했습니다. 반짝이라고 하는 놈들도 있는데……."

-그런 놈들은 눈깔이 삔 거야. 저런 선수는 기복이 없어.

빈센트는 기뻐했다. 그의 눈이 틀리지 않은 것이다.

-근데 포기하게.

"어째서입니까?"

-설득에 흔들릴 선수가 아니거든.

"매킨리 씨, 제가 이제까지 설득한 선수가 몇 명인지 아십니까? 그 선수들이 설득이 쉬웠는지 아세요?"

-알지. 알아. 자네가 설득의 달인이란 건 나도 안다고. 근데 포기하게.

빈센트는 이쯤 되자 오기가 생겼다.

"그건 제가 직접 보고 판단하겠습니다."

-그러든가. 난 경고했네. 비행기 값만 날릴 거야.

"무슨 일이 있었는지 그것만 이야기해 주십시오."

-음…… 그 친구는. 일단 돈이 많아.

가장 인상 깊었던 특징!

"……그렇군요. 그러면 취향도 고급일 테니 명품을 준비해야……"

-딱히 그런 것 같지는 않던데. 그리고 아쉬운 게 없어 보이더군.

"걱정 마십시오. 세상에 아쉬운 게 없는 사람은 없습니다."

빈센트는 자신만만했다. '나는 현재 상황에 만족합니다. 구단을 바꿀 생각은 없어요.'라고 말하던 선수들도, 빈센트가 조사하면 언제나 아쉬워하는 부분이 나왔다. 그 부분을 채워준다고 약속하면 선수들은 흔들리게 되어 있었다.

선수 본인도 모르는 아쉬움을 채워준다!

-글쎄…… 그보다 자네 너무 앞서가는 거 아닌가? 김태현이 혼자면 모를까 지금은 게임단까지 만들어서 운영 중일 텐데. 심지어 잘 굴러가고 있다고 들었네. 스폰서도 붙고.

"매킨리 씨, 모든 게 다 발상의 전환이죠."

-?

"게임단까지 통째로 매입하면 어떻겠습니까?"

생각지도 못한 규모의 이야기에 매킨리는 깜짝 놀랐다.

-말도 안 되는…….

"그렇게 생각하시죠? 아무리 선수가 좋다지만 그렇게 돈을 쓰겠냐고 말입니다. 하지만 잘 생각해 보십시오. 김태현의 게임단에 있는 선수들은 모두 다 일류 이상입니다. 이번 대회에서 그게 드러났죠. 김태현의 능력이 크긴 컸지만 전부 데리고 와도 그렇게 손해는 아니라 이 말입니다."

매킨리는 부정할 수가 없었다. 확실히 맞는 말이었다. 케인은 어디에 박아놔도 일인분은 할 탱커였고, 다른 사람들도 자기 몫을 확실히 해내고 있었다. 게다가 나머지 네 명이 쫄딱 망해도 태현 한 명 건질 수 있다면 매킨리는 솔직히 돈을 지를 것 같았다.

초일류 선수는 가성비로 접근하면 안 됐다. 살 수 있을 때 사야 했다.

-말은 되지만, 너무 허황된 이야기야. 우리끼리 납득하면 안 되고 위도 납득을 해야지.

빈센트는 그 말에 빙그레 웃었다. 그걸 본 매킨리는 경악했다.

-설…… 설마……?

"예, 막 위와 이야기를 하고 나온 참입니다. 윗분께서는 의사가 있으시더군요. 물론 제가 설득에 성공했을 때의 이야기지만요."

-그게 정말인가!

게임단까지 통째로 매입할 각오라니! 이성적으로는 옳다고 생각해도 그걸 정말 할 줄이야. 매킨리는 윗선의 각오에 놀랐다.

"매킨리 씨, 이걸 들으면 놀라실 겁니다. 지금 의사가 있는 게임단은…… 뉴욕 라이온즈뿐만이 아닙니다."

최소 두 개 이상. 빈센트를 보니 세 개는 넘어 보였다.

'미쳤군!'

만약 이 대형 계약이 성공된다면, 빈센트는 정말로 에이전트계의 전설이 될 것이 분명했다.

"매킨리 씨, 저는 반드시 성공할 겁니다."

-……잘해보게. 자네의 행운을 빌지. 아 참, 그리고.

"?"

-만약 성공하면 김태현한테 우리 쪽에 좋은 이야기 좀 해주게. 자네도 알잖나. 우리가 얼마나 좋은 곳인지.

은근슬쩍 부탁하는 매킨리! 만약 정말로 설득에 성공한다면 꼭 뉴욕 라이온즈에서 태현을 보고 싶었다.

"확답은 못 드리지만, 노력해 보도록 하지요."

빈센트는 씩 웃었다. 매킨리와의 대화를 끝낸 빈센트는 보스턴 타이거즈로 향했다. 거기 스카우트도 태현에 대해 알고 있다고 들었기 때문이었다.

-오, 김태현. 아주 좋은 선수지.

"저도 그렇게 생각합니다."

-근데 포기하게.

어쨌든 이런저런 방식으로 정보를 모으고 빈센트는 한국으로 향했다. 그리고 태현의 숙소 근처에 가서 기다렸다.

번호를 알아내서 걸 수도 있었지만 빈센트는 우연한 만남을 선호했다. 이런 첫 만남부터가 인상을 결정짓는 것이다.

초일류는 안일하게 전화를 하지 않아!

"……?"

근데 안 나왔다.

'주소 잘못 알았나? 아니, 여기 맞는데?'

빈센트는 며칠 내내 숙소 앞 카페에서 커피를 마셨다. 이제는 직원이 빈센트의 얼굴을 알아볼 정도였다.

'후후…… 역시 김태현. 초일류 선수답게 행동거지에 신경을 쓰는 모양이군. 더 마음에 들어.'

사실 태현이 숙소에 박혀서 안 나오고 게임만 하는 거였지만, 아직 고정관념에서 벗어나지 못한 빈센트는 그렇게 생각하지 않았다. 자기관리 철저한 선수답게 사생활을 보호하고 있는 게 분명해!

'좋아. 그렇다면 판온에서 접촉해야겠군.'

……그렇게 생각했지만 판온에서 접촉하는 것도 의외로 쉽지 않았다.

태현이 너무 동에 번쩍 서에 번쩍했던 것이다. 잠깐 어디 나타났다 싶으면 다른 곳에 나타나고……. 게다가 하는 퀘스트들도 다 살벌한 대형 퀘스트들이라 빈센트가 쉽게 접근할 수가 없었다. 그러나 빈센트에게도 행운이 찾아왔다.

-아스비안 제국 발견!
-김태현이 플레이어들을 데리고 제국을 향해 항해 중!

김태현과 접촉해서 진실 된 이야기를 나누려는 빈센트에게 이런 기회는 둘도 없을 절호의 기회였다.

"제 소개를 하겠습니다."

꿋꿋이 말을 꺼내는 빈센트를 보며 케인과 정수혁이 수군거렸다.

"방금 안 궁금하다고 하지 않았냐?"

"못 들은 척하려나 봅니다."

"좀 짠하다."

"저도 그렇습니다. 조금 불쌍합니다."

빈센트는 못 들은 척했다. 저 정도 수군거림은 에이전트 세계에서는 1단계에도 들어가지 않는 굴욕이었다.

피도 눈물도 없는 에이전트 세계에서 살아남아 올라온 빈센트에게 저런 건 자장가 수준!

"헉. 표정 하나 안 변하네."

"우리 말 못 알아듣는 거 아닐까요?"

"번역 다 되잖아."

케인과 정수혁은 놀랐다. 그들이라면 이런 수군거림을 들었을 경우 마음이 흔들리고 눈물이 찔끔 나왔을 텐데!

'정말 대단하잖아?'

'로봇 아닙니까?'

둘의 존경하는 시선을 받으며 빈센트는 명함을 내밀었다.

멋들어진 글씨체로, 빈센트의 회사 이름과 에이전트라는 직함이 쓰여 있었다. 태현은 그걸 보고 놀란 표정을 지었다.

"앗!"

"후후······ 역시 김태현 씨. 김태현 씨 정도 되는 초일류 선수라면 제 이름을 알고 계실 줄 알았습니다. 정식으로 인사드리겠습니다. 빈센······."

"아니. 판온에서도 이런 명함을 만드는구나 싶어 놀란 건데. 어쨌든 잘 부탁합니다. 빈센트 씨."

딱히 빈센트의 명성을 듣고 놀란 건 아닌 것 같았다.

그래도 빈센트는 미련을 놓지 못하고 말했다.

"제 이름 들어본 적 없으십니까? 제 회사라든가······."

"빈센트······ 아!"

"후후, 역······."

"빈센트 반 고흐?"

"······그 사람은 옛날 사람이고요."

심지어 죽은 사람!

"그럼 모르는데."

"그······ 에이전트로 활동하고 있는 빈센트라고 합니다."

"그래요. 여기는 왜?"

"김태현 씨와 진지한 이야기를 나눠보고 싶어서 왔습니다."

"무슨 진지한 이야기?"

태현은 의아해했다. 게임단을 만들기 전까지는 태현에게는 온갖 곳에서 연락이 왔다. 각 게임단 스카우트부터 시작해서 사장이 직접 연락한 곳도 있었으니 에이전트는 별로 놀랄 것도 없었다.

그렇지만 그건 어디까지나 만들기 전! 만들고 나자 영입 가능성이 사라졌다고 생각했는지 대부분의 연락이 사라진 상태였다.

"진지한 이야기가 뭐가 있겠습니까? 당연히 김태현 씨의 영입에 관한 이야기죠."

"여기까지 와서 기껏 만든 명함까지 줬는데 좀 미안하게 됐군. 생각 없어."

"아니, 이야기만 한번 들어보세요!"

옆에서 듣던 케인이 끼어들었다.

"아니. 아저씨. 지금 김태현은 게임단 직접 차려서 운영 중인데 영입하려고 한다니. 그게 무슨 상도덕 없는 소립니까? 우리는 다 잘리라고?"

'다른 게임단 가도 되지 않나? 케인 씨 정도면……'

정수혁은 속으로 의아해했지만 굳이 끼어들진 않았다.

"김태현 씨만 영입하려는 게 아닙니다. 저 같은 에이전트가 그런 턱도 없는 제안을 들고 왔겠습니까?"

"……?"

"지금 몇몇 게임단에서는 김태현 씨의 게임단을 통째로 인수할 의사가 있습니다."

다들 깜짝 놀랐다. 선수 한둘 영입은 몰라도 게임단 통째로 인수하려고 하다니.

'누군지는 몰라도 사고방식이 차원이 다르네.'

이다비는 솔직히 많이 놀랐다. 크게 비즈니스를 하는 사람들은 다 이런 건가? 저런 과감한 제안을 팍팍 해오다니.

물론 케인은 수긍하지 않았다.

"안 돼! 안 돼! 잘리기 싫다고! 김태현. 저런 제안은 안 받을 거지?"

"안 자릅니다. 케인 씨. 생각해 보시죠. 케인 씨 같은 선수를 누가 탐내지 않겠습니까?"

"어?"

케인은 의아해했다. 진짜?

"케인 씨가 겸손한 건 알지만 자기 가치를 잘 아는 건 중요하지요."

"……이 사람 나 놀리는 거 아니냐?"

케인은 의심부터 하고 봤다. 태현과 같이 다니면서 생긴 의심병! 누가 칭찬을 하거나 팬이라고 하면 '이거 함정 아닌가!?' 하는 의심부터 먼저 들게 된 것이다.

"놀리는 건 아니겠지."

"진, 진짜? 내가 그 정도야?"

기뻐하던 케인은 멈칫했다. 저런 말 몇 마디에 넘어가면 안 됐다.

"크…… 크흠. 그래도 안 돼. 나 말고 다른 팀원들도……."

"그것도 물론 이야기했습니다. 김태현 씨가 책임감이 강하다는 걸 알고 있었으니까요. 게임단을 인수할 경우 다른 선수분들도 다 영입할 겁니다."

"그, 그랬다가 자를 생각이잖아!"

"안 자릅니다. 원하신다면 제가 직접 에이전트를 맡아 계약서를 써드리겠습니다. 보장 연도도 길게 잡아서 은퇴 전까지 연봉 보장받고 옵션 넣는 것도 가능합니다."

모든 문제에 다 준비된 에이전트, 빈센트! 자리에 있던 일행은 왜 빈센트가 자기를 초일류라고 하는지 알 것 같았다.

정말 철저하긴 철저하다!

"흐…… 흥! 그, 그래도 우리는 우리끼리 해오면서 쌓아온 자부심이 있어. 그깟 돈 몇 푼에 그걸 포기하진 않을 거야."

케인은 그렇게 말했다. 무에서 유를 만들었다는 자부심과 뿌듯함! 그런 걸 돈 조금 더 받자고 포기할 수는 없었다.

"일억을 준다고 해도 안……."

"안 됩니까?"

"당연히 안 되지!"

케인은 말하면서 자신의 금전 감각이 커졌다는 것을 실감했다. 예전에는 벌벌 떨었을 금액인데…….

'와, 내가 이렇게 대단해졌나?'

대회 상금+각종 광고, 스폰서 지원+기타 등등……. 태현은 이상적인 걸 뛰어넘어서 호구에 가까운 게임단 단장이었다. 게임단의 운영 금액은 자비로 대면서 나머지 수입은 정확하게 나눠서 지급해 주고 있었으니까.

그 말에 빈센트가 당황한 표정을 지었다.

"으음…… 일억으로 안 될 줄이야……."

이다비는 고개를 갸웃거렸다. 이런 제안을 하러 온 사람들이 게임단 인수를 하는 데 기껏 일억을 제시한다고?

뭔가 이상한데?

"잠깐만요. 일억이 혹시…… 아니, 설마 혹시…… 달러인가요?"

"당연히 달러죠. 그러면 뭔지 아셨나요?"

툭-

무언가 떨어지는 소리가 들렸다. 케인이 들고 있던 무기를 떨어뜨리는 소리였다.

"일, 일, 일……."

케인은 말을 더듬었다. 천억이 넘는 금액! 그의 상상을 뛰어넘는 거금이라 판단 자체가 불가능했다.

태현은 눈썹을 찌푸렸다. 상대가 저런 충격적인 제안을 해오니 오히려 냉정해졌다.

'정말 세게 나오는군. 이게 그 거부할 수 없는 제안인가?'

자잘한 회사들이 쪼잔하게 꼼수를 쓰는 것과는 차원이 다르게, '내가 바로 명문구단이다!'라는 걸 알려주듯이 화끈하게 제안을 때려왔다.

천억은 장난이 아니었다. 전 세계에서 이름이 날리고 역사가 있는 구단이 되어야 그 정도 수준에 들어갔다.

E스포츠계의 역사에서도 그런 팀은 얼마 되지 않았다.

'솔직히 우리 게임단은 잘 쳐줘 봤자 십억 안팎인데.'

시설도 인프라도 직원도 거의 없이 태현이 단독으로 이끌고 나가는 게임단. 그런 게임단에 저런 가치가 있을 리 없었다. 즉 저 액수는…….

'저 금액으로 날 사겠다는 제안인가…… 케인이나 정수혁도 꽤 괜찮은 선수니까…….'

게임단이 아닌 태현을 사기 위한 액수!

'김태현만 손에 넣는다면 나머지는 손해 좀 봐도 상관없다. 감수할 수 있다.'

상대의 목소리가 생생하게 들리는 기분이었다.

태현은 물었다.

"만약 받아들이면 장기계약인가?"

"예. 김태현 씨. 그것까지 양보하실 수는 없습니다. 그렇지만 연봉 협상은 따로 있을 겁니다. 만약 원하시면 계약 시에 추가 성적에 따른 추가 옵션 미리 넣을 수 있습니다. 김태현 씨라면 구단 쪽에서 엄청나게 양보할 겁니다. 이건 제가 장담합니다."

당연한 말이었다. 저 돈을 주고 구단을 사서 태현과 팀원들을 데려왔는데 태현이 나가 버리기라도 한다면……

담당자들은 전원 다 뛰어내려야 했다.

저건 구단이 지켜야 하는 마지막 선!

'게임단 인수금은 종신 계약하는 계약금이라고 보면 되겠고, 연봉은 따로 주겠지만 의미가 있나 싶긴 하네.'

저런 계약금을 제시하는데 연봉을 후려치지는 않을 것이다. 물론 태현이 죽을 쑤면 연봉이 내려갈 수는 있겠지만, 저 계약금을 받았는데 연봉 좀 내려간다고 무슨 의미가 있겠는가. 이건 게임단의 통 큰 베팅이었다. 판온 E스포츠 초기에, 천억 넘는 금액을 베팅해서 김태현이라는 선수를 잡겠다는 베팅!

'그 돈을 투자해서 김태현을 은퇴 때까지 게임단에 쓸 수 있다면 해볼 만하다!'

게임단들은 그럴 만한 가치가 있다고 판단을 내린 것이다. 냉정하던 태현도 저 과감한 판단에는 살짝 소름이 돋는 걸 느꼈다.

"저…… 저건 사야 해! 아니, 받아들여야 해!"

케인은 태현에게 다가와 다급하게 속삭였다.

"저 제안은 받아야지! 저런 제안이 언제 들어오겠어!"

"김태현 씨. 천억은 참고로 시작이고 협상에 따라 더 올릴 수도 있습니다. 어차피 이번 대회까지는 계약이 불가능할 텐데, 저는 대회 성적에 따라 더 올릴 수도 있다고 봅니다."

"더 올라간대잖아! 저건 꼭 해야 해!"

케인의 눈동자가 화르륵 타올랐다. 태현은 귀찮아서 케인의 얼굴을 옆으로 밀었다.

빈센트는 감탄했다.

"확실히 여러분들은 정말 단결력이 대단하네요. 다른 게임단과는 차원이 다릅니다."

"뭘 그런 걸 다……."

"케인 씨한테는 한 푼 안 들어오는 계약인데도 그렇게 김태현 씨를 위해주시다니. 아무리 보장을 해주더라도 소속된 게임단을 바꾸고 새로 시작하는 건 모험인데…… 정말 대단한 우정입니다."

"……?"

케인은 고개를 갸웃거렸다. 그리고 물었다.

"어…… 저한테는 뭐 안 들어와요?"

"게임단 지분이라도 있으십니까?"

"어…… 없는데요."

"그러면 당연히 없죠?"

빈센트는 '뭘 당연한 소리를 하는 거지 이 사람은' 하는 표정으로 쳐다보았다.

"……김태현. 난 네 선택을 존중한다. 네가 하고 싶은 대로 해!"

"에잉. 좋다 말았네."

케인은 정수혁과 다시 구석으로 가버렸다. 빈센트는 당황해서 물었다.

"왜 저런 질문을?"

"저건 내버려 둬도 되고…… 어쨌든 제안은 잘 들었고 생각 좀 해보도록 하지."

"예! 기다리겠습니다."

빈센트는 반색했다. 매몰차게 거절당한 다른 사람들과 달리, '생각 좀 해보겠다'라는 대답을 들은 것 자체가 성과였다.

"저, 폐하. 안 내리십니까?"

"아."

떠드는 사이 어느새 배는 항구에 도착해 있었다.

[아스비안 제국에 도착합니다!]

[처음으로 도착한 것에 명성이……]

[아스비안 제국은 용을 싫어합니다. 용과 친분이 있는 게 밝혀

질 경우 문제가 생길 수 있습니다.]

[아스비안 제국의 황제, 우이포아틀은 멸망한 제국을 복구시키기 위해 뛰어난 모험가들을 찾고 있습니다. 공적치 포인트를 쌓아 명성을 올리면 그를 만날 수 있……]

처음 보는 제국에 왔다는 걸 환영해 주듯이, 막대한 보너스 메시지창이 떴다.

"태현 님! 감사합니다!"

"김태현 님! 이 은혜 잊지 않겠습니다!"

배에서 내린 플레이어들이 꾸벅꾸벅 인사를 하고 각자 흩어져서 자기 갈 일을 갔다.

"김태현! 두고 보자!"

"김태현 너 이 자식! 인생 그렇게 사는 거 아니다!"

"야. 그만해. 그러다 진짜 들으면 어쩌려고."

"여기까지 와서 죽고 싶지는 않으니까 닥치자!"

배 밑에서 노를 실컷 저었던 길드 동맹 길드원들도 호다닥 사라졌다. 그들을 보며 브랑송이 아쉽다는 듯이 말했다.

"저놈들은 타고난 노잡이입니다. 폐하. 다시 잡아 와서……."

"나중에 또 기회가 있겠지. 걱정 마라, 브랑송. 다시 또 잡아올 기회가 있을 거야."

가장 뒤늦게 내리던 태현 일행 앞에, 플레이어 하나가 다가와 말했다.

"미스터 김?"

태현은 의아해했다. 누구지?

"미스터 김. 유의 출입은 불가능이에요."

"뭐라는 거야?"

번역기를 끄고 말하는 것 같은 특이한 말투! 태현은 상대 견적부터 먼저 내고 봤다. 차고 있는 장비부터 자세까지.

'랭커군.'

"고 백. 고 백하라고요."

"흠. 잘 모르겠지만 시비 거는 거 맞지?"

태현은 뒤를 보며 물었다. 물론 대답을 기대하고 물어본 건 아니었다.

"맞군."

착!

바로 무기부터 뽑는 태현! 그걸 본 상대는 기겁해서 말했다.

"폭력 반대! 폭력 반대!"

"특이한 암살자군."

뒤에서 케인이 조심스럽게 말했다.

"암살자 같진 않은데?"

"아임 어새신 아님!"

"자기가 암살자라는 걸 인정 안 하는 걸 보니 훈련된 암살자군."

그러는 사이, 길 저편에서 이세연의 길드원 중 하나인 김현아가 나타났다.

"나디아. 뭐 하는…… 꺄악! 김태현이잖아! 왜 여기 있어!"

"나 아직 아무것도 안 했다."

태현은 어이가 없었다. 그가 뭘 했다고 보자마자 저런단 말인가. 물론 그가 도시 몇 개 날려 버리고, 길드도 몇 개 날려 버리고 했지만…….

'음. 생각해 보니 경계할 만하군.'

"그쪽이 왜 여기 있어요!? 아탈리 왕국 국왕이면 거기서 노세요!"

"아니, 난 아스비안 제국 오면 안 되냐?"

상대방이 질색하자 오히려 오기가 생겼다. 태현도 별로 오고 싶지는 않았는데!

"앗. 잠깐."

순간 태현의 머릿속이 번뜩였다.

이세연의 길드원들이 태현을 오는 것을 보고 질색한다? 이건 이세연이 뭔가 하고 있는 게 분명했다. 태현한테 들키면 안 되는 무언가!

"이세연이 뭔가 하고 있군!"

"??"

"내가 오면 안 되는 무언가가 분명해."

"아, 아니요. 그런 거 아니거든요?"

"말을 더듬는데?"

"어이가 없어서 더듬은 거예요. 그쪽이 와서 놀라고 당황하긴 했는데 딱히 숨기는 건 없거든요?"

"그러면 왜 그런 반응을?"

"그야 그쪽만 상대하면 언니가 이상해지니까 그렇죠."

"맞음! 미스터 김만 상대하면 길마 이상해짐!"

김현아와 나디아가 입을 모아 말했다. 태현은 시큰둥하게 말했다.

"걔는 원래 이상했어."

"아님! 아님!"

"아니거든요!? 말 조심해요!"

"싫은데? 너희 이세연은 원래 이랬거든?"

대화를 듣고 있던 빈센트는 당황했다. 이 유치한 대화가 정말 랭커들이 나누고 있는 대화인가?

들어보니 상대는 '그' 이세연의 길드원 같았다. 그런데 태현과 저런 유치한 말싸움이라니. 심지어 태현마저 같이 놀고 있었다.

빈센트의 체감으로 꽤 긴 시간이 지나고 나서야, 그들의 말싸움은 끝이 났다.

"후. 그래. 우리 서로의 의견을 존중하도록 하자. 물론 내가 맞고 네가 틀렸지만."

"내가 할 소리거든요?"

서로 제 갈 길 가자!

태현은 갑자기 궁금해져서 물었다.

"그런데 이세연은 뭐 하고 있냐?"

"역…… 역시! 언니한테 관심이 있는 게 맞았어!"

"원래 여기 오기 전에는 관심도 없었거든? 너희들이 자꾸 그러니까 없던 호기심도 생기잖아."

"길마님 퀘스트 중. 황제 옆에서."

"그렇군…… 근데 쟤는 말투가 왜 저래?"

"……그냥 그렇다 치세요. 일부러 번역기 끄고 하는 사람이니까."

나디아는 길드원 중에서 일부러 자동 번역을 끄고 하는 플레이어였다. 들어보니 언어를 배우려고 저런다는데…….

'실력은 확실한데 사람은 좀 이상해!'

그러나 태현은 그 말을 듣고 감탄했다.

"재밌는 생각인데? 판온에서 언어를 배운다니."

"……그냥 언어는 밖에서 배우는 게 낫지 않나요?"

"아니지. 게임도 하고 언어도 배우면 일석이조잖아."

"맞음. 미스터 김이 의외로 똑똑함."

둘이 멍청한 사람 보듯이 쳐다보자 김현아는 대번에 짜증이 났다.

'이 인간들이…….'

"어쨌든 언니 뭐 하는지 말했으니까 괜히 언니 근처로 와서 언니 뒤흔들지 마요."

"누가 들으면 오해할 소리 하고 있네. 내가 할 소리다."

김현아가 나디아를 데리고 떠나자, 빈센트가 조용히 와서 물었다.

"역시 이세연 씨와 사귀시는 게 맞군요?"

"……뭐?"

태현의 '뭐'는 한층 내려간 톤이었다.

'뭐 이 ××야?'에서 '이 ××야?'가 생략된 것 같은 말투!

빈센트는 깜짝 놀라서 말했다.

"아, 아니. 그…… 사귀시는 게 아니었습니까?"

"방금 그 모습을 보고서 그런 소리가 나와? 뭘……."

"죄, 죄송합니다. 만약 사귀시는 거면 에이전트로서 도와드리려고 했…… 그냥 아무 말도 하지 않겠습니다. 제가 방금 한 말은 잊어주시죠."

케인은 빈센트의 말에 감탄했다. 말실수는 저렇게 수습하는 거구나!

태현은 혀를 찼다.

'해외 에이전트도 저렇게 생각하고 있을 정도면 다들 오해하고 있는 거 아니야? 설마…….'

가끔은 설마가 맞았다.

"그런데 어떻게 수색을 시작하지?"

"일단 교단이 먼저겠지. 여기도 교단 신전들은 있을 테니까, 거기를 돌면서 일퀘를 깨고 공적치 포인트를 쌓자고."

새로운 지역에서 정보를 얻기 위해서 가장 먼저 필요한 건 퀘스트. 그걸 깨면 지역에서 이름이 알려지고 공적치 포인트가 쌓였다.

태현이 찾는 것은 권능이었으니 교단 퀘스트를 깨는 게 좋았다. 게다가 태현의 직업과 스킬은 적은 공적치 포인트로도 몇 배의 효과를 냈다.

화술의 신…… 아니, 아직 신은 아니었고 반신 정도!

[카르바노그도 동의합니다.]

툭-

[아이템, <드라켄 비밀결사의 편지>를 얻었습니다.]

근처에 로브를 쓴 사람이 지나가며 태현에게 아이템을 주고 지나갔다.

"뭐야?"

태현은 그 NPC를 쫓아가려고 했지만, NPC는 골목을 돌더니 사라져 버렸다.

〈드래곤 만세!-드라켄 비밀결사 퀘스트〉

포악한 용들에게 멸망당한 아스비안 제국에서 용의 이름은 금기나 마찬가지다. 황제 우이포아틀부터 그 밑의 귀족들까지, 아스비안 제국의 모든 귀족들은 용을 증오한다. 그러나 아스비안 제국에 모든 이들이 용을 증오하는 것은 아니었으니, 제국이 멸망한 동안 용을 숭배하는 비밀결사가 생겨났다.

드라켄 비밀결사는 제국에 용을 갖고 온 당신을 용이 보낸 화신이라고 생각하며 만나보려고 한다.

　조심하라! 만약 들킬 경우 절대로 무사할 수 없을 테니…….

　보상: ?, ??, ??

　태현은 이 퀘스트가 왜 나온 건지 바로 알 수 있었다.

　제국에 용용이와 흑흑이를 데리고 온 탓에 나온 것이다.

　'젠장. 두고 왔어야 했는데!'

　드라켄 비밀결사가 뭐 하는 곳인지는 몰라도, 용 냄새 하나만큼은 기가 막히게 맡는 게 분명했다. 오자마자 이렇게 접촉을 했으니.

　"……일이 이렇게 됐는데."

　"어떻게 하실 겁니까?"

　"일단 만나 봐야지. 음…… 뭐, 그래도 나쁜 건 아니야."

　히든 퀘스트는 일단 받아서 나쁠 게 없었다. 생각은 받고 나서 해도 됐으니! 물론 악 성향 교단의 히든 퀘스트나, 산적이나 도적 NPC가 주는 히든 퀘스트는 받으면 인생 꼬일 가능성이 크긴 컸지만…….

　'생각해 보니 드라켄 비밀결사도 제국 내에서는 그런 취급 같은데.'

　태현은 갑자기 불길해졌다.

　"정말 나쁜 거 아닙니까?"

　"아까 오는 사이에 벽에 '드래곤을 죽입시다 드래곤은 나의 원수'라고 쓰여 있는 거 봤냐?"

"얘네 좀…… 이상한 애들 같은데요……."

일행은 모두 부정적!

"그래도 정보는 얻을 수 있겠지. 걱정 마. 내가 이런 놈들 하나 통제 못 하겠어?"

그 말에 모두가 고개를 끄덕였다.

"하긴, 태현 님이라면……."

"너라면 충분히 통제할 수 있지."

"너한테는 못 당하겠지!"

인정은 인정인데 뭔가 기분 나쁜 인정!

편지에는 지도도 나와 있었다. 태현은 항구를 빠져나와 도시 외곽의 모래지대로 걸어갔다.

"여기 어딘가에 입구가 있다는데…… 아. 여기군."

"그런데 태현 님."

"왜?"

"아까 그 사람들하고 이세연 씨 방해 안 하겠다는 약속하지 않았나요?"

"엄밀히 말하자면 방해를 안 하겠다는 약속이 아니라 서로 제 갈 길 가자는 약속이었지."

"……그런데 이세연 씨는 지금 제국 황제 곁에서 퀘스트 깨고 있지 않나요?"

제국을 부활시킨 이세연은 황제 옆에서 직속 퀘스트를 깨고 있었다. 여기서 쌓은 공적치 포인트나 명성을 생각해 봤을 때 당연한 일이었다.

"그렇지?"

"근데 그 비밀결사 들어가면 이세연 씨 방해하는 거 아니에요?"

"……그렇지?"

"……."

"이다비. 넌 날 믿지? 내가 일부러 방해하려고 하는 게 아니라는 걸?"

"아, 네. 물론이죠."

[<모래의 사원>에 입장하셨습니다.]

[용을 데리고 있습니다. 모든 능력치에 버프를 받습니다.]

[몬스터들이 공격하지 않습니다.]

이 던전은 용을 위한 던전이었다. 용과 친하면 버프를 받고, 친하지 않으면 디버프를 받았다. 그렇다면 용용이와 흑흑이를 굳이 숨길 이유가 없었다.

"용용아. 흑흑아. 나와라."

태현의 말에 두 드래곤들이 호다닥 나와 양 어깨 위에 자리를 잡았다.

-흑흑. 주인님. 안이 좁아서 힘들었습니다.

-주인이여. 굳이 이 제국에 있어야 할…….

"쉿. 애들아. 아마 저 안에는 너희들을 좋아하는 놈들이 있을 거야."

-사디크의 신수인 절 말입니까? 별로 멀쩡한 놈들은 아닐

것 같은데…….

용용이는 흑흑이를 측은하게 쳐다보았다. 보통 신과 계약한 신수들은 미우나 고우나 자기가 계약한 신을 아끼고, 자기가 계약한 신의 교단을 좋게 봐주게 마련이었다. 그런데 흑흑이는 사디크 교단을 이상한 놈들 취급하고 있었다.

흑흑이의 사정을 알고 있는 용용이는 괜히 짠해졌다.

아키서스의 신수마저도 동정하게 만드는 불쌍함!

"아니. 사디크 교단은 아니고…… 그보다 괜찮은 애들일 거야. ……아마."

-방금 아마라고 하지 않으셨습니까?

탁-

"오오오오오오!"

"오오오오오오오오오오오!"

[드라켄 비밀결사의 이제른이 용용이와 흑흑이를 보고 경탄합니다!]

[친밀도가 최대로……]

[세력 내 평판이 최대로……]

[드라켄 비밀결사의 에플롯이……]

"오오옷! 용이다! 진짜 용이야!"

"끼요옷! 끼요오오오옷!"

"드래곤님이 날 보셨어! 날 쳐다보셨어!"

"아니야! 날 보신 거야!"

"고개를 돌려서 내 눈을 똑바로 보셨어!"

"네 뒤에 있는 놈을 보신 거야!"

"……"

-힉.

-히이익.

두 용들은 날개를 파르르 떨었다. 태현과 함께 온갖 적들과 싸워온 둘이었지만, 지금 눈앞에 있는 무리들은 진심으로 무서웠다. 미친놈들인가 봐!

"조각사 어디 있나!"

"여기 있습니다."

"화가 어디 있나!"

"여기 있습니다."

"저 두 분의 신성한 모습을 놓치지 말고 새기도록!"

"예! 알겠습니다!"

"……"

태현은 떨떠름한 눈으로 그들을 쳐다보았다. 뭐 좋아하니 굳이 방해할 필요는…….

'미친, 아다만티움이잖아!?'

태현의 입이 떡 벌어졌다. 지금 조각사가 갖고 오고 있는 재료는 무려…… 아다만티움이었다! 오리하르콘과 맞먹는 판온의 최강 희귀금속 중 하나! 그걸 그냥 조각에 쓴다고??

물론 양이 조그만 조각상을 만들 정도긴 했지만, 저것만 갑옷에 섞어 넣어도…….

태현의 눈동자가 반짝반짝 빛났다.

"저 조각상을 다 만들면 어떻게 할 건가?"

"용에게 바쳐야지요."

"오오! 정말 신실하군!"

태현은 감탄했다. 이 비밀결사 놈들 의외로 좋은 녀석들이잖아? 용용이나 흑흑이한테 바치면 태현한테 주는 것이나 마찬가지였다. 물론 언제나 미친놈들은 태현의 예상을 벗어났다.

"용의 화염 속에 넣고 불태우면, 모든 용에게 바치는 의미가될 겁니다."

태현의 얼굴이 차갑게 식었다.

아니, 그게 무슨 미친 짓이야?

"잠깐만. 용한테 바친다며?"

"예, 바칩니다만?"

"그게…… 바치는 거야?"

"예!"

흑흑이가 옆에서 말했다.

-사디크 교단도 비슷한 방법을 씁니다, 주인님. 사디크의 화염에 제물을 넣는 거죠.

"그러니까 교단이 망한 거지. 이런 낭비벽 심한 놈들."

흑흑이는 시무룩해졌다. 그걸 본 비밀결사원이 기겁했다.

"아니! 용에게 어떻게 그런 무례한 말을! 당장 사죄하십시오."

"뭐?"

–……?

흑흑이는 고개를 돌려 비밀결사원을 쳐다보았다.

이게 미쳤나?

"용은 가장 위대하며 신성한 생물. 우리 같은 미천한 종족
은 그저 앞에서 조아려야 합니다."

-주인님. 저 사람들은 꽤 좋은 사람들 같…….

-뒤지게 맞고 싶니? 밖에 나가서 맞을 때 쟤네가 네 곁에 있
을 거 같니?

–……아닙니다.

상냥하게 협박하는 태현이 가장 무서웠다. 흑흑이는 날개
를 내렸다.

"크…… 흠흠. 이자는…… 내 주인……."

"뭐?! 용을 부리고 있다고?!"

"이단자다! 이단자! 죽여야 한다!"

용을 숭배하는 비밀결사에게 용을 부리는 태현은 역린 그
자체!

-힉.

"……이 아니라 내 친구 비슷한 거다!"

흑흑이는 급히 말을 바꿨다. 그러자 비밀결사원들의 표정이
부드럽게 변했다.

"용의 친구라니. 아주 대단한 영웅이군."

"부럽군, 부러워."

"도대체 어떻게 용의 친구가 될 수 있습니까?"

"저희에게도 방법을 가르쳐 주실 수 있으십니까?"

비밀결사원들은 태현에게 다가와 조심스럽고 공손하게 물어보았다. 그러나 눈빛은 이글이글 타오르고 있었다.

'요즘 이상하게 미친놈들만 만나는 거 같아……'

태현은 속으로 투덜거렸다. 피에 미친 엘프 공작 젤렌델부터 시작해서 이제는 이런 놈들까지.

[카르바노그는 유유상종이라고 말함……]

어쨌든 흑흑이와 용용이 덕분에, 이 비밀결사의 사람들은 태현을 처음 보는 데에도 꽤 신뢰하는 것 같았다. 가끔 하는 짓에는 광기가 보였지만 이 정도면 충분히 환대에 들어갔다.

'이놈들을 어떻게 이용한다?'

태현은 속으로 생각했다. 도움을 받거나 지원을 받을 수는 있을 것 같았다. 문제는 그 과정!

보아하니 이놈들은 제국에게 쫓기는 놈들 같았는데, 잘못 엮였다가는 태현도 같이 쫓길 수 있었다.

'이세연이 신나서 달려오겠군.'

제국의 이름으로 태현의 목을 딸 수 있다면 이세연은 신나서 달려올 게 분명했다. 중요한 건 안전하게 지원을 받는 것이었다.

"그런데……"

"?"

"저 황금 용이 더 대단합니까, 저 칠흑 용이 더 대단합니까?"

비밀결사원 중 한 명이 태현한테 묻자, 다른 비밀결사원들도 일제히 수군거렸다.

"역시 황금 용이지. 골드 드래곤은 예전부터 질서의 수호자인 데다가 번개를 다루는 위대한 용이었……."

"무슨 소리! 사악하고 심계가 깊은 블랙 드래곤이야말로 진정한 용이라고 할 수 있지. 용의 분노를 모르나? 블랙 드래곤의 분노야말로 진정한 분노! 흑마법의 정수를 맛보아야 정신을 차리겠는가?"

"흥! 그런 얄팍한 흑마법 따위, 골드 드래곤의 위대한 번개 마법 앞에서는 산산이 찢어질 뿐!"

"뭐? 너 이놈. 그게 삼촌 앞에서 할 소리냐?"

"시끄럽소, 삼촌! 시대에 안 맞는 구닥다리 취향은 저리 치우시오. 블랙 드래곤이 최강이라니 무슨! 최강은 골드지!"

[드라켄 비밀결사의 파벌이 대립을 시작합니다! 블랙 드래곤파와 골드 드래곤파는 오랫동안 대립해 왔습니다. 이들 중 누구의 편을 드느냐에 따라 친밀도가 변화할 수 있습니다.]

용용이와 흑흑이는 고개를 돌려 태현을 쳐다보았다. 과연 태현은 무슨 소리를 할까?

"둘 다 옳다."

"우우우! 우우우우우!"

"그게 무슨 약해 빠진 놈이나 할 소립니까!"

바로 튀어나오는 야유!

그러나 태현은 눈 하나 깜박이지 않고 호령했다.

"닥쳐라!"

[최고급 화술 스킬을 갖고 있습니다. 좌중의 분위기를 장악합니다. 드라켄 비밀결사를 설득하는 데 보너스를⋯⋯]

최고급 화술 스킬은 말다툼을 하는 사람들도 입을 다물게 하고 듣게 만드는 힘이 있었다.

"너희들은 용을 숭배한다면서 어찌 용의 색깔로 등급을 나눠 차별하는 것이냐! 부끄러운 줄 알아라. 여기 이 용들도 너희 같은 놈들과 어울리고 싶어 하지 않는다!"

-화내는 척해라.

-네?

-화내는 척하라고.

흑흑이와 용용이는 당황했지만 시키는 대로 했다.

-크아앙! 크앙!

-우아아아아앙?

"아이고! 저희가 잘못했습니다!"

"위대하신 용이시여! 저희를 버리지 말아주십시오!"

넙죽 엎드리는 비밀결사의 사람들!

[파벌간의 다툼을 해결했습니다!]

[경험치가 크게 오릅니다.]

[드라켄 비밀결사 내 권한이 오릅니다!]

[명성이……]

"뭐? 김태현이 와 있어?"

이세연은 질색했다. 왜?!

그걸 본 길드원들은 수군거렸다.

'역시 길마님은 김태현만 나오면 사람이 좀…….'

'내가 뭐라고 했냐? 김태현 이야기 하지 말자니까.'

"야. 다 들리거든?"

이세연은 어이가 없었다. 몇 번 말도 안 되는 기사가 나오더니 그다음부터는 길드원들이 뜨뜻미지근한 눈으로 그녀와 태현을 쳐다보기 시작했다.

그녀가 왜 태현의 움직임에 민감하겠는가? 그야 태현이 오면 퀘스트가 생각했던 방향과 다르게 흘러가니까 그렇지!

랭커이자 길마로서 당연한 고민을 하는 건데 이 길드원들은 머릿속이 꽃밭으로 가득 찼는지 이상한 오해를 하고 있었다.

"길마님…… 그게 길마님의 뜻이라면……."

"안 돼요, 언니! 그놈은 안 돼요!"

"애들아?"

"네?"

"모두 다 닥쳐."

이세연의 목소리가 한층 내려가자 길드원들은 입을 다물었다. 화났다는 걸 깨달은 것이다. 이럴 때 이세연은 무서운 카리스마를 보여주었다.

"지금 퀘스트 깨야 할 시간에 아주 헛소리들만…… 내가 시킨 건 제대로 했어?"

"네! 괴수가 지키고 있는 무덤의 퀘스트는 끝냈습니다."

"제국의 흑마법 골렘에 필요한 자수정과 시약들을 갖고 왔습니다."

길드원들은 재빨리 대답했다. 이세연의 길드는 소수정예. 그리고 대부분이 판온 1 때부터 이세연을 따라온 충직한 길드원들이었다. 하나하나가 뛰어난 인재들!

길드 동맹과 김태현, 다른 랭커들이 날뛰고 있는 동안에 이세연도 가만히 있지는 않았다. 그녀도 나름대로 준비를 하고 있었던 것이다.

'곧 좋든 싫든 길드 동맹과 붙게 될 때가 오겠지.'

지금 길드 동맹은 미친 듯이 팽창하고 있었다. 솔직히 태현만 없었다면 근처 영지를 몇 배는 더 먹었을 것이다. 맞서 싸우려면 그와 비슷한 크기의 길드를 만드는 게 최선.

그러나 이세연은 그러지 않았다. 그녀의 방식이 아니었기 때문이었다. 판온 1에서도 그랬듯이 그녀는 소수정예의 길드를 고집했다.

'나하고 맞지 않는 방법으로 해봤자 문제만 생길 뿐이니까.'

숫자를 불리고, 길드 규모를 키워도 결국 마지막에 승부를 결정짓는 건 실력. 수천, 수만 명의 사람도 한 명을 당해내지 못할 때가 있었다. 이세연은 판온 1 때처럼 그런 존재가 될 생각이었다.

"이세연. 안녕하십니까."

"아, 스미스. 오랜만이야."

〈고대 제국의 백기사〉라는 전설 직업을 가진, 최상위권 랭커 중 하나. 스미스!

판온 초기에서 시간이 꽤 지난 지금에도, 사람들은 전설 직업을 가진 플레이어는 10명이 되지 않을 거라고 추측되고 있었다. 그 스미스가 지금 이세연의 앞에 와 있었다. 떠들기 좋아하는 사람들이 봤다면 깜짝 놀랐을 것이다.

최상위권 랭커 둘이 연합하다니! 예전 던전에서 둘이 부딪힌 건 서로 신경도 쓰지 않았다. 그것이 랭커였다.

"원하던 건 찾았어?"

"아니요. 역시 전설 직업 퀘스트는 만만치 않습니다."

"그렇겠지."

"그래도 그쪽이 아스비안 제국을 부활시켜 주신 덕분에 퀘스트를 깨기가 더 수월해졌습니다. 감사합니다."

"별말씀을."

스미스는 고개를 숙였다. 뉴욕 라이온즈의 간판선수로 영입되고, 판온에서는 최상위권 랭커인데도 언제나 겸손한 스미스였다.

"그러고 보니 이상한 일이 있었습니다."

"?"

"길드 동맹 쪽에서 연락이 왔는데, 저한테 혹시 길드 동맹 공격을 사주한 게 아니냐고 하던데……."

"그 자식들 맨날 트집 잡잖아?"

"그렇긴 하지만 저한테는 잡지 않았었습니다."

"이제 슬슬 압박할 자신이 생긴 거겠지."

이세연은 어깨를 으쓱거렸다. 스미스는 심각한 표정을 지으며 고개를 끄덕였다.

"내가 말했지? 길드 동맹은 위험하다니까."

"으음…… 하지만 제가 직업 퀘스트를 다 깨고 나면 아무리 길드 동맹이라도 저를 이길 수는 없을 겁니다."

"퀘스트는 너만 깨? 김태현도 깨고 나도 깨고 다른 랭커들 다 깨고 있는데."

"김…… 김태현 이야기는 왜……."

스미스는 움찔했다. 왠지 모르게 태현의 이름을 들으면 살짝 긴장하게 됐다. 아니, 이유는 알고 있었다. 판온 1 때부터 당했던 것 때문이겠지.

스미스가 이런 걸로 원한을 갖는 그릇 작은 사람은 아니었지만, 그래도 긴장되는 건 어쩔 수 없었다.

이세연은 스미스가 움찔하는 걸 보며 웃었다.

'잠깐. 내가 다른 사람 비웃을 때가 아니지.'

길드원들이 '길마님은 김태현만 상대하면 이상해져요!'라고 하는 데에는 이유가 있었다. 들었을 때는 화가 났지만, 길드원들이 저렇게 걱정을 하는 걸 보면 분명 그녀가 제대로 처신을 못한 것이다. 앞으로는 좀 냉정하고 이성적으로 굴어야겠어!

"앗. 잠시만요. 귓속말이……."

스미스가 귓속말을 받더니 고개를 끄덕였다.

"아. 그래, 어? 김태현이 여기 와 있다고? 앗……."

태현이 혼자 온 게 아니라 함대를 이끌고 온갖 플레이어들을 데리고 건너와 준 덕분에 소문이 쫙 퍼진 모양이었다.

이세연은 그게 좀 신기했다. 아무리 생각해도 태현이 공짜로 봉사해 줄 사람은 아니었던 것이다.

'김태현 이 자식 무슨 생각으로 플레이어들을 데리고 온 거지? 설마 돈 받은 거 아냐?'

예리한 지적!

"만나서 인사라도 하고 올까요?"

"넌 참 속도 좋다."

"네? 만나면 반가운 건 반가운 거죠."

"그거 못하는 사람 많거든…… 어쨌든 김태현하고 안 부딪히는 게 좋을걸. 만약 네가 하고 있는 퀘스트가 김태현하고 얽히면 꽤 귀찮아질 테니까."

"그건 그렇지만, 설마 그럴 일이 얼마나 있겠습니까?"

스미스는 사람 좋게 웃었다.

"황제를 쓰러뜨리고 용을 부활시키자!"

"황제를 쓰러뜨리고 용을 부활시키자!"

드라켄 비밀결사는 음산하게 외쳤다. 태현은 그걸 보며 생각했다.

'음…… 위험한데.'

드라켄 비밀결사는 정상적인 단체가 아니었다. 아니, 태현이 만난 곳이 대부분 그렇긴 했지만……. 일단 이들은 제국을 다시 멸망시키고 용의 이름으로 불태우려고 했다.

만약 교단이었다면 악신 계열 확정! 여기가 오스턴 왕국이었다면 신이 나서 '그래! 불을 지르자!'라고 동의했겠지만 여기는 멀고 먼 제국이었다. 게다가 얼마 전에 '이세연과는 동맹 맺어야 할 수도 있으니까 최대한 싸우지 말자'고 계획을 짰는데…….

고민 끝에 나온 결론은 하나였다. 먹튀!

'다행히 용의 이름도 있고 친밀도, 명성, 평판은 최대니 쉽게 뜯어낼 수 있겠어.'

아까 아다만티움을 조각하는 걸 보며 정말 놀랐다. 아무리 고대의 제국이라지만 저런 걸 갖고 있다니.

"용의 친구인 김태현 님. 우리와 같이 움직이지 않으시겠습니까?"

"그래! 같이 움직이자고."

일행들은 태현의 말을 보고 속으로 생각했다.

'먹튀네.'

'먹튀할 생각입니다.'

'먹튀할 생각이네요······.'

"그런데 뭘 할 거지?"

태현은 슬쩍 눈치를 봤다. 비밀결사 쪽에서 〈부활한 제국 황궁을 불태워라! 돌격!〉같은 퀘스트를 던졌다가는 바로 거절할 생각이었다. 정도가 있지!

"유적 순찰입니다."

"오······?"

의외로 멀쩡해 보이는 퀘스트!

"유적 순찰?"

"예. 저희의 숭고한 임무 중 하나가 바로 용들이 남긴 유적을 지키는 것이지요. 제국은 그런 유적을 싫어해서 보는 족족 파괴하려 하지만······."

"아주 나쁜 놈들이네."

"아주 사악한 놈들입니다!"

드라켄 비밀결사원들은 매우 분노해서 고개를 끄덕였다.

"어쨌든 그런 유적을 순찰하며 침입자들을 잡아내는 것이 저희의 임무입니다."

"뭐 그 정도라면야······."

태현은 고개를 끄덕였다. 위험도도 높지 않고, 공적치 포인트를 쌓기 좋은 퀘스트였다. 게다가······.

'안 밝혀진 유적 던전이라면 얼마든지 챙길 수 있다!'

"혹시 유적 관련된 지도를 볼 수 있을까?"

"여기 있습니다."

[지도 정보가 추가되었습니다.]

"음. 드라켄 비밀결사의 의로운 마음이 내 가슴을 울리는군. 혹시 이 유적 근처에 다른 유적도 알 수 있을까?"

"역시 용의 친구이신 김태현 님. 열정적이십니다. 자, 여기 있습니다."

[지도 정보가……]

"좋아. 좋아. 여기서 가장 비싼…… 흠흠. 여기서 가장 우선 으로 지켜야 할 유적이 뭐지?"

유적을 지키겠다고 도굴꾼을 안으로 끌어들이는 비밀결사 였다.

유적과 던전에 대한 정보를 가장 잘 아는 사람들이 누구겠 는가? 바로 그 유적과 던전을 지키는 사람들이었다.

오랜 시간 동안 쌓아온 정보를 알차게 정리해서 떠먹여 주 니, 태현 같은 플레이어는 하나를 듣고 열을 배울 수 있었다.

'그렇군. 여기 던전은 지하 5층짜리 던전이고 나오는 몬스터 들은 석상 계열. 물리 방어력 높고 마법 방어력 낮고. 쓰는 마 법은 저주 계열에 아이템은 사제들이 쓰는 아이템……'

에랑스 왕국에 플레이어들이 많이 몰리고, 많이 시작하는 이유가 무엇이겠는가? 가장 많은 정보와 공략글이 있어서였다.

그만큼 정보는 중요했던 것!

지금 아스비안 제국은 알려진 게 거의 없어서 이세연조차 아스비안 제국에 대한 정보를 최대한 모으기 위해 이리 뛰고 저리 뛰고 있었는데 태현은 혼자 날로 먹고 있었다.

"잠깐 우리끼리 회의 좀 해도 되겠지? 다들 모여봐. 여기 중에서 뭘 먼저 털…… 아니, 먼저 지켜야 할까?"

"오오……!"

"이건……!"

일행 모두가 감탄했다. 이렇게 상세하게 정리된 맛집, 아니, 유적 리스트라니. 이런 건 아무도 갖고 있지 못했을 것이다. 심지어 황제나 부활한 귀족들도 이 유적과 던전들은 알지 못했다. 그들이 멸망한 동안에도 드라켄 비밀결사는 꾸준히 유지되어 왔으니까!

"여기 탱키용 아이템 나오는 거 같은데? 여기 먼저 가자!"

"여기는 마법사 장비가 나온답니다. 여기가 좋은 것 같습니다."

"여, 여기 활 있다는데 여기부터……."

훈훈하게 자기부터 챙기는 일행들! 태현은 흐뭇하게 미소 지었다.

'이 녀석들…… 어느새 이렇게…….'

[카르바노그가 좋아해야 하냐고 의아해합니다.]

'자기 거 열심히 키우려는 건 좋은 법이지. 양보해서 뭐 하겠어.'

[카르바노그는 너무 좋게 봐주는 거 아니냐고……]

"뭐, 다툴 거 없지. 빠르게 다 털면 되니까."

"그런 천재적인 발상이!"

"케인 씨. 저건 천재적인 발상이 아닌 것 같습니다……."

정수혁은 당황했다. 저건 천재적인 발상이 아니라 탐욕에 눈이 먼 발상 아닌가?

"빠듯하긴 하지만 가능은 할 거야."

"그런데 선배님. 지금 저 결사원들이 저희를 빤히 쳐다보고 있습니다만…… 저 상태에서 유적을 털 수 있습니까?"

"대충 시야 돌리게 한 다음 몰래 털면 되지. 한두 번 해본 것도 아니고."

"어…… 저는 해본 적 없습니다."

"나도 해본 적 없는데."

"저도요……."

"저도 그런데요."

태현은 깜짝 놀랐다.

"너희들 다른 사람들 몰래 던전 터는 거 한 번도 안 해봤어? 아니, 보통 길드나 파티가 던전 선점하고 있으면 매번 싸울 수는 없으니까 몰래 들어가서 필요한 것만 챙기고 나올 때가 있잖아?"

"보통 선점하고 있으면 못 들어가죠……."

일반인과는 너무 다른 상식!

태현은 이해가 안 간다는 듯이 말했다.

"남이 선점하고 있으면 더더욱 들어가서 훔쳐야…… 아니. 됐다. 이번에 내가 어떻게 하는 건지 보여줄게. 다들 잘 보고 배워둬. 나중에 쓸모가 많을 거야."

일행은 복잡한 표정을 지었다.

"그런데 확실히 적당한 핑계가 필요하겠군. 지도 중에 몇 개는 공개하자. 익명으로 올리면 안 믿을 가능성이 크니까……."

아이러니하게도, 판온을 하는 사람들이 많고 각자 올리는 정보가 많다 보니, 그중 믿을 수 있는 정보는 오히려 얼마 안 됐다. 초보자들 사이에는 이런 팁이 돌 정도였다.

'익명으로 올라온 정보는 일단 의심해라!'

누군가 함정을 팠거나, 자기 이득을 위해서 속였거나, 아니면 그냥 심심해서일 수도 있었다. 지금 아스비안 제국에는 수많은 플레이어들이 왔으니 서로 견제하기 위해 가짜 정보 올리는 것 정도는 아무렇지도 않게 할 것이다.

"파워 워리어 계정으로 올릴까요?"

"그거 괜찮겠네. 여기, 여기, 여기 올려줘."

다른 플레이어들을 찾아오게 한 다음, 유적이 털리면 '이놈들이 한 거다!'라고 책임을 돌릴 생각이었다.

CHAPTER 4

"새 제국이라니. 탐험가로서 절대 놓칠 수 없다!"

나름 유명한 탐험가 플레이어, 호마는 신이 나서 파티를 이끌고 제국에 도착했다. 탐험가는 새로운 지역을 탐색하고 미발견 몬스터와 던전을 찾는 것으로 성장하는 직업. 그런 호마에게 아스비안 제국은 새로 열린 기회의 땅이었다.

"맞아. 호마. 길드 동맹한테 붙은 제카스 그 자식은 탐험가 랭커로서 자격이 없어."

"아주 치사한 놈이라니까!"

같은 파티원들도 호마를 응원했다. 호마가 실수가 잦고 좀 허술한 면모가 있어도 뛰어난 탐험가인 건 사실이었다. 저번에 대륙을 뒤덮은 프로즈랜드의 저주도 호마가 해결하지 않았던가!

"일단 우리 목표는 20개다. 이 근처에 있는 단서들을 모으고 퀘스트들을 해결해 던전 정보를 찾는 거다."

던전은 판온의 꽃. 어떤 곳이든 간에 모든 플레이어들이 던전을 원했다.

"야. 제카스도 왔다는데?"

"뭐? 이런……."

"걱정 마. 우리는 해낼 수 있어!"

"길드 동맹 놈들도 좀 데리고 왔다는데……."

"……우리는 그래도 해낼 수 있어!"

"그, 그래."

'괜찮을까?'

탐험가 플레이어들은 PVP에 익숙하지 않았다. 보통 싸울 일을 최대한 줄이고, 싸울 일이 생기면 피하거나 도망치는 게 탐험가! 그러나 던전 정보의 첫 발자국을 찍은 것은 호마도, 제카스도 아니었다. 그건 파워 워리어였다.

[길마님이 미쳤어요! 아스비안 제국 고오급 던전 위치 공개!]

[추가 골드를 낼 경우 던전 내부 정보 DLC로 판매합니다!]

[매달 골드를 내시고 파워 워리어 정기 구독을 하시는 분들에게는 특전이……]

"어, 어떻게 이렇게 빨리!?"

"말도 안 돼!"

아스비안 제국에 도착해 있던 탐험가 파티들은 깜짝 놀랐다. 그들은 막 여기 주변의 NPC들과 대화를 하고, 책들을 모아 단서를 추적하고 있었는데…….

아무리 빨라도 그들보다 더 빠를 수는 없었다.

"가짜 정보 아니야?"

"맞아. 파워 워리어는 좀…….'

"맞아 좀…….'

이제 어엿한 판온의 대형 길드로 성장한 파워 워리어였지만, 판온 초기 때부터 한 플레이어들은 이미지 세탁에 넘어가지 않았다.

-파워 워리어? 거기…… 커지긴 했어도 좀…… 못 믿을…….

-파워 워리어…… 게네는 좀…… 수상한데…….

뿌리 깊은 수상쩍음! 그러나 모두가 의심만 하는 건 아니었다. 잃어도 손해 볼 거 없는 플레이어들, 호기심 많은 플레이어들은 정보가 뜨자마자 호다닥 달려갔다.

그리고 가장 먼저 온 사람들은 대박을 터뜨렸다.

[오랫동안 출입한 사람이 없는 던전에 처음으로 입장했습니다. 막대한 추가 보너스를…….]

[이 던전에서 일주일 동안 아이템 드랍 확률이…….]

'대, 대박이다!'

너무 기쁜 나머지, 파워 워리어 길드원들이 정보를 올렸는데도 왜 처음 입장 보너스가 뜨는 건지는 눈치채지 못했다.

이번 주의 게시판에서 가장 뜨거운 인기와 관심을 끄는 것은 파워 워리어!

-다음 정보 언제 나오나요!?
-1,000골드까지 낼 수 있습니다. 저한테만 먼저 공개하시면!
-대체 어떻게 정보를 획득하고 있는 거죠? 파워 워리어 탐험가 파티가 그렇게 대단했나요?
-혹시 파워 워리어 가입 가능합니까?

수많은 부류의 플레이어들이 몰려와서 떠드는 상황!

파워 워리어 길드원들은 즐거운 비명을 질렀다.

그리고 반대로 탐험가 파티들은 당황했다. 이럴 때 가장 많은 관심을 받아야 하는데, 파리만 날리고 있는 것이다.

"시청자 숫자가 절반이야……!"

"파워 워리어가 다 쓸어갔어! 이 자식들! 상도덕도 없나! 적당히 공개하란 말이야!"

"이 자식들 진짜 어떻게 찾은 거지?"

"뒤를 쫓아볼까?"

"자존심이 있지 어떻게 파워 워리어 길드원을……!"

그러나 자존심이 없는 탐험가 플레이어들도 있었다. 제카스와, 제카스를 돕기 위해 온 길드 동맹 길드원들!

"제카스 님. 결과를 못 내시면 간부들이 화를 내실 겁니다."

"알고 있으니까 다 닥쳐 좀."

제카스는 짜증을 냈다. 탐험이 뭔지도 모르는 놈들이 옆에서 참견을 하니 짜증이 났다. 한때는 태현을 엿 먹이기 위해 쑤닝과 손을 잡고 이리 뛰고 저리 뛰었지만, 준비한 것들은 모두 실패했다. 남은 건 허탈한 마음뿐!

답도 안 나오는 복수에 계속 매달릴 수는 없었다. 제카스도 자기 캐릭터 퀘스트를 해야 했다.

"파워 워리어 길드원 하나 찾아봐. 그놈 뒤를 쫓는다."

"그건 좀 너무 쪼잔한……."

"찾겠습니다."

"찾으면 되잖습니까."

제카스가 노려보자 길드원들은 투덜거리며 움직였다. 그들이 걸어가면서 '탐험가 랭커라면서 쪼잔하게시리', '탐험가 랭커 맞아?'라고 말하는 게 들렸다.

'확 쏴버릴까…….'

"앗. 저 길드원 수상하지 않나?"

"오. 쫓아가 보자."

파워 워리어 길드원을 찾는 건 별로 어렵지 않았다. 보통 눈에 띄게 '파워 워리어 길드에 가입하세요!'라고 하거나, '기계공학의 정수! 랜덤박스입니다! 하나 사면 하나가 더! 지금 기회를 놓치지 마세요!'라고 하고 다니는 것이다.

"낄낄. 우리가 쫓아가고 있는지도 모르고 잘 움직이는군."

"멍청하기는."

길드원들은 신이 나서 파워 워리어를 쫓아갔다.

"그러니까……."

"다음 계획은……."

길드원들은 눈을 반짝였다. 저 골목 너머에서 회의하는 것 같은 소리가 들려오는 것이다.

"은신 써! 가서 듣는다!"

길드원들은 바로 은신을 써서 접근했다.

"길드 동맹 길드원들한테 유람시켜 준다고 하고 배 또 태우면 안 되나? 그거 수입이 너무 좋았는데."

"게네들이 바보도 아니고 설마 유람한다고 탈까?"

"배 타고 위로 좀 올라가면 던전 많은 지역 있다고 거짓말을 해보는 건 어때?"

"오. 그거 먹힐 거 같다."

듣는 길드 동맹 길드원들의 피를 거꾸로 솟게 하는 사악한 계획! 심지어 여기 길드원 중 한 명은 오면서 사기에 당한 길드원이었다.

"이…… 이 새끼들이?!"

"헉! 사람이다!"

"모두 도망쳐!"

"죽여 버릴……."

"멈춰! 여기 도시 안이라고!"

오스턴 왕국이면 모를까, 아스비안 제국에 오자마자 도시 내에서 PK를 할 수는 없었다. 공적치도 없고 친밀도, 평판도 없는 상황에서 범죄를 저질러 봤자 뒷감당 불가능!

"뭐라? 버러지 같은 모험가 놈들이 감히 신성한 유적 주변에 나타났다고?!"

"아니! 어떻게 그럴 수가!"

태현은 분개하며 외쳤다. 손에는 망치가 들려 있었다. 지금 태현은 드라켄 비밀결사의 대장간에서 망치를 두드리고 있었다.

"용을 위해 저도 무언가를 만들어보고 싶습니다!"

"아주 좋은 생각이십니다. 쓰시죠!"

"아다만티움은 없나요?"

"그건 아주 중요할 때 쓰는 신성한 재료이기 때문에 안 됩니다."

"쳇."

"방금 뭐라고?"

"아무것도 아닙니다."

그래도 드라켄 비밀결사에서는 쓸 만한 재료들이 많았다.

각종 희귀 보석들과 금속들! 아스비안 제국의 땅이 축복받았다는 게 괜히 나온 소문이 아니었다.

태현은 아이템을 만드는 척하면서 하나씩 슬쩍슬쩍 집어넣었다. 〈신의 예지〉 스킬로 비밀결사원들의 눈을 피하면서, 대장장이 기술 스킬로 양을 부풀리지 않았다면 들켰을 비범한 기술이었다.

[들킬 경우 친밀도가……]
[들킬 경우 평판이……]

'안 들키면 그만이지.'

태현은 망치를 멈추고 일어섰다.

"가만히 볼 수 없군! 그 건방진 침입자들을 잡으러 가겠다!"

"오오……! 역시 용의 친구답습니다!"

"대단합니다!"

"따라가서 도와드려!"

돕기 위해 따라붙는 비밀결사원들!

태현은 손사래를 치며 말했다.

"아니. 나 혼자 할 수 있다."

"아닙니다. 잡일이라도 돕게 해주십시오!"

"혼자 할 수 있다니까!"

비밀결사원들은 자기 역할에 충실했다. 용의 친구가 혼자 일하게 둘 수는 없다!

'젠장. 쓸데없이 성실한 놈들.'

아키서스 교단은 태현이 끌고 나오려고 해도 도망치려는 놈들이 수두룩한데, 다른 단체를 보면 성실한 NPC들이 우글거렸다. 어쩌다 이런 차이가 생긴 걸까?

"근데 우리 데리고 온 NPC 그냥 내버려 둬도 돼?"

"뭐 알아서 잘하겠지. 위험한 곳에 둔 것도 아니고…… 일단 유적부터 돌자고. 저놈들 따라온 거 보니 귀찮겠네."

태현은 일행만 데리고 온 게 아니었다. 함대를 이끌고 오면서 왕국 병사들과 NPC들도 같이 온 것이다.

그들은 지금 항구 근처에서 대기하고 있는 중!

"사냥하러 가야 하는데 여기는 버프 받을 곳이 없나?"

던전이나 필드에 사냥을 하러 가기 전, 플레이어들은 다양한 방법으로 버프를 했다. 요리를 먹거나, 조각상이나 그림을 보거나, 마법을 걸거나, 신전에 가거나, 대장장이한테 가거나……. 아스비안 제국은 잘 모르는 곳이었기에 더더욱 철저하게 준비를 해야 했다.

"여기 요리사 없나요? 요리 파는 가게는?"

-뭐……? 우리를 놀리는 거냐?

-모험가. 지금 넌 살아 있다고 우리를 비웃는 거냐?

"아, 아닙니다!"

문제는 아스비안 제국이 보통 왕국과는 많이 다른, 특이한 나라라는 것이었다. 일단 NPC들 중 살아 있는 NPC가 거의 없었다. 대부분 황제와 같이 죽었다가 살아난 언데드였다.

즉 대부분의 왕국에 있는 가게나 건물들이 없는 경우가 많왔다!

플레이어들은 당황했다.

"여기 요리도 안 파는데?"

"그냥 요리사 플레이어 찾아서 요리 사자."

"나 요리 스킬 있으니까 내가 만들어볼게. 식재료만 사면······."

그러나 식재료를 구하는 것도 쉽지 않았다.

-야채? 과일? 고기? 그런 건 없다. 그런 게 왜 필요하지?

-우리는 눈을 뜨면 마나가 담긴 마나석을 끓여 물을 마시지······ 클클클······.

플레이어들은 슬슬 깨닫기 시작했다.

이거 뭔가 잘못된 거 같아! 뒤지고 뒤져서, 잡화점에서 간신히 식재료 몇 점을 찾을 수 있었다.

[<말라비틀어진 검은 빵>을 얻었습니다. 주의하십시오! 상한 식재료를 먹을 경우 탈이 날 수 있습니다.]

요리를 갖고 온 플레이어도 금세 바닥이 났다. 이 근처에서 요리를 하려면 바다로 가서 해산물을 구하는 게 그나마 가장 쉬운 방법이었다. 오죽했으면 태현 일행이 오는 길에 잡은 맛없는 바다 괴수 고기도 비싼 값에 팔릴 정도!

그것도 없으면 그냥 굶주림 페널티를 참아야 했다.

[오랫동안 아무것도 먹지 않았습니다. 허기 페널티가······.]

[너무 오랫동안 아무것도……]

"밖에서 뭐 좀 구해보자!"

"모래밖에 없는데……."

"미친. 여기 뭐 먹고 사는 거야 다들?"

각종 보물과 자원들은 많았지만 정작 필요한 게 없는 경우가 많았다. 신전도 그중 하나였다.

"여기 신전도 없어!"

"어떻게 살란 거야?"

"교단한테 말해서 여기에 신전 건물 지어달라고 해야겠다. 들어주려나?"

"시간 좀 걸릴 거 같은데…… 공적치 포인트 써야 할 거 같기도 하고."

"네 거 써."

"왜 내 걸 써! 다들 조금씩 내야지!"

사제나 성기사 플레이어들은 웅성거리며 계획을 세웠다.

그러나 아키서스 교단 소속 플레이어들은 달랐다.

"사제님! 여기에 신전 지어주세요!"

NPC들이 저 멀리 대륙에 있는 다른 교단들과 달리, 아키서스 교단 사제와 성기사들은 항구에 있는 배 위에 있었던 것이다.

"하지만 신전을 짓기 위해서는 이런저런 재료들이 필요한데……."

〈아키서스의 신전을 지어라!〉

아스비안 제국에서……

신전 짓기 퀘스트창. 물론 그들은 다 준비되어 있는 플레이어들이었다. 게다가 이들 중 몇몇은 〈절망과 슬픔의 골짜기〉에서 각종 건축에 단련이 된 플레이어였다.

"저희가 갖고 있습니다! 빨리 짓죠!"

"여러분! 여기로 모두 모이세요. 공적치 포인트 얻을 기회입니다!"

"다들 모여!"

눈빛만 봐도 서로 뭘 원하는지 아는 그들!

뚝딱뚝딱-

톱질하는 소리와 망치질하는 소리가 경쾌하게 울려 퍼졌다. 몇 명이 시작하자 다른 이들도 소리를 듣고 찾아왔다.

"야. 근데 '그' 대장장이 애들 없어서 다행이다."

"걔네들은 안 탔나? 솔직히 걔네 무섭다고."

"쉿. 건물 짓다가 폭발하면 어떡해."

한탕의 꿈에 부푼 태현 일행은 밖으로 나오자마자 바로 유적으로 향…… 하지 못했다. 방해가 들어온 것이다.

다그닥 다그닥-

해골마를 타고 온 해골 기사가 나타나 태현의 앞을 막았다.

"모험가여! 폐하께서 그대를 보고 싶어 하시오."

다른 나라였다면 언데드면 일단 경계하고 의심해야 했지만, 여기 제국에서는 언데드가 주요 NPC였다.

이 해골 기사도 제국의 귀족 중 하나! 물론 모두가 제국 귀족을 좋아하는 건 아니었다. 따라오고 있던 드라켄 비밀결사원들이 발작을 일으켰다.

"끄에엑! 끄에엑! 김태현 님. 저 사악한 제국의 앞잡이놈을 죽입시다!"

"어허. 무슨 험악한 소리를."

"왜 그러십니까!? 죽여야지요!"

"무슨 상황인지는 알고 행동해야 할 거 아니야. 용들도 그렇게 생각한다고. 경거망동하면 용들이 싫어해."

"그런……!"

"용들이 이놈! 한다고 전해달라네."

"그런! 죄송합니다!"

용의 이름을 팔면 비밀결사원들은 넙죽 엎드렸다.

"모험가여. 저들은 누구인가?"

"약간 이상한 사람들이니 신경 쓰실 거 없습니다. 그런데…… 폐하께서 무슨 일로?"

"그건 나도 모르네."

태현은 뭔가 불길함을 느꼈다.

'설마…… 이세연…….'

일단 안 좋은 일이 생기면 이세연부터 의심하고 보는 습관!

들었다면 억울해서 태현의 얼굴에 마법을 날렸을 것이다.

그렇지만 태현 입장에서는 이세연 말고 의심 가는 사람이 별로 없었다. 지금 아스비안 제국의 황제와 친한 플레이어가 몇 명이나 되겠는가?

'내가 용 갖고 다니는 게 들켰나? 날 고발했나? 이 자식 치사하게! 내가 나중에 하려고 했는데!'

카르바노그가 어이없어했지만 태현은 계속 머리를 굴렸다.

'일단 가봐야겠군. 가서 화술로…… 아. 불리한 상황인데…….'

태현이 아무리 최고급 화술을 갖고 있다고 하더라도 불가능을 가능으로 바꿀 수는 없었다. 지금 이세연이 제국의 황제와 엄청나게 친한 상태라면, 어지간한 이간질로는 결과를 바꾸기 힘들 것이다.

'쯧. 여차하면 튀어야겠군.'

태현은 스스로의 실력에 자신이 있었다. 아무리 이세연이 작정하고 함정을 팠더라도, 태현이 마음만 먹으면 도망칠 수 있을 것이다. 직업부터 스킬까지 정말 버티고 도망치는 데에는 타고났으니까!

"일단 너희들은 잠시 기다리고 있어. 내가 황궁에 가서 황제를 만나 염탐하고 올 테니까."

"오오…… 김태현 님! 역시 용의 친구!"

"야. 닥쳐."

해골 기사가 들을까 봐 태현은 움찔했다.

"가자!"

태현이 말하며 돌아서자 케인은 움찔했다.

"앗? 우리도?"

'너희들은 기다리고 있어'에서 너희들에 자기도 들어가는 줄 알았던 케인!

"아…… 아니. 함정 같은데 너 혼자 가는 게……."

"하하. 케인. 맞는 말이야."

"그치? 그치??"

"다들 여기서 기다리고 있어. 케인하고만 갔다 와야겠다."

"안 돼!"

케인은 도살장에 끌려가는 소처럼 태현에게 잡혀 끌려갔다. 유지수가 케인을 부럽다는 듯이 쳐다보았다. 케인은 속으로 울부짖었다.

'그런 눈으로 쳐다보지 마……!'

"허어. 이런 기사를 데리고 다니시다니. 모험가께서는 분명 대단한 명성을 가지고 계시겠군요."

해골 기사는 골골이를 보고 감탄했다.

같은 언데드 기사들끼리는 통하는 무언가가 있다!

[아스비안 제국의 해골 기사, 크가로가 골골이를 보며 감탄합니다. 친밀도가 크게 오릅니다.]

드라켄 비밀결사에 가면 용용이와 흑흑이 때문에 좋아하

고, 아스비안 제국 황실에서는 골골이 때문에 좋아하고…….
태현이 데리고 다니는 소환수들이 이렇게 인기 좋은 곳도 드
물 것이다.

'용용이 빼고는 다 평소에는 공격받아도 이상할 거 없는 놈
들인데.'

흑흑이는 사디크의 마수였고 골골이는 데스 나이트였으니까.

아스비안 제국의 황궁 근처에는 거대한 피라미드들과 괴수
를 조각한 조각상들이 배치되어 있었다.

[마법 스킬이 낮아 괴수 안에 담겨 있는 마법을 알아내지 못합
니다!]
[조각 스킬이 낮나…….]

평범한 건물들과 조각상들이 아닌, 유사시에는 무언가 움직
이는 놈들이 분명했다. 마치 태현 영지에 있는 태현 동상처럼!

[카르바노그가 저기에는 자폭 기능은 없을 거라고 말합니다.]

'자폭 기능 들어간 조각상이 세상에 어디 있냐?'

카르바노그가 의아해했지만 태현은 이야기할 시간이 없었
다. 해골 기사에게서 정보를 캐내야 했던 것이다.

'유적 쪽에 플레이어들 불렀다. 여기서 빨리 해결 보고 가서
털어야 해.'

"황제 폐하께서는 어떤 분이십니까?"

"위대하신 분이십니다!"

"아. 예. 그건 됐고. 뭐 다른 건? 착용하고 있는 장비는? 직업은? 스킬은? 약점은?"

최고급 화술 스킬 없었다면 대번에 공격당했을 질문!

"이 제국의 모든 게 황제 폐하의 것인데 장비가 무슨 의미가 있겠습니까. 다만 황제 폐하께서는 성격이 불같으시니 조심하시는 게 좋을 겁니다."

태현은 갑자기 수상해졌다. 저런 충성심 높은 기사가 불같다고 할 정도면……

'성격파탄자 아냐?'

황궁 복도를 걸어가는 태현과 케인의 귀에 목소리가 들려왔다.

"어? 저기 꼭 김태현처럼 생긴 사람이……."

"하하. 이세연. 아무리 그래도 김태현이 여기 있겠습니까? 김태현하고 사귄다더니 다른 사람만 봐도 김태현처럼 보이는……."

"너 뒤질래?"

"죄, 죄송합니다. 아니었습니까?"

"아. 진짜 그 기사 낸 기자 만나기만…… 야! 김태현 맞잖아!!"

"말, 말도 안 돼!"

이세연과 스미스는 깜짝 놀랐다. 태현과 케인도 마찬가지로 놀랐다.

"너 왜 여기 있어!?"

"네가 판 함정이 아니었어?"

"……어쩌다가 그런 결론을 내리게 된 건지는 모르겠지만 다음부터는 꼭 함정을 파줄게. 너 왜 여기 있어?"

태현과 이세연의 시선이 부딪히는 짧은 시간 사이에, 둘은 서로의 속셈을 파악하기 위해 머리를 굴렸다.

'얘는 대체 뭔 꿍꿍이일까?'

동시에 울리는 속마음!

태현은 먼저 입을 열었다. 지금 급한 건 그였으니까.

"황제가 불렀는데."

"황제가? 황제가 널 왜…… 아아앗!"

이세연은 얼굴이 창백하게 변했다. 이세연은 급하게 태현의 팔을 잡더니 구석으로 끌어당겼다.

"큰일 났다!"

"너에 대한 황제의 신뢰도가?"

"넌 지금 그런 소리를 하고 싶어?!"

"네가 당황해하는 거 보니까 꼭 하고 싶은데……."

이다비가 '이세연 씨와 친하게 지내셔야 해요!'라고 신신당부해도 사라지지 않는 본능!

"너…… 아직도 〈잊혀진 망자의 왕관〉 갖고 있지?!"

"아. 황제가 그걸 찾나?"

서로 눈빛만 봐도 무슨 속셈을 하는지 알아맞히는 둘이었다. 태현은 바로 깨달았다. 이세연이 황제를 부활시키는 데 쓴 것은 〈잊혀진 망자의 지팡이〉. 이름을 봤을 때 〈잊혀진 망자의 왕관〉과 상관이 있는 아이템이 분명했다.

"후후. 이세연…… 안 됐군. 황제를 먼저 부활시킨 것으로 제국을 손에 넣으려고 했겠지만 이걸로 똑같아졌으니까."

"뭐? 무슨 소리 하는 거야, 바보야! 그런 거 아니거든?!"

이세연은 발을 동동 구르며 외쳤다.

"내가 왕관이 꼭 필요했으면 너한테 교환하자고 했겠지! 황제한테 그 왕관이 들어가면 안 된다고!"

이세연은 머리가 아파져 오는 걸 느꼈다. 태현한테 '야. 제국 올 때는 잊혀진 망자의 왕관 갖고 오지 마'라고 말하려다가 말았다. 다른 퀘스트로 바쁜 태현은 오지 않을 거라고 생각했고, 왠지 모르게 그런 말을 했다가는 역효과가 날 것 같았던 것이다.

이세연은 한숨을 푹푹 쉬며 다급하게 설명을 시작했다. 이렇게 된 이상 태현한테 사정을 말할 수밖에 없었다.

"저 황제는…… 약간 미친놈이야."

"흠. 그럴 수 있지."

"……너무 쉽게 받아들이는 거 아니야?"

"요즘 미친놈들을 너무 많이 봐서……."

하도 미친놈들을 많이 봐서 이제 안 미친 정상인 NPC를 만나면 놀랄 것 같았다.

"역사책을 이것저것 찾아보고 정보를 모았었는데, 살아 있을 때는 대단한 폭군이었대. 그래서 용들의 습격을 받았고……."

'어라?'

태현은 당황했다. 이세연의 말이 사실이라면 드라켄 비밀결사가 나름 괜찮은 놈들 아닌가?

'난 미친놈들인 줄 알았는데……'

갑자기 조금 미안해졌다.

"그래서 제국이 멸망한 거고."

"잠깐. 그런 놈을 부활시킨 네 잘못 아닌가?"

"다 계획이 있었거든? 황제가 완전하게 부활하려면 〈잊혀진 망자의 지팡이〉랑 〈잊혀진 망자의 왕관〉 둘 다 필요한데, 하나만 있으면 제대로 힘을 쓰지 못해. 제대로 힘을 쓰지 못하는 황제는 폭군이라고 해도 주변에 난리를 치지 못하고."

이세연의 계획은 간단했다. 일단 그녀와 그녀의 길드를 지원해 줄 아스비안 제국을 부활시킨다.

황제가 엄청난 폭군인 건 괜찮았다. 〈잊혀진 망자의 왕관〉이 없는 한 황제는 힘을 쓰지 못했다. 황제가 왕관을 찾으려고 해도 김태현은 저 멀리 있었고, 호락호락 내줄 사람도 아니었으니……. 헛되이 힘만 쓰게 될 것이 분명했다.

그사이 이세연은 제국을 최대한 이용할 생각이었던 것이다.

"와. 사악해."

"너한테 들을 소리는 아니거든?!"

이제까지 태현이 했던 일들에 비하면 이 정도는 매우 얌전한 수준!

그리고 둘만 남은 케인과 스미스.

둘 사이에는 어색함이 맴돌았다.

케인은 속으로 절규했다.

'김태현! 빨리 돌아와라!'

친하지도 않은 사람, 그것도 최상위권 랭커와 무슨 이야기를 해야 할지 알 수 없었다. 예전이었다면 '헉! 스미스 님! 팬입니다! 여기 사인 좀…… 케인에게 라고 적어주시면 됩니다'라고 했을 것이다. 그만큼 둘의 차이는 까마득했으니까.

그러나 지금은 케인도 나름 탑클래스 플레이어. 품위를(그게 뭔지는 잘 모르겠지만) 지켜야 했다!

"케인 씨. 요즘 대회 잘 보고 있습니다."

"앗. 진짜? ……크흠. 진, 진짜요?"

"네. 판온 플레이어 중에 던전 대회를 안 보는 사람은 없을 겁니다."

스미스는 싱긋 웃었다. 안 그래도 잘생겼는데 저렇게 싱그럽게 웃자 케인은 눈이 부셨다.

'크아아악!'

"스…… 스미스는 대회 안 나갑니까?"

"저는 던전 대회는 안 나가고, 투기장 리그는 준비하고 있습니다. 뉴욕 라이온즈 아십니까?"

"어…… 알죠."

케인은 머뭇거렸다. 에이전트가 와서 이름을 꺼냈던 구단 중 하나가 뉴욕 라이온즈 아니었나?

"던전 대회는 왜 안 나가셨……?"

"자신이 없었거든요. 아무래도 시간을 최대한으로 단축해야 하다 보니 거기에 특화되지 않으면 힘들죠."

스미스뿐만이 아니라, 몇몇 최상위권 랭커들도 비슷한 이유로 포기했다. 순위권에 들 자신이 없다면 굳이 거기에 아까운 시간을 쓸 이유가 없었다.

최상위권 랭커들은 그거 말고도 할 게 많았으니까.

"그렇지만 투기장 리그에서는 최선을 다할 겁니다. 케인 씨. 정정당당하게 승부를 겨뤄보죠!"

"그, 그러…… 잠깐. 정정당당하게?"

"네? 네."

"그건 힘들 거 같은데……."

그러는 사이 태현과 이세연이 돌아왔다. 둘은 나름 만족한 표정을 짓고 있었다. 케인은 안도의 한숨을 내쉬었다.

이제 이 숨 막히는 공기에서 해방이야!

"무슨 이야기 했냐?"

"앞으로 어떻게 할지 계획 좀 짰지."

이세연과 태현은 빠르게 합의했다.

"왕관 주면 우리 같이 망하는 거야."

"네가 더 크게 망하겠지."

"······나 망하면 나도 네 영지 가서 언데드 뿌릴 거야."

"하하. 농담이야. 농담. 내가 무슨 억하심정이 있다고 널 방해하겠니? 우리는 판온 1부터 같이 한 친구였고 같은 매니지먼트 소속이잖아?"

"네가 판온 1 이야기 하면 빡치니까 하지 마······."

태현이 제안을 무시하고 접은 것 때문에, 길드원들은 한동안 이세연을 놀렸었다. 그것만 생각하면 지금이라도 태현의 멱살을 잡고 싶은 심정이었다. 어쨌든 왕관은 주면 안 됐다. 왕관을 주는 순간 황제가 무슨 미친 짓을 할지 몰랐으니까.

"대신 내가 필요한 건 네가 도와주는 거다."

"알겠어. 도와주면 되잖아."

"아. 그리고 드라켄 비밀결사라고 알아?"

"거기를 네가 어떻게 알아? 아. 오면서 퀘스트라도 받은 건가? 조언 하나 해주자면, 그거 찾는 퀘스트는 받지 마. 우리 길드원 중에서 드라켄 비밀결사 관련 퀘스트 받은 애들이 몇몇 있는데, 성공한 사람은 아무도 없어."

드라켄 비밀결사 퀘스트는 보상이 좋아서 다들 도전해 봤지만, 워낙 철저하게 숨은 놈들이라 찾을 수가 없었다.

"왜 그래?"

"아, 아니. 아무것도 아니야. 어쨌든 왕관은 숨길 테니 걱정하지 마."

"너······ 진짜 약속 지키기다? 황제가 어떤 감언이설을 해도 넘어가면 안 된다?"

"자꾸 그러니까 마음이 흔들리잖아."

"야!"

[아스비안 제국의 황제, 우이포아틀을 만났습니다! 무지막지한 폭군, 우이포아틀을 만나는 것으로 공포 상태에 빠집니다.]

[공포 상태에 면역입니다.]

[명성이 크게 오릅니다.]

[검술, 마법……]

화강암으로 만든 방에, 우이포아틀이 옥좌 위에 앉아 있었다. 해골로 된 NPC가 온갖 장신구를 주렁주렁 달고 있는 모습은 기괴했다.

'이야. 저거 하나 잡으면 인생 역전이겠군.'

들고 있는 지팡이부터 시작해서 팔찌, 귀걸이, 허리춤에 찬 벨트와 검…… 다 유니크한 아이템이었다.

하나하나가 경매장에 나올 경우 경매장을 뒤흔들 장비!

'레벨이 몇이야? 600은 당연히 넘겼을 테고, 700 넘기나? 이세연이 걱정할 만하군.'

저런 놈을 완전히 부활시켰다가는 정말 저 황제부터 레이드 해야 할지 몰랐다. 게다가 장비를 보니 마법도 잘 쓰고 검술도 잘 쓰는 것 같았다. 괜히 용들이 쳐들어온 수준이 아닌 것이다.

태현은 일단 엎드렸다. 이런 보스 몬스터와는 친하게 지내야지!

"폐하를 뵙게 되어 영광입니다!"

"모험가…… 그대에게서는 왕의 기운이 느껴진다. 왕이 왜 짐 앞에 무릎을 꿇는가?"

"제 왕국이야 폐하의 제국에 비하면 보름달 앞의 반딧불, 모래 위의 바늘 아니겠습니까?"

태현은 1초도 기다리지 않고 아부를 찔러 넣었다. 숙련된 격투가가 생각하지 않고 몸이 반응하듯이, 태현의 경지 또한 그러했다.

[황제 우이포아틀이 당신의 말에 만족합니다! 친밀도가 아주 조금 오릅니다.]

'……쪼잔한 놈 같으니.'

이세연이 성격 더럽다고 욕한 이유를 알 것 같았다.

"짐이 그대를 부른 이유를 알겠는가?"

"잘 모르겠습니다! 알려주십시오!"

"짐에게는 몇 가지 목적이 있다. 용들의 몰살……."

두 용이 안에서 움찔했다.

"……제국의 힘을 회복시키는 것, 그리고 짐의 완전한 부활이다. 짐을 보아라. 어떠한가?"

"참으로 아름다운 뼈다귀입니다."

[카르바노그가 그건 좀 아니라고 생각합니다.]

　그러나 최고급 화술의 스킬은 어디 가질 않았다. 우이포아틀은 호탕하게 웃었다. 뼈가 부딪히며 덜거덕거리는 소리가 났다.

　"그래! 짐의 위엄은 이런 몸이 되었어도 어딜 가지 않지. 하지만 짐은 이런 몸을 원하지 않는다. 짐이 영생을 요구하자 제국의 마법사들이 이렇게 말하더군. 의식을 치르고 잠들어 있으면 영생을 얻을 수 있다고. 그러면 다시 일어날 수 있다고. 하지만 지금 이 꼴을 보라! 이 불완전한 몸을! 어떤 진미를 먹어도 만족하지 못하고 어떤 예술품을 봐도 감흥이 일지 않는 저주받은 몸이다! 마법사 놈들이 날 속인 것이지."

　'성격이 지랄 맞아서 거짓말한 것 같은데……'

　"모험가! 짐의 왕관을 내놓아라. 내 힘이 담긴 왕관…… 그 왕관이 있으면 짐은 다시 일어설 수 있도다. 힘을 회복하고 용의 목을 잘라 그 피를 마시겠도다!"

　"폐하, 저는 왕관이 없습니다."

　"뭐라? 거짓말하지 마라! 짐의 마법사들이 그대를 가리켰다! 왕관의 기운이 그대에게서 느껴졌단 말이다!"

　"폐하, 제 눈을 보십시오. 이게 거짓말을 하는 눈입니까?"

　"……으음."

　"이렇게 말하는 게 조금 부끄럽지만, 저는 나름 대륙에서는 영웅으로 불립니다. 대륙의 저주도 해결했고, 악마도 사냥했으며, 파이토스의 전사이기도 하며…….”

아키서스는 일부러 뺐다. 혹시 몰라서.

'아키서스가 여기서도 사기 치고 다니진 않았겠지?'

“……한 나라의 왕입니다. 그런데 제가 거짓말을 하겠습니까?”

“할 수도 있지 않나?”

[칭호: 저주의 종결자를……]

[칭호: 악마 사냥꾼……]

대형 퀘스트를 깨거나 업적을 깨고서 얻은 칭호는 단순히 보너스 효과만 주는 게 아니었다. NPC들과 대화할 때 말에 보너스를 주는 것이다.

[황제 우이포아틀이 당신의 말에 흔들립니다. 의심이 많고 난폭한 그는 쉽게 설득되지 않습니다.]

[화술 스킬이 크게 오릅니다.]

'이야. 대단한데?'

태현은 감탄했다. 이제까지 이렇게 화술 스킬이 안 통하는 상대는 없었던 것이다. 보기 드문 깐깐하고 레벨 높은 상대!

실제로 완전히 성공한 게 아니었는데도 화술 스킬도 크게 올랐다. 얼마나 만만치 않은 상대인지 알려주는 것 같았다.

“그렇다면 그대에게서 왕관의 기운이 느껴지는 건 어떻게 설명할 생각이지? 설마 짐의 마법사들이 실수했다는 것이냐?"

"아닙니다. 제가 왕관의 조각을 갖고 있기 때문일 겁니다."

태현은 그렇게 말하며 〈잊혀진 망자의 왕관 조각〉을 꺼냈다. 여기 오기 전에 만든 아이템이었다.

"그런데 황제를 어떻게 속일 생각이야?"

"준비를 해야겠지. 이 왕관을…… 왕관을…… 왕관을……."

"……부술 거면 빨리 부숴. 황제가 기다리잖아."

"크으윽……."

태현은 망치를 들고 괴로워했었다.

-나중에…… 수리할 수 있겠지……?

-그걸 내가 어떻게 알아? 빨리 부숴!

-후. 간다!

이세연이 경고를 해준 덕분에, 태현은 황제를 속이기 위해 만반의 준비를 하고 온 상태였다. 자기 살을 깎아가면서까지!

황제가 부서진 왕관의 조각을 보고 분노했다.

"감히! 짐의 왕관을 누가 부서뜨렸단 말이냐!"

"폐하! 오스턴 왕국을 아십니까?"

"오스턴…… 오스턴 왕국…… 그런 왕국은 처음 들어보는데. 중앙 대륙의 왕국인가?"

"예!"

우이포아틀은 고대의 사람이었다. 오스턴 왕국이나 에랑스 왕국이 만들어지기도 전의 NPC!

"폐하의 충신인 모험가 이세연처럼, 저도 폐하를 부활시키기 위해 왕관을 찾아 헤맸습니다. 크흑. 그런데…… 그 무도한 놈들이 폐하의 왕관을 뺏어갔습니다."

"이런 영원한 불꽃으로 태워 죽일 놈들 같으니!"

"맞는 말씀이십니다!"

"가서 찾아와라, 모험가! 놈들의 손에서 내 왕관을 찾아오란 말이다!"

〈잊혀진 망자의 왕관을 찾아와라-전설 등급 퀘스트〉

폭군 우이포아틀은 자신의 보물에 손을 댄 사람은 절대로 용서하지 않습니다. 왕관을 부순 자가 누구든 간에 우이포아틀은 용서하지 않을 것입니다. 대륙의 끝까지 쫓아가 그를 영원의 불꽃으로 태울 것입니다!

잊혀진 망자의 왕관을 찾아오고, 그 왕관을 부순 범인을 찾아 잡아오십시오!

보상: ?, ??, ??

"그렇게 하겠습니다. 폐하!"

태현은 냉큼 말했다. 이걸로 우이포아틀도 부활시키지 않고, 태현도 제국에서 마음대로 활동할 수 있었다. 오스턴 왕국이 덤터기를 쓰게 됐지만 그건 태현이 알 바 아니었다.

'뭐 멀리 있는데 별일 있겠어?'

"여봐라! 모험가 놈들 중에 오스턴 왕국 놈들이 있으면 전부 다 바다로 던져 버려라!"

태현은 깜짝 놀랐다. 예상치 못한 효과!

"아, 아니. 폐하."

"왜 그러지?"

"……아주 좋은 생각이십니다! 역시 폐하의 현명한 생각은 제가 따라갈 수가 없군요."

"껄껄껄! 그래. 모험가가 뭘 좀 아는군!"

우이포아틀은 해골을 덜그럭거리며 웃어댔다.

"모험가. 6개월을 주겠다. 왕관을 찾아와라."

[퀘스트 제한이 6개월로……]
[실패할 경우 황제의 분노가 당신에게 향할 수 있습니다.]

"알겠습니다."

태현은 바로 대답했다. 어차피 상관없었다. 실패할 때쯤에는 저 멀리 튀어 있을 테니까. 제대로 부활도 못 한 황제가 어떻게 쫓아오겠는가? 지금도 이렇게 황궁 안에서만 있는데.

"훌륭하다. 짐이 축복을 내려주겠노라."

[우이포아틀이 <아스비안 제국 황실의 저주>를 시전합니다!]

'이런 미친놈이?!'

화아악!

피할 틈도 없이 태현에게 〈아스비안 제국 황실의 저주〉가 걸렸다.

〈아스비안 제국 황실의 저주〉

아스비안 제국 황실의 힘으로, 전체적인 스탯을 크게 올려줍니다. 그러나 정해진 기한이 다 되면 저주가 시작됩니다. 저주는 몸을 좀먹고 위치를 주인에게 알려줄 것입니다.

한마디로 목줄 역할을 하는 저주였다. 기간이 다 되기 전까지는 버프를 줬지만, 기간이 다 되는 순간부터는 엄청난 디버프! 태현처럼 적이 많은 플레이어한테는 이런 걸 달고 다니는 것 자체가 부담이었다.

태현은 속으로 황제를 욕하고, 어떻게 해야 할지 고민했다.

'잠깐. 〈저주 이동〉 있지 않나? 먹히나?'

보통 이런 강력한 저주는 일반적인 저주 해제 마법이 안 통하게 마련이었다. 그렇지만 태현의 〈저주 이동〉도 일반적인 마법은 아니었다. 무려 대륙의 저주를 해결하고 얻은 업적 스킬!

-저주 이동.

[저주 이동을 사용할 수 있습니다. 〈아스비안 제국 황실의 저

주>를 이동시키겠습니까?]

'된다!'

랜덤으로 저주를 근처 상대에게 이동시키는 강력한 스킬, 〈저주 이동〉. 얻어놓길 정말 잘했다!

태현은 안심했다. 이 스킬이 먹힌다면 저 저주를 두려워할 이유가 없었다. 오히려 더 좋았다. 6개월이 되기 전까지는 버프였으니까! 6개월 정도 버티다가 다 될 때쯤에 적당한 놈 하나 잡아서…….

태현은 사악하게 웃었다. 그걸 보고 우이포아틀은 오해한 모양이었다.

"아주 기쁜 모양이군. 물러나도 좋다. 짐이 허락하노라."

"폐하!"

"?"

"혹시 한 손 검, 양손 검, 창, 방패, 활 중 뭘 가장 좋아하십니까?"

"??"

우이포아틀은 의아해했지만 일단 대답해 줬다.

"짐은 한 손 검을 가장 좋아한다."

"저는 양손 검이 더 좋다고 생각합니다."

"짐의 의견에 반대하다니 불쾌하지만 용서해 주겠다. 물러나도 좋……."

"폐하! 양손 검이 좋은 이유를 설명해 드리겠습니다."

[최고급 화술 스킬을 갖고 있습니다.]

[설득에 보너스를 받습니다.]

[황제 우이포아틀은 누구의 말도 듣지 않는 폭군입니다. 설득하기가 매우 어려울 것입니다!]

[크게 실패할 경우 황제가 분노할 수 있습니다.]

태현이 안 물러나고 이러는 이유는 하나였다.

화술 스킬을 올리기 좋은 기회! 이세연이 이 광경을 봤다면 태현은 미친 사람 보듯이 봤을 것이다. 세상에 황제를 화술 스킬 올리는 용도로 쓰는 놈이 어디 있단 말인가!

그러나 태현은 아랑곳하지 않고 설득에 들어갔다.

"……이래서 양손 검이 더 좋은 것입니다!"

[황제 우이포아틀이 당신의 말에 아주 조금 흔들립니다.]

[화술 스킬이 크게 오릅니다!]

[황제 우이포아틀의 친밀도가 내려갑니다.]

"알겠다. 그대의 말이 맞는 거 같군. 이제 물러나도 좋다."

"폐하! 혹시 골드 드래곤, 블랙 드래곤, 레드 드래곤, 블루 드래곤, 화이트 드래곤 중 뭘 가장 싫어하십니까?"

"……블랙 드래곤을 가장 싫어하는데."

"저는 레드 드래곤을 가장 싫어합니다!"

태현은 끈질겼다. 해룡 오케노아스 앞에서도 물러서지 않고 끈질기게 언령 스킬을 뜯어낸 태현이었다.

이런 기회를 놓칠쏘냐! 친밀도가 0으로 떨어져서 쫓겨나기 전까지는 붙어 있을 생각이었다.

"폐하! 교단 중에는 어떤 교단을 가장 좋아하십니까?"

"대륙을 떠난 신을 아직도 믿는 교단 놈들은 모두 다 머저리에 불과하다. 오로지 짐을 믿어야 할 뿐!"

"음. 그렇군요."

'주제를 바꿔야겠군.'

"그렇지만 아키서스 교단은 나름 쓸 만한 놈들이라고 본다."

태현은 여기 와서 가장 놀랐다. 생전 처음으로 보는, 아키서스 교단을 고평가해주는 NPC! 이제까지 아키서스 교단을 고평가하는 NPC들은 아키서스 교단 관련 인물들밖에 없었던 것이다.

'황제가 미쳤나? 아니. 황제가 정상이고 이제까지 다른 놈들이 이상했던 거였어! 아키서스 교단은 사실 멀쩡했던 거지!'

[카르바노그가 정신 차리라고 소리칩니다!]

"어째서입니까, 폐하?"

태현은 살짝 신이 났다. 우이포아틀에게도 살짝 호감이 갈 정도로.

"아키서스는 용들에게 사기를 친 놈 아닌가? 아주 좋은 신이지."

용용이와 흑흑이도 침묵했다. 태현은 떨떠름해졌다.

'에이, 그래도 좋아해 주는 게 어디냐.'

"폐하! 사실 제가 아키서스 교단을 이끌고 있습니다."

"오…… 그것참 기특한…… 잠깐. 아키서스 놈들은 모두 다 사기꾼이라고 들었는데?"

[우이포아틀이 아키서스 교단의 소문을 듣고 당신을 경계합니다!]

[화술 난이도가 올라갑니다!]

'젠장!'

"아닙니다! 그건 모두 다 헛소문입니다!"

"그래. 알겠네. 짐에게서 조금 떨어지도록."

"폐하!"

말은 믿는다고 해도 눈빛은 명백히 의심하는 눈빛! 용한테 사기 친 건 좋았지만 자기한테도 사기를 칠까 의심하는 눈빛이었다.

태현은 포기하고 화제를 돌렸다. 차라리 잘 됐다. 난이도가 올라가면 화술 스킬도 더 올리기 좋아졌으니까.

"폐하. 그러면 특별히 싫어하는 교단에 대해 이야기해 보겠습니다. 저는 파이토스 교단을 가장 싫어합니다. 이유는……."

30분 경과!

"……이렇기 때문입니다!"

"알겠다! 알겠으니 나가라!"

"폐하!"

"그만 부르라고 했다! 짐의 말이 말 같지 않은가!"

우이포아틀은 견디다 못해 태현을 쫓아냈다. 한번 시작하면 붙잡고 놓아주지 않는 끈질김!

[황제에 의해 강제로 추방됩니다.]
[친밀도가 크게 하락합니다.]

"쯧. 더 올릴 수 있었는데."

[칭호: 너무 과한 수다쟁이를 얻었습니다.]

"어떻게 됐어?"

"잘 됐어. 6개월 주고 왕관 찾아오라길래 오스턴 왕국에 있다고 했지."

그사이에 떠넘기다니. 이세연은 새삼 감탄했다.

정말 악마의 재능!

"그러면 난 퀘스트가 바빠서 이만. 나중에 도와달라고 하면 도와주는 거 잊지 말라고."

"그래. 안 잡을…… 잠깐만."

"안 잡는다며?"

"너 퀘스트 뭐 하는데?"

"……남의 퀘스트를 묻다니. 너무 무례한 거 아니야?"

"아, 아니. 그런 게 아니라…… 너 온 지 얼마 안 됐잖아. 퀘스트 받을 게 있었어?"

"다 방법이 있지."

"보니까 파워 워리어 길드가 유적 정보도 많이 풀고 있던데. 이거 네가 도와준 거지?"

이세연은 예리했다. 파워 워리어 길드가 갑자기 저렇게 정보를 푼다는 건, 누군가 도와준 게 분명했다.

태현 말고는 의심 가는 사람이 없었다.

"아닌데? 파워 워리어는 알아서 척척 잘하는 길드인데?"

"……양심이…… 너 뭐 하고 있는 거야? 솔직하게 말해."

"아, 왜 이리 질척거려? 서로 거래한 거 지켰으니 쿨하게 갈라지자고."

"너 뭔가 숨기고 있는 게 분명해!"

빠르게 걸어가는 태현. 이세연은 그 뒤를 쫓아가며 의심의 눈으로 쳐다봤다. 그리고 이세연의 길드원들이 나타났다.

"언…… 언니! 기사가 정말로 사실이었어……."

"너희 진짜 일부러 이 타이밍에 나온 거지?!"

"유적 털러 가자!"

"예? 지키러 가는 거 아닙니까?"

돌아온 태현이 외치자, 비밀결사원들은 어리둥절했다.

"아, 지키러 가자는 거지. 하하."

"……."

"빨리 움직이자고. 이 근처에는 우리가 지켜야 할 곳들이 많아."

태현은 비밀결사원들을 이끌고 목표로 삼은 던전을 향해 움직였다.

[<수수께끼로 가득한 고대 제국의 사원>에 입장했습니다.]

밝혀지지 않은 던전에 처음 입장하면 보너스를 받게 되어 있었다. 추가 경험치나 추가 아이템 같은 보너스.

그런데 왜 아무것도 안 뜨지?

'누군가 먼저 들어왔다!'

태현은 당황했다. 공개한 정보는 분명 이 근처가 아니었다. 그런데도 누가 먼저 들어오다니. 누군가 운 좋게 찾은 게 분명했다.

"태현 님. 메시지가 안 뜨는데요……."

"그래. 누가 먼저 들어온 모양이다."

"감히 새치기를!"

유지수가 화난 표정을 지었다. 나타나기만 하면 화살부터 쏠 것 같은 기세였다.

"아니. 괜찮아. 생각해 보니 그거 보너스도 그렇게 크지 않고……."

태현한테는 아이템 드랍률 보너스가 별 의미가 없었다. 그냥 잡아도 최대치 수준이었으니까.

"그보다는 핑계 대기 더 좋게 됐군."

실제로 다른 플레이어들이 들어왔으니 비밀결사원들한테 '이놈들이 범인이네!'라고 하기 더 좋았던 것이다.

"김태현 님. 그리고 보니 황제를 만난 일은 어떻게 됐습니까?"

"응? 황제? 아주 나쁜 놈이던데."

"맞습니다. 그 폭군은 다시 용의 불꽃으로 태워 버려야 합니다!"

"용의 친구인 김태현 님이 있으니 황제도 암살할 수 있을 겁니다!"

"아니…… 암살은 좀. 평화로운 방법을 선택해야지. 여기 용용이도 그렇게 말하네."

-어? 어? 어…… 그, 그렇다. 평화야말로 진정한 가치!

"드래곤 님이시여! 어째서!"

"제국을 불로 정화하지 않으셨습니까!"

-그…… 그건 내가 한 일이 아니니까…… 어쨌든 그건 옛날 드래곤이고. 요즘 드래곤은 평화를 추구하는 게 유행이지.

용용이는 태현의 무리한 부탁에도 힘을 냈다.

"정말입니까?"

"용들 사이에 그런 유행이……."

비밀결사원들은 수군거렸지만 용용이의 말에 대놓고 반박을 하지는 못했다.

사사삭-

일행이 들어선 통로 건너편에, 먼저 들어간 파티의 뒷모습이 보였다. 그걸 본 일행은 입을 모아 외쳤다.

"잡아!"

"죽이죠! 쏠게요!"

"제가 마법 쏘겠습니다!"

"저주 걸까요?"

"……평화가 유행이라고 하지 않으셨습니까?"

-그, 그건 드래곤 사이의 유행이라 저 인간들은 안 지킬 때도 있다.

도동수는 팔짱을 끼고 석문을 쳐다보았다.

맞는 순서로 가지 않는 침입자에게는 저주가 있으리라!

던전에 있는 퍼즐이었다. 이런 건 풀지 못하면 함정이 작동되었다.

"도동수. 풀고 있는 거 맞아?"

"기다려 봐, 좀."

도동수와 같이 온 플레이어들은 베이징 파이터즈 소속 선수들이었다. 베이징 파이터즈의 연습용 던전은 저번 태현의 습격 때문에 박살이 나고, 거기에 있던 1군 선수들도 휩쓸려서 박살이 나버렸다. 덕분에 2군 선수들이 졸지에 1군이 되어버린 상황!

도동수한테는 차라리 다행이었다. 태현을 보고 먼저 튄 도동수는 상대적으로 피해가 적어서, 1군 선수들은 이를 갈고 욕했던 것이다.

-저 자식 혼자 튀었어!
-혹시 김태현하고 붙어 먹은 거 아니야?
-개자식. 두고 보자!

1군 선수들이 남아 있었다면 골치가 아팠을 텐데, 바뀌어준 덕분에 살 수 있었던 것이다.

'김태현하고 붙어먹기는 누가 붙어먹어.'

"어? 김태현?"

"재수 없게 그 이름은 왜 말해?"

퍼즐을 풀던 도동수가 짜증을 냈다. 갖고 온 책을 뒤져가며 순서를 찾고 있었는데 부정 타게!

"뒤에……."

도동수는 고개를 돌렸다. 악몽에서 많이 본 얼굴이 거기에 있었다.

"어…… 어??"

태현 일행도 도동수 파티의 얼굴을 알아보았다. 태현은 고개를 갸웃거렸다. 어디서 많이 본 기분이었다.

"어라? 쟤 어디서 많이 본 거 같은데?"

"도동수잖아!"

그래도 케인이 가장 도동수를 먼저 알아봐 줬다. 대회에서 도동수를 쇠사슬로 끌고 와서 죽이기 좋게 대령한 것에 대한 죄책감!

"어? 도동수가 누구더…… 아아! 도동수!"

"그 도동수!"

"선배를 방해하려다가 망신당하고 쫓겨난, 뒷조사해서 묻어 버리려다가 말았던 그 도동수요?"

움찔!

도동수는 몸을 움츠렸다. 이건 어쩔 수 없는 본능이었다.

"그러고 보니 저번에 도동수가 자기가 성장했다고 했었지."

태현은 기억이 되살아나 고개를 끄덕였다. 베이징 파이터즈의 연습 던전을 털러 갔을 때, 도동수는 확실히 성장한 모습을 보여줬었다. 가장 먼저 도망친 것!

"이번에도 보여줄 거냐?"

"잠깐, 김태현! 네가 날 미워하는 건 안다."

"응? 별로 안 미워하는데."

태현은 그렇게 말했다. 그걸 듣는 순간 도동수는 큰 충격을 받았다. 설마 미워하지 않는단 말인가? 그런 일이 있었는데도? 그렇게 생각하니 갑자기 그가 초라해 보였다. 그는 판온 1 때의 일 때문에 아직도 이러고 있었는데.

"너처럼 원한 갚겠다고 덤비는 놈이 한둘인 줄 아냐? 그냥 귀찮은 거지 미워하진 않아."

좋아해야 할지 화를 내야 할지 모르겠는 미묘한 대답!

"역시 선배! 대단해요! 멋져요!"

"그래. 내가 좀 대단하지. 물론 귀찮은 건 사실이니까, 귀찮은 걸 처리해 볼까? 우리 동수 실력 얼마나 늘었니?"

어두운 통로 저편에서 무기를 뽑는 태현의 모습.

베이징 파이터즈 선수들은 그 모습에 기겁했다.

공포영화를 직접 체험하는 기분!

"도동수! 어떻게 좀 해봐!"

"맞아! 네가 오자고 했잖아!"

애처롭게 징징대는 선수들! 도동수는 그 모습에 한숨이 나왔다. 어떻게 김태현 파티하고는 이렇게 차이가 나나?

아니었다. 생각해 보니 저쪽 파티도 구성이 썩 좋은 편은 아니었다. 듣보잡 약탈자, 듣보잡 마법사, 듣보잡 궁수, 그리고 마지막으로 상인까지. 저런 놈들을 데리고 무서운 파티로 만든 건 바로 김태현이었다. 리더의 차이!

"저 새끼 뭔가 눈빛이 기분 나쁜데."

케인은 중얼거렸다. 도동수가 보내는 눈빛이 왠지 모르게 깔보는 기분이 들었다. 도동수는 침을 한 번 삼키고서 말했다. 입안이 바짝 마르는 기분이었다.

"김태현! 거래하자."

"뭔 거래? 설마 통로를 무너뜨린다거나 입구를 훼손한다는 걸 갖고 오진 않겠지? 그러기도 전에 널 잡을 수 있고, 이 던전은 그렇게까지 중요한 던전도 아니거든."

도동수는 당황했다. 아니, 그런 방법이 있었나?

베이징 파이터즈 선수들도 뒤에서 수군거리면서 감탄했다.

"도동수 역시 독해. 괜히 한국인이 아니야."

"한국인들은 게임에 미쳤다니까. 교과과정에 게임이 있다는 게 진짜였나 봐."

이대로 가다가는 협박을 한 꼴이 됐다. 도동수는 급히 말했다.

"그런 게 아니라 내가 모은 자료를 공유할 테니 사이좋게 던전을 돌자는 거다!"

"에이…… 뭐야. 도동수. 그 독기 빠진 제안은."

태현은 실망했다.

"난 널 그렇게 가르친 적이 없다. 뭘 배운 거냐?"

'네가 언제 날 가르쳤어, 이 새끼야!'

"거절하죠, 선배."

"선배님. 저딴 제안은 들어볼 가치도 없습……."

"야! 기다려 이것들아!"

헐뜯는 일행의 말에 도동수는 급히 끼어들었다.

"이걸 보면 정말 생각이 달라질 거야! 정말 대단한 자료라고!"

도동수는 필사적으로 책을 건넸다. 태현은 그걸 보고 생각했다.

'내가 이거 받고 먹튀하면 어쩌려고 이러냐 이놈? 머리가 없나?'

물론 도동수가 그 정도도 생각 못 할 사람은 아니었다. 태현이 앞에 있어서 판단력이 마비되어서 그렇지! 태현은 받고 도동수를 PK한 다음 떠날까 잠깐 고민했다.

'에이, 됐다.'

그러기에는 너무 처절하고 절박하고 불쌍해 보이는 도동수! 태현은 그냥 써먹어 주기로 했다.

[카르바노그가 결론이 이상하지 않냐고 당황해합니다.]

'웅? 엄청 친절한 거 아닌가?'
어쨌든 태현은 아이템을 받아서 확인했다.

[<아스비안 제국의 역사서>를 얻었습니다.]
[<폭군에 대한 기록>을 얻었습니다.]
[<아스비안 제국의 군대 보급 기록>을 얻었……]

"?!"

[아스비안 제국에 대한 이해도가 높아졌습니다. 제국 내 평판
이 올라갑니다.]
[제국 내 명성이……]
[NPC들을 대할 때 추가 보너스를 받습니다.]

어마어마한 양의 자료들!
태현은 깜짝 놀랐다. 이걸 도동수가 다 어떻게 모았지?
도동수는 도적 계열 직업이지, 탐험 계열 직업이 아니었다.
이런 정보를 이렇게 많이, 이렇게 빨리 모을 수는 없었다.
"너 이거 어떻게 모았냐?"
"나도 이 정도 능력은 있다."

"맞고 말할래, 그냥 말할래?"

"……직업 퀘스트 중에 아스비안 제국 관련 퀘스트가 있어서 미리 모아놓은 게 있었다."

설마 이세연이 멸망한 제국을 부활시킬 거라고는 생각지 못했었다. 도동수 입장에서는 생각지도 못한 떡이 굴러들어온 셈!

"그리고 제카스한테서도 몇 개 샀고."

"제카스?"

"그, 너 싫어하는 랭커 있잖냐. 쑤닝하고 손잡은 놈."

"아…… 그 중국인 랭커! 야만전사였나?"

"미친놈아! 탐험가거든?!"

심지어 나라도 틀렸어! 기억도 안 나면서 대충 나는 척하는 태현의 모습에 도동수는 기가 막혔다.

새록새록 떠오르는 빡침!

슥-

"어디서 성질이십니까?"

"뒤질래요?"

"아…… 아니, 미안."

도동수는 기가 확 죽었다. 케인과 달리 정수혁과 유지수는 살벌했다.

'흠. 이렇게 얻었는데도 교단 관련 정보는 없네.'

태현은 빠르게 정보를 훑어보았다. 아키서스란 이름은 없었다. 아마 수상쩍은 곳을 몇 군데 뒤져보면서 찾아야 할 것 같았다.

'아스비안 제국이 부릴 수 있는 군대는…… 휘유. 안 건드리

는 게 낫겠군.'

언데드 황제가 부리는 언데드 군대! 그것도 네크로맨서가 소환하는 저급한 언데드가 아닌, 개개인이 다 특수 네임드 언데드라고 봐야 했다. 여기 있는 이들을 전부 상대한다고 생각하니 등골이 서늘해졌다.

그들이 오래 떠들자, 뒤에서 기다리고 있던 비밀결사원들이 다가왔다.

"안 죽이십니까?"

"아. 평화로운 방법. 평화로운 방법을 시도하고 있는 중이지."

"침입자한테도 말입니까?!"

"덕과 사랑으로 교화하라. 용용이가 한 말이야."

눈치를 보던 도동수는 입을 열었다.

"그래서 김태현. 우리 사이 괜찮은 거지?"

"응? 아니, 그건 아니지. 왜 친한 척이야?"

"……."

"어쨌든 이건 고맙다. 죽이지는 않으마."

"그…… 그래!"

"자. 뒤돌아."

"……?"

"던전 깨야지. 문 열어."

"어…… 잠…… 잠깐만. 같이?"

"응? 아. 뭐 너희가 양보하고 싶다면 나야 괜찮지. 그럼 잘 가라."

그러자 베이징 파이터즈 선수들의 시선이 도동수에게 쏟아졌다.

-도동수! 무슨 소리 하는 거야!
-최소한 같이는 깨야지!

"……같이 깨자."
"그래. 문 열어."
도동수는 다시 책을 펴고 문양을 풀기 시작했다.
'근데 저 NPC들은 누구냐?'
좋으나 싫으나, 태현은 가장 유명한 판온 플레이어 중 한 명
이었다. 태현과 비교하면 베이징 파이터즈 선수들은 보름달
앞의 반딧불!
판온 프로 선수라고 하면 엄청나게 대단해 보였지만 사실
따지고 보면 차이가 컸다. 전 세계에서 새로 만들어지는 게임
단이 수십, 수백 개가 넘었다. 그중 하나에만 들어가도 그냥
프로 선수인 것!
이들 중 성적을 내고, 스폰서를 얻어 자리 잡는 게임단은 손
가락에 꼽았다. 베이징 파이터즈는 나름 규모가 크고 투자를
많이 받은 게임단이었지만 미래가 확실한 건 아니었다.
선수 교체도 잦고 안에서 잡음도 많았다. 이런 게임단은 규
모가 커도 불안할 수밖에 없었다.
'여기 잘 굴러가는 거 맞나?'
'선수를 소모품으로 쓰는 거 같은데……'

그런 베이징 파이터즈 1군에 갓 올라온 선수들에게 있어서 태현은 선망의 대상이었다. 태현이 유명 중국 랭커 몇몇에게 엿을 먹인 일은 별로 중요하지 않았다.

"김태현 선수. 흠흠…… 그 던전 대회에서 공성 병기 활용은 어떻게 생각하신 겁니까?"

"상인 직업 플레이어를 쓰셨던데 혹시 투기장 리그때도……?"

"공성 병기 활용이야 직업 특성 살리려고 한 거고, 투기장 리그때도 그대로 갈걸. 우리는 애초에 후보가 없어서."

태현이 생각보다 대답을 잘 해주자 다들 눈빛이 반짝였다.

"김태현 선수!"

"김태현 선수!!"

신나서 물어보는 선수들!

"……."

파티장 도동수는 시무룩해져서 앞으로 걸어갔다. 어느새 찬밥이 되어버린 그였다.

'이 새끼들…… 오기 전에 나누었던 우정은 다 어디가고……!'

도동수는 차갑고 냉정한 프로의 세계를 맛보고 있었다.

이것이 프로인가!

툭-

[<지하 입구 함정>이 발동됩니다.]

"어?!?"

도동수는 당황했다. 도적 계열 직업이라 함정 관련해서는 어지간하면 패시브 스킬로 '앞에 함정 있다!'라고 뜨는 그였다. 그런데 눈치 못 채고 작동시키다니!

함정의 레벨이 높은 것도 높은 것이었지만, 정신이 사나워서 제대로 집중하지 못한 것도 이유 중 하나였다.

처음 온 던전에서는 일단 통로 바닥, 벽, 천장 등 모든 요소를 꼼꼼히 보며 걸었어야 했는데!

'스킬을 써서 뛰어올라야……'

바닥이 확 열리고 아래로 떨어지는 함정. 초보자들은 자주 빠지는 함정이었지만 고수 정도만 되어도 능숙하게 벗어났다. 하물며 도동수라면야!

-그림자의 팔!

그림자로 된 팔이 새로 나와 추가 공격이나 도약을 가능하게 해주는 스킬! 도적인 도동수에게 잘 맞는 스킬이었다.

[지하에서 올라오는 <죽은 용의 저주>가 스킬을 가로막습니다.]
[<그림자의 팔>이 실패합니다.]

너무 쉬운 스킬이라 실패할 거라고는 생각지도 못했다.

도동수는 기겁했다.

'안 돼!'

차라리 이럴 줄 알았으면 그냥 갈고리 같은 아이템을 썼을 텐데! 괜히 만만히 보고 스킬을 썼다가 큰 코 다친 셈이었다.

"으아아아아아!"

슈우우웅-

도동수는 그대로 밑으로 떨어졌다.

뒤에서 화기애애하게 떠들며 따라가던 일행들은 멈칫했다.

"방금 뭐냐?"

"도동수 씨 비명 같은데요?"

"저거 함정 아냐? 작동된 함정인데?"

"설마 도동수가 저기 빠져서 비명 지른 건 아니지?"

"에이…… 농담도. 도동수 씨가 그래도 직업이 직업인데…… 도동수 씨! 장난 그만 치고 나오세요!"

베이징 파이터즈 선수는 웃으면서 말했다.

그러나 대답은 들려오지 않았다.

-도동수 씨. 지금 장난칠 시간 없거든요?

[현재 플레이어는 귓속말을 받을 수 없는 곳에……]

"어?!"

"왜 그래?"

"귓속말 못 받는 거 보니까…… 저기 빠진 것 같은데요……."

선수의 말에 다른 사람들은 충격 받은 얼굴로 수군거렸다.

"야. 도동수 도적 랭커 아니었냐? 〈그림자 춤꾼〉? 근데 저런 구덩이 함정에 빠졌다고?"

어려워 보이는 고난이도의 함정도 아니고 그냥 밟으면 열리는 구덩이 형태 함정! 거기에 빠지다니 그게 랭커야?

"그 사람 랭커 맞습니까?"

"선배. 저 사람은 써먹지도 못할 것 같으니까 그냥 버리는 게 나을 거 같아요."

쏟아지는 혹평! 도동수가 이 자리에 있었다면 눈물이 찔끔 나왔을 말이었다.

"흠. 뭔가 이상하긴 하군."

"뭐? 왜?"

"도동수가 아무리 멍청하고 바보 같아도 갖고 있는 스킬이 있을 텐데 이런 함정에 걸렸다는 건……."

"앗!"

케인은 깨달았다는 듯이 외쳤다. 태현은 그걸 보고 흐뭇하게 웃었다.

"그래. 케인. 너도 눈치챘구나? 이 함정이 뭔가 좀 특이……."

"그래! 놈은…… 자살한 거야!"

태현은 한심 가득한 눈빛으로 케인을 쳐다보았다. 뒤에 있던 원래 태현 일행도 한심하다는 눈빛으로 케인을 쳐다보았다. 감탄해 주는 건 베이징 파이터즈 선수들뿐!

"과연……!"

"역시 케인이군. 엄청 예리하다!"

선수들이 수군대는 소리에 케인은 흐뭇해졌다.

그들이 기대하는 모습을 보여준 것 같은 뿌듯함!

케인은 최대한 똑똑한 자세를 잡고 말했다.

"일은 이렇게 된 거다. 도동수는 김태현을 봤을 때부터 게임을 나가고 싶어 했겠지. 그렇지만 그냥 나가면 너희 앞에서 체면이 안 설 테고, 그래서 계속 기회를 보다가 실수한 척 자살한 거다."

"그런……!"

"정말 말이 된다!"

선수들은 고개를 연신 끄덕였다. 정말 도동수가 할 짓 같아!

"그러니 너희도 다음에 도동수를 보면 배려해 주라고. 이번 일을 말하지 말고 따뜻하게……."

딱!

태현은 케인의 뒤통수를 찰지게 후려갈겼다.

"헛소리는 적당히 하고 준비해라."

"어? 헛소리라뇨?"

"저거 말고 다른 이유가 있을 수 있습니까?"

"……실수로 함정에 빠졌는데, 함정이 특이해서 스킬 발동이 안 돼서 실수로 떨어졌을 수도 있겠지."

태현의 말에 선수 하나가 말도 안 된다는 듯이 따졌다.

"말도 안 됩니다! 그러려면 일단 도동수 씨 정도 되는 도적 랭커가 이런 몬스터도 없는 쉬운 통로에서 앞에 있는 함정도 못 알아채야 하고, 그다음에는 도동수 씨가 방심해서 함정에 대응도 못 해야 합니다. 스킬이 막혔어도 아이템이 있고 하다 못해 기본 스탯 능력으로 시간이라도 끌 수 있을 텐데 그것도 다 못했다는 겁니까? 너무 말도 안 됩니다!"

도동수가 자리에 있었다면 울었을, 사실들의 연속 공격!

베이징 파이터즈 선수들은 '맞아, 맞아' 하며 동의했다.

아무리 생각해도 도동수 자살설이 그럴듯했다.

사실로만 들어오는 공격에 태현도 살짝 흔들렸다.

어라? 정말 그런가?

그러자 뒤에서 이다비가 태현을 붙잡아주었다.

"태현 님. 쟤네 진짜 개소리하고 있는 거 알고 있으시죠?"

"물…… 물론이지."

하마터면 흔들릴 뻔했다. 태현은 제정신을 차리고 말했다.

"나 무서워서 자살할 놈이었으면 아까 그냥 도망쳤겠지. 저 번에도 자기 팀 선수 버린 놈인데 너희라고 못 버리겠냐?"

"으음……."

"그것도 확실히……."

선수들 사이에서 확실한 도동수의 이미지!

"도동수도 사람인데 실수할 수 있지. 그게 차라리 말이 되니 까. 물론 그 실수가 엄청나게 어처구니없고 멍청한 실수지만 뭐 어쩌겠어. 누구나 가끔 그러는 법이지."

"김태현 선수는 안 그러잖습니까?"

"응. 근데 도동수는 내가 아니잖아."

모두가 빠르게 납득!

"자. 이거나 잡아."

태현은 케인에게 아이템을 내밀었다. 밧줄이었다. 케인은 한숨을 푹 쉬었다.

'젠장! 도동수 자식! 왜 사라져서!'

도동수가 없어지니 이런 일을 맡을 사람이······.

'앗. 잠깐만.'

케인은 뒤를 돌아보았다. 선수들이 부럽다는 눈으로 케인을 쳐다보고 있었다.

"네가 해볼래?"

"앗?! 정말 그래도 됩니까! 김, 김태현 선수와 같이하다니 너무 영광이라······."

"뭘 이런 걸 가지고. 하하하."

"케인 선수! 감사합니다! 이 은혜는 죽을 때까지 잊지 않겠습니다!"

"······그, 그만."

케인은 슬슬 양심이 찔리기 시작했다.

태현은 심드렁한 목소리로 말했다.

"누구든 좋으니까 빨리 밧줄이나 잡아라."

"잡았습니다!"

"좋아. 내려가."

"네?"

"내려가라고."

선수는 당황해서 함정 밑을 내려다보았다. 마법의 어둠이 막고 있어 보이지도 않았다.

"그, 그냥 내려갑니까?"

"그러면 뭐 어떻게 내려가게?"

"어……."

김태현이라면 뭔가 좀 더 세련되고 철저하게 검증된 방법을 쓸 줄 알았던 선수들! 생각지도 무식한 방법에 당황했다.

"이…… 이거 농담 아니죠?"

케인이 고개를 저으며 말했다.

"농담 아니다."

"진, 진짜 이런 식으로 합니까? 케인 선수?"

"난 평소에 이런 식으로 하는데?"

순식간에 케인을 쳐다보는 눈빛이 바뀌었다.

'부럽다'에서 '불쌍하다'로!

케인은 그걸 눈치채지 못했다.

"?"

"음…… 그럼 가보겠습니다."

탁-

"뭐 보이냐? 스킬은 써지고?"

"아무것도 안 보이고…… 스킬도 안 써집니다. 〈죽은 용의 저주〉가 막는다고 뜨네요!"

위에 있던 사람들은 놀랐다. 태현의 예측이 맞은 것이다.

"그러면 자살한 게 아니었어?"

"설마 스킬 실패 떴다고 도적이 함정에 빠진 거야? 너무 좀……"

"쉿. 도동수 씨를 배려해 주자고 했잖아. 말조심하자."

태현은 뒤에 있던 비밀결사원들에게 물었다.

"너희는 유적 관리한다는 놈들이 이런 함정이 있는 것도 몰라? 제대로 말해줬어야지. 도동수가 빠져서 망정이지 내가 빠졌으면 어쩌려고 그랬어?"

도동수가 빠진 건 별로 신경 안 쓰는 태현!

비밀결사원들은 당황한 얼굴로 말했다.

"김태현 님. 저희도 이런 함정이 있는 건 몰랐습니다."

"맞습니다. 이 함정은 처음 봅니다."

태현은 의아해했다.

"처음 본다고? 여기 통로는?"

"수없이 지나갔지만 한 번도 이런 함정이 작동된 적은 없었습니다."

"!"

태현은 놀랐다. 그렇다면…….

'도동수가 조건을 만족시켜서 발동된 거구나!'

비밀결사원들은 아니지만 도동수는 해당이 되어 함정이 작동한 것이다. 그게 뭘까?

'안에서 걸린 스킬 이름이 〈죽은 용의 저주〉였나? 그러면 용 관련 조건인가? 비밀결사원들이 안 걸리고 도동수만 걸렸으니 용과 친하면 함정에 안 걸리는 거거나, 용과 사이가 안 좋으면 함정에 걸리는 거겠군.'

태현은 빠르게 상황을 추측해 냈다. 도동수가 사라진 지금 도동수 직업을 자세히 물을 수는 없었지만, 칭호나 직업, 퀘스트 관련해서 용과 안 좋은 게 있었던 게 분명했다.

"그렇군. 도동수는 평소 한 짓이 안 좋아서 걸린 거고……."

"그런! 위대하신 드래곤님께서 저주를 내리신 겁니까!"

비밀결사원들은 놀랐다.

"이 주변의 던전은 모두 드래곤님께서 돌보는 던전인데, 그런 던전의 저주를 받다니. 아주 흉악하고 사악한 놈이 분명합니다."

"맞긴 하지."

"그런 놈이 함정에 빠져 죽다니! 역시 드래곤님은 무엇이 옳고 그른지 아십니다!"

"오오! 드래곤 만세! 드래곤 만세!"

비밀결사원들은 신이 나서 용용이를 둘러싸고 찬양을 하기 시작했다.

-주인이여! 이놈들 좀 치워다오!

-잠시만 그러고 있어 봐.

태현은 생각에 잠겼다. 그러자 선수들이 주저하며 말했다.

"김태현 선수. 도동수 씨가 빠진 건 안타깝지만 어쩔 수 없지 않습니까? 남은 사람들끼리 마저 던전을 공략해야죠."

파티원이 도중 탈락하는 건 종종 겪는 일이었다. 그렇다고 포기할 수는 없었다.

"아. 그거 고민하는 게 아니라 저기 갈지 말지 고민 중이었어."

"네?!"

그러나 태현의 고민은 그들의 예상을 뛰어넘는 것이었다.

"김태현 선수! 아무리 사람이 좋다지만 도동수 씨를 그렇게 까지 해서 구하실 필요는……!"

"뭔 개소리야? 히든 던전이라 가려고 하는 건데."

"아. 그, 그렇군요."

"어? 너무 위험하지 않습니까?"

"위험하니까 더더욱 가야지."

태현과 선수들의 사고방식은 근본적으로 달랐다.

위험하다→난이도가 높다→보상이 높으니까 가야 한다!

위험하다→난이도가 높다→죽을 수도 있으니까 피해야 한다!

'이게 뭔 긍정적 사고방식?'

'김태현 선수가 강한 건 이래서인가?'

"난이도 높은 히든 던전은 없어서 못 가는데 이렇게 나와주 다니…… 무조건 가야지. 게다가 든든한 폭탄, 어흠. 동료들도 추가로 생겼고."

"김태현 선수!"

"김태현 선수!!"

베이징 파이터즈 선수들은 감격한 얼굴로 태현을 쳐다보았 다. 처음 만난 그들을 이렇게 신뢰해 줄 줄이야!

"끝까지 따라가겠습니다!"

"사망 페널티가 뭐가 무섭겠습니까! 물, 물론 무섭긴 하지 만! 김태현 선수를 믿습니다!"

"좋아. 그러면 가자!"

"어떻게 갑니까?"

"응? 뛰어내려야지."

[<죽은 용의 지하동굴>에 들어왔습니다.]

[블랙 드래곤 학카리아스의 영역에서 몬스터를 사냥한 적이
있습니다. 용의 분노를 받습니다.]

[직업 <그림자 춤꾼>을 갖고 있습니다. 용의 분노를 받습니다.]

[칭호 <용의 뼈로 만든 무기 장착>을 갖고 있습니다. 용의 분노
를……]

들어오자마자 오싹하게 만드는 메시지창! 용의 분노가 뭔지
는 모르겠지만 별로 좋아 보이지는 않았다.

했던 퀘스트+직업+칭호 3개 전부 용에게 단단히 찍히고 시
작한 도동수!

-야! 나 도우러 올 거지?

[현재 귓속말을……]

"……망했군."

도동수는 깨달았다. 스스로의 힘으로 나갈 수밖에 없다는

것을. 위에 있는 놈들이 도와주러 올 리는 절대 없었다.

"김태현하고 케인이…… 미치지 않고서야 도와주러 올 리는 없을 테니…… 젠장. 내 힘으로 해결할 수밖에 없나."

도동수는 무기를 뽑고 스킬을 썼다. 어두컴컴한 동굴이라 시야가 엄청나게 줄어들었다.

'나 도동수를 우습게 보지 마라! 나도 랭커다!'

아까까지의 방심과 잡생각은 싹 사라졌다. 도동수는 긴장하고서 앞으로 나아가기 시작했다.

[<죽은 용의 지하동굴>에 들어왔습니다.]

[블랙 드래곤 흑흑이를 데리고 있습니다. 용의 사랑을 받습니다.]

[골드 드래곤 용용이를 데리고 있습니다. 용의 사랑을 받습니다.]

[직업 <아키서스의 화신>을 갖고 있습니다. 용이 당신을 피하고 싶어 합니다.]

[두 용을 데리고 있는 것으로 죽은 용의 의지가 당신을 높게 평가합니다.]

"오오…… 버프가 장난이 아닌데?"

오자마자 맞이해 주는 버프! 태현은 가볍게 착지하고 주변을 둘러보았다. 어두컴컴해서 스킬을 써야 할…….

[죽은 용의 의지가 당신에게 시야를 부여합니다.]

[죽은 용의 의지가 당신에게 빠져나가는 길을 알려줍니다.]

[죽은 용의 의지가 당신에게······]

'초보자 던전인가?!'

태현이 당황할 정도의 친절함! 보통 이렇게 버프 걸어주고 맵 밝혀주고 등 밀어주는 건 초보자용 던전에서 볼 수 있는 일이었다. 초보자들 쉽게 깨라고 각종 도움과 보너스를 주는······.

물론 여기가 초보자용 던전일 리 없었다. 용에게 미움을 산, 도동수 같은 놈을 죽이기 위해 만든 고난이도 던전이 분명했다.

"오오······! 드래곤님이 분노하셔서 이 공간을 만드시다니! 죄송합니다! 죄송합니다! 저희가 더 잘했어야 했는데······!"

비밀결사원들은 넙죽 엎드려서 절하기 시작했다.

태현은 무시하고 말했다.

"저것들은 내버려 두고 움직이자. 근데 도동수 이 자식은 그새 어디 갔냐?"

"혹시 죽은 게······."

선수 중 하나가 신중하게 말했다.

"근데 죽었으면 어쩌지?"

"산 사람은 산 사람이니 던전 깨야지."

"하긴."

1초 만에 극복하는 슬픔! 뒤에서 대화를 듣고 있던 케인은 기겁했다. 이게 자본주의가 낳은 괴물들인가?

CHAPTER 5

"으아아! 으아아아아! 으아아아아아아!"

도동수는 피 튀기는 혈투를 벌이고 있었다. 정말 난이도가 장난이 아니었다. 눈 하나 깜박하거나, 실수 한 번 하면 그대로 쭉 밀려서 죽을 것 같았다.

이렇게 아슬아슬하게 싸워본 게 대체 얼마 만이었나!

-그림자 칼날 폭풍! 연속 분쇄! 그림자 쇄도!

[부서진 <용아병 스켈레톤 전사>가 당신의 발목을 붙잡습니다!]

몬스터를 잡았는데도 죽기 전에 마지막 발악으로 추가 스킬!

[용의 분노가 당신의 몸을 느리고 힘들게 합니다!]

던전 자체에 걸려 있는 광역 저주!

[죽은 용의 의지가 당신의 은신을 꿰뚫어 봅니다. 은신이 풀립니다!]

거기에 스킬까지 강제 실패!

[<용아병 스켈레톤 주술사>가 광역 마법을 시전합니다!]

게다가 나오는 몬스터 수준까지 어마어마했다. 도동수는 스켈레톤 주술사가 광역 마법을 시전한다고 경고 메시지가 뜨는 건 처음 봤다.

'여기…… 여기까지인가!'

"아. 던전 난이도 개판이네. 이거 누가 만들었어?"

태현은 투덜거렸다. 던전이 너무 쉬웠던 것이다.

와르르-

[<용아병 스켈레톤 전사>가 산산조각이 납니다! 당신의 공격에 부활할 엄두도 내지 못합니다!]

한 대 치면 쓰러지는 스켈레톤들!

[<용아병 스켈레톤 주술사>가 마법을 실패합니다. 리바운드로 스스로에게 대미지를 줍니다!]

쉬운 마법도 실패하는 스켈레톤 주술사!

"태현 님. 용의 뼈로 만든 몬스터는 엄청나게 강력하다고 들었는데요."

"그러게. 스킬 올려야 하는데……."

태현은 아쉬웠지만 아이템은 빠짐없이 챙겼다.

용의 뼈라니! 많이 썩고 상한 뼈였지만 쉽게 구할 수 없는 희귀한 재료였다.

"후. 이거 절반은 따로 빼뒀다가 잘 고아서 케인 줘야겠군."

"태현 님은 케인 씨를 엄청 챙겨주시는 거 같아요."

"하하. 내가 그랬나?"

태현은 코밑을 쓱 훔쳤다. 훈훈한 분위기였다. 다들 웃었다. 뒤에서 듣고 있던 케인만 빼고.

'저놈이 주는 곰탕은 이제 못 먹을 거 같아…….'

하필 오늘 숙소의 메뉴는 곰탕이었다.

"용의 뼈는 좋지만 계속 이렇게 약하게 나오면 안 되는데. 이상하군."

태현은 의아해했다. 아무리 생각해도 던전 난이도가 이상했다. 들어올 때 온갖 버프를 다 받아서 그런가?

'으음…… 더 들어가면 좀 어려워지려 나? 이러면 스킬이 오르지도 않을 텐데.'

강적과 싸워야 검술 스킬이나 다른 스킬들이 올랐다. 태현은 검사 직업도 아니어서 보정 스킬도 없었다. 덕분에 검술 스킬을 더 열심히 올려야 했는데……. 생각지도 못한 난이도가 발목을 잡고 있었다.

"일단 그건 그거고, 이건 이거지. 골골아. 이리 와라."

"예, 주인님."

푹!

"으헉?!"

[데스 나이트 골골이에게 용의 뼈를 이식합니다.]

[골골이의 전체적인 능력이 상승합니다.]

[패시브 스킬 <용아병의……]

태현은 상태가 좋아 보이는 용의 뼈를 빼내 골골이한테 꽂아 넣기 시작했다.

[칭호: 키메라 제작자를 얻습니다.]

칭호: 키메라 제작자

온갖 몬스터의 정수로 진화를 거듭해온 당신! 이제 스스로를 키메라 제작자라고 말해도 좋습니다.

스킬 <키메라식 진화> 획득.

온갖 몬스터의 정수를 끓이고, 그걸 먹이고, 이제 골골이까지 바꾸자 칭호가 떴다.

<키메라식 진화>
소환수에게 새로운 부위를 장착해 줄 수 있습니다. 더 강하고 좋은 소재를 쓸수록 효과는 좋아집니다.

[마법, 연금술, 요리, 괴식 요리 스킬이……]

오싹!
용용이와 흑흑이는 기겁했다. 이제까지는 골골이만 당했었지만, 지금부터는 그들도 당할 것 같은 예감!

"흠. 그러고 보니 흑흑이는 사디크 마수의 발톱이나 이빨이 더 잘 어울릴 거 같기도 하고……."

-주인님! 저는 지금으로 만족합니다!

"용용이는 번개 계열 몬스터를 찾아 좀 더 좋은 걸 달아줄 수도 있겠군."

-주, 주인이여! 내가 더 열심히 노력하겠다!

저러다가 살라비안 교단 마수 부위까지 먹이겠다!

두 드래곤은 필사적으로 태현을 설득하려 들었다.

"으아아악! 크아아아아악!"

그 순간 저 멀리서 비명이 들렸다. 도동수의 목소리였다.

-주인이여! 도와주러 가야 한다!

-주인님! 도와줘야 합니다!

두 용이 입을 맞춰 외쳤다. 그 모습에 비밀결사원들은 감격했다.

"역시 드래곤님……! 저런 불경한 자들도 구해주려 하시다니!"

"도동수……."

"도동수 씨……."

서둘러 도착한 사람들은 경악했다. 용아병 스켈레톤한테 두들겨 맞고 있는 도동수! 보아하니 거의 죽기 직전이었다.

"야! 도와줘!"

"아니…… 지금 장난치시는 거죠?"

"미친놈아! 지금 이게 장난으로 보이냐!?"

"이놈들을 못 잡아요?"

선수들은 수군거리며 도동수를 쳐다보았다.

오늘 바닥을 뚫고 하락하는 도동수의 이미지!

그러나 태현은 눈치를 챘다. 도동수를 상대하는 몬스터들은 훨씬 더 강했던 것이다.

"도동수!"

"김…… 김태현!"

도동수는 놀랐다. 같은 팀 선수 놈들은 개소리를 하고 있는데 태현이 나서주다니. 정말 세상일이란 건 알 수 없는…….

"이런 치사한 자식. 너 혼자 좋은 걸 독점해?"

생각지도 못한 억울한 누명!

"기껏 도와주러 왔는데 빈정 상하는군."

"야! 야!! 살려줘! 진짜 살려달라고 개자식아!!"

원래는 죽음을 각오하고 있었는데, 태현 일행이 도착하자 급격하게 억울해졌다. 여기서 죽으면 그냥 바보짓한 게 되는 것이다. 도동수는 필사적으로 외쳤다.

"그냥 쏘면 안 되나요?"

유지수는 진지하게 물었다. 어디서 재수 없는 인간이 자꾸 건방지게!

"나중에 쏘자. 쟤는 아직 쓸모가 있으니까."

"네! 나중에 쏴도 될 때 말해주세요!"

흉흉한 대화가 끝나자 태현은 움직였다.

[용의 사랑을 받고 있습니다. 용아병 스켈레톤 전사가 약해집니다!]

[용아병 스켈레톤 주술사가……]

태현은 떨떠름한 표정을 지었다. 왜 자꾸 약해지는 거야?

콰콰콰콰콱!

약해진 스켈레톤 몬스터는 한 방거리에 불과했다. 태현이 공격할 때마다 스켈레톤들은 조각이 나서 흩어졌다.

그걸 본 도동수는 기겁했다.

'김…… 김태현 이 자식. 얼마나 강한 거지?'

도동수도 나름 랭커였다. 그런데 도동수가 제대로 처리하지 못한 몬스터를 한 방에 끝내다니.

이세연이나 스미스 같은 최상위권 랭커들이 와도 저건 불가능할 것 같았다.

'내가 못 본 사이에 얼마나 레벨을 올린 거야? 무섭다……!'

꿀꺽!

도동수는 생각했다. 지금 판온에서 1위는 김태현이 확실하다고. 누가 1위냐고 하면 언제나 말이 많았지만, 지금 보니 김태현이 확실했다. 이걸 보고 그 누가 부정하겠는가!

"너 근데 용하고 무슨 안 좋은 일이라도 있냐? 용이 있는 지역에서 사냥했다거나, 용하고 사이가 안 좋은 직업을 갖고 있다거나, 용의 뼈로 만든 무기를 갖고 있다거나."

도동수는 깜짝 놀랐다. 아니, 이 자식 어떻게!?

"어…… 어떻게 모두 알고 있었던 거지?!"

'이 자식 다 해당됐나?'

태현은 어이가 없었다. 일부러 하려고 해도 힘들겠다!

어쨌든 도동수가 혼자 이 던전을 고난이도로 겪는다는 걸 알게 된 이상할 건 하나밖에 없었다.

"도동수. HP는 다 회복했냐?"

"어? 어……."

3% 밑까지 갔던 HP였지만 포션으로 다 회복한 상태. 태현은 웃으며 말했다.

"잘됐네. 이리 와라."

도동수는 갑자기 불안해졌다. 왜 이래 이놈?

"이거 풀어 이 개자식아! 안 풀면 죽인다!"

"쏠까요? 쏘면 안 되나요? 정말 안 되나요?"

"저놈 계속 떠들면 쏴도 돼."

도동수는 황급히 입을 다물었다. 유지수는 정말 쏘고 싶어하는 기색이었던 것이다.

'저건 대체 누구야!?'

사실 태현 일행 중에 케인이나 이다비는 그렇게 무서운 성격이 아니었다. 가장 무서운 게 태현!

그런데 유지수는 정말 눈빛에서 진심이 느껴졌다.

'화살을 쏘게 해줘!'

도동수는 지금 기둥에 묶여 가운데에 들려 있었다.

일종의 던전 난이도를 올려주는 토템 취급!

선수들은 당황했다. 이렇게 해도 되나?

"김태현 선수. 그냥 가운데에 놔도 되지 않나요?"

"도동수는 명령을 잘 안 들어서 안 묶어놓으면 다른 곳으로 도망칠 수 있지."

"과연 그렇군요!"

"뭐가 그렇군요야 미친놈들아!"

만난 지 얼마나 됐다고 도동수를 버리고 태현의 충실한 팬이 되어버린 선수들! 도동수 입장에서는 기가 막혔다.

'저 자식 신경 안 쓴다면서 뒤끝이……!'

굳이 말로 해도 됐는데 이렇게 묶어서 매달아 놓은 건 대회의 뒤끝이 분명했다.

"케인. 잘 들고 있지?"

"으, 응."

케인은 뒤에서 쏟아지는 도동수의 살벌한 눈빛을 무시하려 노력했다. 저번 도동수를 죽인 것도 그렇고, 이번에 매달아서 들고 다니는 것도 그렇고…….

'큭. 내가 하고 싶어서 하는 게 아니야!'

"온다. 도동수 옆에 붙어!"

도동수 바로 옆에 있으면 스켈레톤 몬스터들이 급격하게 강화됐다. 그걸 이용한 스킬 성장법!

"온다! 막아!"

"야! 야! 이 자식들아! 최소한 내려줘! 위에 있으니까 공격 다 맞잖아아아악!"

쉬쉬쉭!

용아병 스켈레톤들은 태현 일행은 무시하고 도동수만 공격하려 애썼다. 전사는 괜찮았지만 궁수만 되어도 도동수는 목숨의 위협을 느껴야 했다.

[검술 스킬이……]
[강한 몬스터들과 계속해서 싸우며 버텼습니다! 체력이 오릅……]

계속해서 뜨는 메시지창. 선수들은 태현이 말한 게 이해가 가기 시작했다.

'난이도가 어려운 만큼 얻는 게 많다.'

안전하고 잘 알려진 던전에서 정석적인 방법으로만 성장해 온 그들이었다. 그런 그들에게 지금 태현과 같이하는 사냥은 파격 그 자체!

방법도 파격적이었지만 효율도 그 몇 배였다. 비교 자체가 불가능했다.

"우오오! 우오오오!"

"옆으로 밀고 들어온다! 도동수 씨한테 못 가게 막아!"

신이 나서 무기를 휘두르는 선수들!

태현은 그들에게 가르침을 내려줬다.

"그냥 한 대 맞게 해! 도동수 어차피 안 죽는다!"

"과연!"

"그렇군요!"

"읍읍 읍 읍읍읍읍!(너희 이 개자식들!)"

좋은 걸 배우는 선수들!

'아, 이게 진짜 던전 공략인가!'

'코치들이 가르쳐 주는 것보다 더 나은 거 같아!'

한 차례 격렬한 전투가 끝났다. 모두가 뿌듯한 표정이었다. 도동수 빼고는. 그는 체념한 듯 눈을 감고 있었다.

"읍읍읍읍 읍읍(마음대로 해라)……."

"자! 다음으로 가자!"

"어? 안 쉬나요?"

태현은 그 질문에 친절하게 대답해 줬다.

"쉬는 건 죽어서 쉬어도 된다. 원래 휴식은 필요 없는 거야! 포션이 회복해 주는데 왜 쉬어!"

현실에서야 몸이 지치지만 게임 속에서는 포션 빨면 회복이 됐다. 그런데 왜 휴식이 필요한가!

"과연 그렇군요!"

"오늘 많이 배웁니다!"

"김태현 선수, 혹시 팀 KL은 후보 선수 안 받습니까?"

"봐라! 오스틴 왕국 꼴을! 북쪽 항구는 엘프 놈들한테 점령 당했고 치안이 바닥이라 산적 놈들이 들끓고 있다. 놈들이 자랑하는 정예 군대는 지금 수도와 수도 근처를 유지하느라 정신이 없지. 한마디로 덩치만 크지 속은 빈 놈들이다! 지금 치지 않으면 언제 치겠냐!"

"와아아아아아아아아아!"

"내가 정들었던 영지를 버리고 우르크로 오면서 절대 잊지 않은 게 있었다. 복수! 복수다! 우리 영지를 봐라. 그 영지는 이제 오염지대가 됐다! 그게 다 누구 때문이냐!"

"길드 동맹! 길드 동맹!"

─……그거 길마님이 터뜨린 거 아닌……?

─쉿. 닥쳐.

"비겁하게 힘으로 플레이어들을 괴롭히는 게 누구냐!"

"길드 동맹! 길드 동맹!"

"사람들을 속이고 판온을 어지럽히는 게 누구냐!"

"태현이…… 아니, 길드 동맹! 길드 동맹!"

"길드 동맹! 길드 동맹!"

김태산은 길드원들과 오크 부족들을 잔뜩 모아 연설을 시작했다.

[우르크의 오크들을 이끄는 대전쟁을 시작했습니다. 전쟁에서 만족스러운 결과를 얻을수록 더욱더 많이 성장합니다.]

[조건을 달성하면 우르크의 모든 오크들이 당신을 인정할 것입니다. <우르크 오크 대족장>으로 전직할 수 있습니다!]

전에 오스턴 왕국에서 영지전을 벌일 때와는 차원이 달랐다. 그때는 길드원들만을 이끌고 싸웠다면, 지금은 평원을 가득 덮은 오크 부족들을 데리고 싸웠다.

하나하나 레벨은 낮았지만 숫자는 곧 강함이었다.

"가자! 오스턴 왕국으로!"

오스턴 왕국의 영지전이 끝나고, 오랜만에 터진 대형 전쟁은 곧 판온 게시판과 사이트를 강타했다.

-대전쟁 발발! 〈최강지존무쌍〉 길드, 길드 동맹에게 전쟁 선포!

-〈최강지존무쌍〉의 전력은? 이 전쟁의 승패를 점쳐본다!

-〈최강지존무쌍〉의 길드명은 왜 이렇게 지어졌을까? 숨겨진 비화 대공개!

기사들이 쏟아져 나오고 플레이어들도 관심을 집중했다.

-〈최강지존무쌍〉 그 근본도 없는 길드 놈들! 지네 영지 못 먹는다고 역병 풀고 튄 새끼들!

-길드 동맹 뒤져라! 무슨 골목 하나마다 세금 걷는 양아치 새끼들!

길드 동맹 알바들과, 길드 동맹에게 피를 본 플레이어들이 치열하게 게시판에서 싸웠다. 그리고 길드 동맹의 간부진에는 비상이 걸렸다. 그만큼 길드 동맹도 아슬아슬한 상황이었던 것이다. 길드 재정에 비해 왕국이 너무 덩치가 커서 버티는 것도 힘든데, 옆에서 치고 들어오다니!

"이 비겁한 새끼들! 이럴 때를 노리다니!"

"쑤닝 님. 지금 예산이 부족합니다! 수도와 근처를 안정시켜서 세금을 뽑아야 하는데 군대를 빼면 너무 피해가 커요! 어떻게 합니까?"

"이 빌어먹을 놈들……!"

쑤닝은 이를 갈았다. 김태현을 상대하기 위해 준비한 수를 설마 다른 놈한테 쓰게 될 줄이야. 어떻게 부자(父子)가 같이 엿을 먹이지?!

하지만 방법이 없었다.

"블랙 드래곤 학카리아스한테 사자를 보내라!"

간부들은 경악했다. 정말로 그 수를 쓸 줄이야!

태현을 노리기 위해 준비하고 준비했던 비장의 수 중 하나 아니었던가! 그걸 여기서 쓰다니.

간부들은 놀라고, 동시에 감탄했다.

'역시 쑤닝 님이시다. 저 결단력!'

'처음에는 의심했지만, 역시 길드 동맹을 이끌어 갈 분은 저 분밖에 없다!'

'점점 성장하고 계신다. 김태현. 두고 봐라! 넌 쑤닝 님을 상대하게 된 것을 후회할 것이다!'

쑤닝은 점점 성장하고 있었다. 김태현이라는 거대한 적을 상대하면서 거기에 걸맞게 성장하고 있었던 것이다.

처음과 비교하면 괄목상대 그 자체!

'근데 쑤닝 님이 이렇게 소년만화 주인공 같은 위치였나?'

길드 동맹이 만들어졌을 때만 해도 분명 판온의 지배자, 판온의 황제 같은 느낌이었는데……? 어쩌다 이렇게 됐지?

"침입자여. 왜 저 더러운 놈을 데리고 들어오는가?"

[용아병 데스나이트 부관이 나타납니다.]
[공포 면역입니다. 공포 상태에 빠지지 않습니다.]
[용아병 데스나이트 부관이 <흑마법의 오오라>로 강화됩니다.]
[용아병 데스나이트 부관이 <어둠의 땅이 내린 축복>으로……]

태현 일행이 도동수를 데리고 히든 던전을 씹고 뜯고 맛보고 즐기자, 더 이상 참지 못하고 용아병 데스나이트 부관이 나타났다. 그냥 데스나이트보다 덩치가 커다랗고 색이 진한 뼈대를 갖고 있는 데다가, 차고 있는 장비도 훨씬 더 좋아 보였다.

태현은 무심코 중얼거렸다.

"앗. 골골이보다 훨씬 더 강해 보이잖아?"

-주인이여. 나도 그렇게 생각한다.

-주인님. 저도 그렇게 생각합니다. 저런 데스나이트를 거두셨어야 하지 않았을까요?

골골이 앞에서 골골이를 헐뜯는 두 신수들! 둘 다 일단은 신수다 보니, 언데드인 데스 나이트 골골이와는 사이가 별로 좋지 않았다.

　-감히 명예로운 데스나이트인 날 모욕하는 거냐? 이 자라다만 드래곤 놈들이?!

　-어디서 족보도 없는 데스나이트 놈이 뭐라는 거야! 너 그 뼈 어디서 주워왔어?

　-다들 닥치렴.

　태현은 소환수들을 조용하게 만들었다.

　"침입자여. 그대는 용의 사랑을 받고 있다. 아키서스의 화신인 게 조금 걸리긴 하지만 두 용을 거느리고 있는 것을 보니 분명 용의 사랑을 받고 있는 것이겠지. 그런데 왜 이런 저주받은 땅에 들어와서 스스로 화를 자초하는가? 아키서스의 화신인 게 조금 많이 걸리긴 하지만, 이 저주받은 땅은 침입자를 가리지 않는다. 어서 돌아가도록 하라."

　[카르바노그가 상대가 겁먹은 것 같다고 추측합니다.]

　'나도 그런 거 같아.'

　당당한 자세에 비해 하는 말은 아키서스가 유난히 많이 들어가 있었다. 마치 정문 앞에 〈아키사스 사절〉이라고 써놓은 기분!

　"잠깐만!"

　"흭!"

[아키서스의 화신……]

[신성 스탯……]

[화술 스킬……]

[용아병 데스나이트 부관이 당신의 말에 겁을 먹습니다.]

[악명이 오릅니다.]

이건 좀 억울했다. 이제까지 했던 것 때문에 말 한마디 걸었는데 악명이 오르다니!

"왜…… 왜 날 부르는가! 아키서스의 화신! 참고로 난 영혼도 주인님께 묶여 있고, 가진 아티팩트도 없으며…… 하여간 날 상대로 거짓말을 해봤자 얻어낼 것도 없을 것이다. 그걸 잘 알아놓도록 해라!"

갑자기 싸늘해지는 분위기! 태현 일행은 일제히 태현을 쳐다보았다. '좀 적당히 하지 그랬어요'라는 눈빛!

그러나 태현은 당황하지 않았다. 상황이 급격하게 변하면 그 상황에 맞추는 것이 실력!

"그래. 내가 아키서스의 화신이다! 길을 안내하지 않으면 널 아키서스 해버리겠다!"

"히이이익!"

[용아병 데스나이트 부관이 당신의 말에 더욱더 겁에 질립니다!]

[용아병 데스나이트 부관이 패닉에 빠져 도망칩니다!]

[화술 스킬이 크게 오릅니다!]

[레벨 업 하셨습니다.]

레벨 업까지 뜰 정도의 업적!

쿵쿵쿵-

데스나이트는 뒤도 돌아보지 않고 달려서 도망쳤다. 그걸 본 태현은 당황했다.

"아, 아니. 도망은 치지 말고!"

설마 데스나이트 정도 되는 급의 준 보스 몬스터가 말 한마디에 도망칠 줄이야. 태현은 어찌나 놀랐는지 레벨 업을 이걸로 했다는 것에는 신경도 쓰지 못했다.

"야! 쫓아!"

"쫓…… 쫓아도 되나요?"

"그럼 안 쫓냐? 헛소리하지 말고 쫓아!"

선수들은 당황하다가 태현의 명령에 일제히 움직였다. 뭔가 그들이 악당 같았던 것이다.

"야! 같이 가!"

케인은 도동수를 묶은 깃대를 들고 뒤따라 달렸다. 무게가 있어서 속도가 느렸다.

"침입자여! 그 더러운 놈을 놓고 와라! 용의 사랑을 받으면서 그런 놈을 데리고 다닐 생각인가!"

용아병 데스나이트 부관은 도망치면서 그렇게 외쳤다.

태현을 일단 멈추게 할 생각이었다. 무슨 상황인지는 모르겠지만 동료를 버리고 오지는 않을 테니 시간을 벌 수 있으리라.

"그래? 케인, 버려라."

"오케이!"

케인은 신이 나서 깃대를 뒤로 집어 던졌다. 신난 만큼 강하게!

콰당탕!

[치명타가 터졌습니다!]

"읍읍읍읍(개자식아)!"

"앗. 미안. 신이 나서……."

케인은 당황해서 사과했다. 무거운 짐을 내려놓는 것에 신이 나서 누가 묶여 있었는지 까먹고 있었던 것이다.

태현 일행은 도동수를 버리고 다시 달렸다.

어두운 지하 동굴에서 벌어지는 추격전!

"더러운 놈 버렸으니 이제 괜찮잖아! 이야기 좀 하자고!"

"쫓아오지 마라!"

"아니 왜! 멈추라니까? 〈이동 정지〉!"

[언령 스킬을 사용합니다.]

[마법 스킬이 오릅니다.]

"잡았다 이 자식!"

"어떻게 언령 마법을…… 역, 역시 용의 사랑을 받는 자답군!"

"자. 이제 대화를 해보실까."

"아…… 아키서스의 화신. 나는 정말 가져갈 게 없다! 날 놓아다오!"

"아니. 널 속일 생각은 없다니까."

"정말인가?"

"정말이야."

"아까 아키서스 해버린다고 하지 않았……."

"……그건 그냥 농담이었지."

[용아병 데스나이트 부관이 진정합니다.]

[명성이 오릅니다.]

"농…… 농담이었나. 후. 당황했잖나."

"그래. 어쨌든 저 더러운 놈도 놓고 왔으니, 이제 우리한테 별문제 없겠지? 주인을 보고 싶은데."

태현이 데스나이트 부관을 필사적으로 쫓아온 이유는 하나였다. 이 부관을 소환하고 부리고 있는 NPC가 누구겠는가? 바로 드래곤이 분명했다.

보통 플레이어라면 드래곤은 피해야 하는 위험한 고렙 NPC였지만, 태현에게 드래곤은 선물 잘 주는 친절한 NPC였다. 용용이도 있고 흑흑이도 있고 화술 스킬도 있고…….

어지간하면 친한 척을 할 수 있는 상황!

'오케노아스와도 참 좋았었지.'

해저 왕국 아란티스 근처에 있던 고대 해룡 오케노아스!

태현이 언령 스킬의 레벨을 올리는 것을 도와주고 이것저것 베풀어줬던, 참 친절한 드래곤이었다.

[카르바노그가 고개를 갸웃거립니다.]

"주인님을?"

"그래."

"……왜지? 혹시 아키서스의 화신, 주인님을 속이려는……!"

"아니라니까?"

"주인님을 속여서 노예로 만들 생각이구나!"

"아니라고. 저 뒤를 봐라."

데스나이트 부관은 비밀결사원들을 발견했다.

"저들은…… 용을 숭배하는 자들이군."

"그래. 난 용을 사랑하고 존중하는 사람이라 저놈들하고 같이 다니지. 저들도 날 존경하고 있다고. 내가 용을 만나려는 건 용을 존경하기 때문이야."

용용이와 흑흑이가 옆에서 뭔 소리를 하냐는 듯이 쳐다보았다. 생전 처음 듣는 소리!

"존경하는 용을 만날 기회를 놓칠 수 있겠어?"

"맞는 말씀입니다!"

"김태현 님의 말이 맞습니다!"

비밀결사원들이 신이 나서 뒤에서 추임새를 넣었다.

용을 직접 보게 된다니!

그들에게는 생전 한 번 경험하기 힘든 커다란 영예였다.

"정말 아무 짓도 안 하는 건가?"

"물론이지. 대화만 할 거야."

─…….

─…….

[……]

두 용과 신 하나가 어이없어했다.

[<죽은 용의 지하동굴>에서 빠져나옵니다.]

[<죽은 용의 안식처>에 입장했습니다!]

[명성, 신성이 크게 오릅니다.]

[칭호: <알렉세오스의 거처에 들어간 자>를……]

"오오……!"

입장한 일행 모두 탄성을 터뜨렸다. 적당히 들어온 무난한 유적 던전에서, 설마 드래곤의 거처에 들어가게 될 줄이야!

'생각해 보니 정말 상상치도 못한…….'

선수 중 한 명이 속으로 생각했다. 김태현과 만나지 않았다면 이런 게 가능했을까? 절대 불가능했다.

도동수 혼자 사라졌다가 죽었겠지!

"근데 도동수 씨 냅둬도 되나?"

"괜찮아. 우린 다 들어왔잖아."

선수들은 빠르게 배워나가고 있었다.

-아키서스의 화신만 들어와라.

앞의 어둠 속에서 웅장한 목소리가 들려왔다. 다른 일행들은 멈췄다. 드래곤은 아직 플레이어가 잡을 몬스터가 아니었다. 미치지 않고서야 드래곤 말을 무시할 플레이어는 없었다.

어차피 칭호도 얻었고 각종 보너스는 다 받아서 모두 만족하고 있는 상황! 태현은 어둠 속으로 걸어 들어갔다.

[죽은 용 알렉세오스가 당신을 소환합니다!]

팟!

공간이동과 함께, 알렉세오스가 모습을 드러냈다.

-놀랐나. 아키서스의 화신이여.

나타난 거대한 드래곤 알렉세오스.

[죽은 용 알렉세오스를 마주했습니다.]

[마법, 흑마법 스킬이 크게 오릅니다.]

[현재 마법 스킬 레벨이 낮아 알렉세오스에게 걸린 마법을 알아보지 못합니다.]

[현재 흑마법 스킬 레벨이 낮아……]

엄청난 마법의 힘이 느껴졌지만, 그 가운데에 있는 알렉세오스의 거대한 덩치에는 뼈밖에 없었다.

태현은 당혹스러운 얼굴로 물었다.

"어…… 본 드래곤?"

-그런 하찮은 몬스터와 이 몸을 비교하지 마라.

알렉세오스는 불쾌하다는 듯이 뼈를 흔들었다.

-본 드래곤은 하찮은 네크로맨서들이 용의 썩은 뼈를 갖고 불러낸, 드래곤 이름을 붙이기도 부끄러운 소환수다.

'본 드래곤 정도면 네크로맨서 결전병기인데……'

네크로맨서 플레이어가 본 드래곤 하나 소환할 수 있으면 보통 어느 길드든 다 데려가려고 애를 쓸 것이다. 그러나 알렉세오스 정도 드래곤에게 본 드래곤은 하찮은 모양이었다.

-나는 스스로의 영혼을 묶어서 죽음을 거부한 드래곤 리치다.

'오……'

리치는 엄청나게 강한 보스 몬스터. 드래곤은 그 리치보다 더 강한 보스 몬스터. 그런 드래곤이 리치가 되었다면?

'상상을 초월할 정도로 강하겠군!'

"그런데 그렇게 강하신 분이 왜 여기 계십니까?"

-아스비안 제국을 멸망시키느라 너무 많은 힘을 썼다. 내 거처 밖으로 나갈 수 없노라.

'비밀결사원들이 들으면 슬퍼 죽으려고 하겠군.'

-그런데 그 두 용은…….

"아. 골드 드래곤과 블랙 드래곤입니다."

태현은 살짝 기대했다. 이 두 용을 데리고 다니니, 알렉세오스도 좋아하겠지?

　-난 둘 다 싫어한다. 드래곤은 레드 드래곤이 최고다.

　"……저도 그렇게 생각합니다!"

　-주인님?!

　-주인이여!?

　[알렉세오스가 당신의 말에 만족합니다.]

　-그래. 드래곤은 레드 드래곤이 최고지.

　용용이와 흑흑이가 알렉세오스를 노려보았다.

　다 썩어서 가죽도 없는 게…….

　-아키서스의 화신이여. 나를 이렇게 찾아온 이유가 무엇인가? 설마 날 속여서 네 종으로 만들려는 속셈은 아니겠지?

　아키서스는 대체 무슨 짓을 하고 다녔는지, 드래곤들이 보기만 하면 의심부터 하고 봤다.

　"제가 감히 그러겠습니까?"

　-하긴. 난 내 영혼을 묶어놔서 신수 계약을 하지도 못한다. 골드 드래곤들은 아키서스의 말에 넘어가 자기 종족의 해츨링을 넘겼다고 하지만…….

　용용이는 시무룩해졌다. 태현은 변호해 주려 애썼다.

　"그래도 아키서스의 신수인데 나름 좋은 거 아닙니까? 적어도 손해 볼 건 없잖습니까."

　-신들 사이에 끼어서 좋을 거 하나 없다. 언제나 피를 보는

건 필멸자들 뿐이지. 결국 신들은 이 땅을 다 떠나지 않았나?
드래곤들이 신들의 싸움에 괜히 중립을 지킨 게 아니다. 뭐, 아
키서스한테 속아 넘어간 건 어쩔 수 없었겠지만…….

"?"

-아키서스가 마음을 먹으면 안 속아 넘어갈 존재가 어딨겠
나? 골드 드래곤들 잘못이 아니다. 아키서스한테 노려졌을 때
부터 끝난 거지.

"……."

-어쨌든…… 아키서스의 화신이여. 여기 찾아온 이유를 말
하라. 여기까지 찾아온 정성이 있는 데다가 아키서스의 이름
이 있으니 작은 보상 정도는 내려줄 수 있다.

'됐다!'

말하는 걸 보니 상대가 싫어하지는 않는 것 같았다.

그러면 저 호감을 늘려서 최대한 많이 뜯어낼 뿐!

드래곤 같은 보스 몬스터에게서 최대한 많이 뜯어낼 때는, 상
대가 공감할 만한 이유를 만드는 게 좋았다.

그리고 태현은 그런 이유를 이미 갖고 있었다.

"알렉세오스 님! 기껏 알렉세오스 님께서 사악한 아스비안
제국을 멸망시켰는데, 더 사악한 황제 우이포아틀은 부활해서
날뛰고 있습니다. 제국을 쓰러뜨릴 수 있게 힘을 주십시오!"

먹튀하려는 의지가 가득! 아스비안 제국과 우이포아틀 평
계를 대서 최대한 뜯어내겠다는 의지가 가득 느껴졌다.

-뭐라고?

"……?"

-우이포아틀이 부활했다고!?

알렉세오스는 충격받은 목소리로 외쳤다.

'뭐야. 모르고 있었나?'

-말도 안 된다! 놈과 놈의 부하들은 모두 쓰러져서 모래 밑으로 처박혔는데! 어떤 놈이 감히!

"그러게 말입니다! 아주 나쁜 놈입니다!"

태현은 고개를 끄덕이며 동의했다. 누군진 모르겠지만 아주 나쁜 사람이네!

-아키서스의 화신이여. 우이포아틀을 처치해라. 아스비안 제국은 다시 멸망해야 한다!

〈황제 우이포아틀을 처치하라-알렉세오스 퀘스트〉

폭군 우이포아틀은 아스비안 제국의 군대를 이끌고 폭정을 펼치던 황제였다. 용들은 더 이상 우이포아틀을 내버려 둘 수 없어 연합해서 그를 모래 속으로 묻어버렸다. 그러나 어느 사악한 네크로맨서가 우이포아틀을 부활시켰다.

제국과의 싸움에서 육체를 잃은 죽은 용 알렉세오스는 당신에게 우이포아틀을 처치하라고 명령한다!

보상: ?, ??

-우이포아틀을 어떻게 쓰러뜨렸는데…… 이 주변이 벌써 폭군에게 고통받고 있겠군.

'응?'

태현은 의아해했다.

'아. 알렉세오스는 우이포아틀이 완전하게 부활 못 한 걸 모르는구나.'

우이포아틀과 알렉세오스의 싸움은 꽤 치열했던 모양이었다. 알렉세오스는 리치 드래곤이 되어 이 지하에서 나오지 못하고 있었고, 우이포아틀도 제대로 부활을 못 하고 자기 궁전에서 나오지 못하고 있었으니…….

'잠깐. 이거 되게 괜찮은 상황 같은데?'

서로 밖에 나오질 못한다면? 이용해 먹기 더 좋은 상황!

-내 말 듣고 있나, 아키서스의 화신?

"아, 네. 듣고 있습니다. 요즘 주변이 엄청 안 좋죠."

-내 그럴 줄 알았다.

"그런데 우이포아틀은 워낙 강한 놈이고, 부하들도 많아서 제가 혼자 하기는 힘들 것 같은데. 혹시 도와주실 수 있으십니까?"

-나는 밖에 나가지 못한다고 하지 않았나?

"꼭 알렉세오스 님뿐만 아니라 다른 드래곤들도 있지 않습니까?"

태현은 기대 가득한 목소리로 물었다. 드래곤 한 마리만 빌릴 수 있다면 그 파괴력은 어마어마할 것이다. 용용이나 흑흑이가 소환되었을 때 전력을 다해 브레스를 썼던 위력이 아직도 생생했다.

-다른 드래곤들은 대부분 죽었을 거다. 우이포아틀과의 싸

움이 그만큼 격렬했다.

태현은 깜짝 놀랐다. 우이포아틀이 전성기에는 그 정도로 강한 보스 몬스터였단 말인가?

드래곤을 하나도 아니라 여럿 쓰러뜨릴 수 있을 정도로?

'미친. 절대 제대로 부활시키면 안 되겠군.'

태현이라도 재수 없으면 바로 슥삭 당할 수 있을 것 같았다. 고대 제국, 고대 마법사, 고대 성기사 등 왜 이렇게 '고대'만 들어가면 강해지는지…….

태현은 속으로 불평했다.

"그러면 알렉세오스 님께서는 뭘 해주실 수 있으십니까?"

-네게 내 축복을 내리겠다.

"또 뭐가 있습니까?"

-……네게 내 권능 또한 빌려주겠다.

"또요?"

-……네게 레어 안에 있는 무구들을 빌려줄 수 있다.

주는 게 아니라 빌려주는 것! 레드 드래곤의 탐욕은 유명했다. 그건 리치가 되어도 달라지지 않았다. 그러나 알렉세오스는 알지 못했다. 눈앞에 있는 게 누구인지!

"또요?"

-뭘 더 달라는 거냐!

"아니, 저 같은 놈이 우이포아틀 같은 자와 싸워야 하는데 어떻게 그냥 싸웁니까?"

-넌 아키서스의 화신이다! 저 사악한 폭군 놈한테 절대 밀리

지 않는다.

아키서스의 화신에 대한 쓸데없는 믿음!

감동받아야 할 상황이지만 태현은 아랑곳하지 않았다.

"아, 아키서스 화신 별거 없어요. 교단도 다 망해서 간신히 부활하고 다른 교단들도 구박하고 그럽니다."

-뭐? 그런…… 하긴, 그럴 법…….

"예?"

-아, 아니다. 아키서스의 진심을 몰라주는 다른 교단들이 잘못했군. 아키서스도 엄연히 선신인데.

[알렉세오스가 당신의 눈치를 보기 시작합니다!]

[화술 스킬 성공 확률이 높아집니다!]

[주는 보상이 더 많아집니다!]

아쉬워지자 알렉세오스도 태현의 눈치를 보기 시작했다.

"게다가 전 권능도 다 회복 못 했습니다."

-하긴 인간의 몸으로 권능을 다 얻기는 힘들었겠지. 그 와중에 다른 신들의 권능은 용케 뺏었군.

"……얻은 걸 수도 있잖습니까?"

-뭐라고? 정, 정말 얻은 건가? 정말로?

아키서스의 화신이 다른 신들의 권능을 뺏지 않고 얻었다는 것에 알렉세오스는 커다란 충격을 받았다.

"……뺏었긴 했습니다."

-역시! 저 추잡한 블랙 드래곤은 사디크의 신수가 맞았군. 하여간 블랙 드래곤 놈들은 예전부터 추잡하게 논다고 생각했지.

흑흑이는 속으로 욕했다. 나중에 다른 블랙 드래곤을 만나면 일러바치고 말겠다!

태현은 갑자기 궁금해져서 물었다.

"그런데 블랙 드래곤 종족도 사디크와 신수 계약을 맺은 것 같은데, 왜 아키서스만 두려워합니까?"

-그야 블랙 드래곤과 사디크의 계약은 동등한…… 아니군. 블랙 드래곤 쪽에게 더 좋았을 수도 있었겠어. 그때 한참 신들과 악마들이 싸우던 때라 사디크가 아쉬운 처지였었으니까…… 어쨌든 나름 서로에게 괜찮은 계약이었다.

"아키서스는……?"

-아키서스는 완전 불공정한 계약이었지. 그래서 한동안 소문이 돌았었다. 골드 드래곤의 장로가 미친 거 아니냐고.

아키서스와 단독으로 대화하고 나서 골드 드래곤 종족의 장로가 뭐에 홀린 것처럼 계약을 맺어버린 것이다. 다른 드래곤들은 '대체 뭔 일이 있었던 거지?' 하면서 두려워했다.

그 이후 아키서스는 드래곤에게 꺼려지는 이름이 되었다.

아키서스와 어울리지 마라! 속아서 영혼이 묶일지 모른다!

'그런 슬픈 비화가……'

용용이는 날개를 축 늘어뜨렸다. 선조들의 슬픈 비화!

[카르바노그가 깔깔 웃어댑니다.]

-사디크는 별로 두려운 신도 아니지. 아…… 혹시 중앙 대륙이 아닌 여기까지 온 이유가 권능을 찾아서였나?

태현은 깜짝 놀랐다. 안 그래도 물어보려고 했던 거였다.

이 제국에 온 목적 중 하나는 아키서스의 권능!

"알고 계십니까?"

-아니…… 아키서스와는 최대한 엮이는 일을 피했기 때문에…….

"……."

-하지만 소문을 들은 적은 있다. 아키서스가 보물을 숨겨놓은 던전이 있다고.

태현은 눈을 반짝였다. 찾았다! 역시 이것저것 자료를 찾으며 빙빙 돌아가는 것보다는, 이렇게 직접 아는 놈을 찾아내서 물어보는 게 빨라!

[카르바노그가 어이없어합니다.]

"위치를 아십니까?"

-그게…… 으음. 거기 위치를 알았다가 아키서스와 엮일까 봐…….

얼마나 아키서스와 엮이는 걸 싫어하는 거야!

알렉세오스도 조금 민망한 것 같았다.

-기다려 봐라. 데스나이트를 보내 확인할 테니. 확인하면 금

세 알 수 있을 거다.

"그게 가능합니까?"

-이 주변의 던전은 모두 다 여기와 연결되어 있다.

'아. 그런 거였군.'

이 주변 던전의 지하는 모두 다 알렉세오스의 영역인 모양이었다. 도동수 같이 용에게 밉보인 놈이 있으면 지하 던전으로 초대해서 슥삭! 지하의 거처에서 나올 수 없는 알렉세오스가 할 수 있는 최대한의 방법이었다.

-찾았군.

[지도를 얻었습니다.]

-아키서스의 화신으로서 권능을 얻게 되었으니 우이포아틀과 싸울 자신이 생겼나?

알렉세오스는 슬쩍 떠봤다. 어떻게든 해줄 지원을 줄여보려는 속셈이었다. 그러나 태현은 냉정했다.

"다른 지원이 더 필요합니다!"

-그래…….

[알렉세오스와 화술 스킬로 대결에 들어갑니다. 승리할수록 더 많은 지원을 받을 수 있습니다.]

<알렉세오스의 축복>

　죽은 용 알렉세오스가 당신에게 축복을 내립니다. 모든 스킬의 쿨타임이 대폭 줄어들고 효과가 강력해집니다.

　<알렉세오스의 권능>

　리치가 된 용 알렉세오스가 당신에게 리치의 힘을 빌려줍니다. 권능을 사용하면 드래곤 리치로 변신합니다.

　잭팟!

　태현이 알렉세오스에게서 뜯어낸 건 그야말로 어마어마했다.

　[<알렉세오스의 축복>과 <알렉세오스의 권능>은 시간이 지나면 사라집니다. 사라지기까지 3개월 남았습니다.]

　[우이포아틀과 싸우지 않고 오랜 시간이 지나면 알렉세오스가 분노할 수 있습니다.]

　시간제한이 있다는 게 아쉽지만 그래도 이 정도면 충분했다. 그리고 안 들키면 분노할 일도 없었으니까!

　'아, 이걸로 뭐부터 한다? 할 게 너무 많아서 곤란하군.'

　공격해야 할 놈들도 많고, 가서 점령해야 할 곳도 많고, 사냥해야 할 던전도 많았으며……

　'앗. 그러고 보니 좀 있으면 던전 공략 대회 다음 경기군……'

　준결승전을 앞두고서 이렇게 긴장감 없는 사람도 드물었다.

다른 사람들은 벌써부터 떠들고 있었는데!

'……상대팀한테 조금 미안하게 됐는데.'

숨겨진 수단을 쓰지 않아도 이 정도면 기록이 대폭 단축될 것 같았다.

[<오래된 용의 뼈>를 대량으로 받았습니다.]

[<알렉세오스의 무구 세트>를 대량으로 받았습니다.]

"어…… 더 좋은 건 없습니까? 좀 더 유니크하고 강한 건?"

알렉세오스의 무구 세트는 분명 좋은 장비 세트였다. 고렙 플레이어들이 보면 바로 착용할 정도로.

그렇지만 이미 장비를 최상위권 랭커 수준으로 맞춰 입고 다니는 태현의 눈에 차지는 않았다.

-나는 청렴한 드래곤이라 갖고 있는 보물이 많지 않다.

아무도 믿지 않을 변명이었다. 뭔가 갖고 있는 거 맞구만!

태현은 결심했다. 나중에 언젠가 뜯어내리라!

'뭐, 무구 세트도 잘 쓸 수 있지.'

태현 영지에는 이런 고렙 장비들이 필요한 곳이 넘쳐났다. NPC들부터 시작해서 플레이어들까지.

[<알렉세오스의 물약>을……]

[<알렉세오스의 다크 골렘>을……]

[알렉세오스의 황금 조각상을……]

정말 귀한 건 감췄지만, 알렉세오스가 해준 지원은 어마어마했다. 사실 축복과 권능만 해도 충분한 보상이었다. 나머지는 일종의 덤이었다. 미래에 쓸 일이 많을 덤!

-아키서스의 화신이여. 가서 폭군 우이포아틀을 처치하라.

"알겠습니다. 알렉세오스 님. 우이포아틀이 밖으로 돌아다니지 못하도록 하겠습니다!"

거짓말을 하지 않는다!

-아주 재수 없는 놈이다!

-맞습니다. 레드 드래곤 놈들은 하여간 상종해서 좋을 게 없는 놈들입니다.

밖으로 나오자 용용이와 흑흑이는 대번에 불평을 늘어놓기 시작했다. 앞에서는 무서워서 입 다물고 있었지만, 지금은 아니다!

"흠. 그래도 괜찮은 걸 얻어냈어."

알렉세오스의 붉은 비늘:

죽은 용 알렉세오스가 살아 있었을 때 갖고 있던 비늘이다. 불타는 듯한 무늬가 아직도 살아서 꿈틀거린다.

알렉세오스의 발톱:

…….

알렉세오스의 육체에서 나온 것들 중 챙길 수 있는 건 모조리 챙겨 나온 태현! 마치 정육점에 가서 다들 잘 안 먹는 부분을 싸게 받아온 것과 비슷했다.

눈이나 심장 같은 건 귀한 소재여서 알렉세오스가 내주지 않았지만, 비늘이나 발톱은 받을 수 있었던 것이다.

-설······ 설마 그걸 정수로 만들어서 먹일 생각인가!

"어? 어······ 갑옷 만들어서 너희 입혀주려고 했는데. 대장장이 기술 스킬도 올릴 겸."

-······.

"근데 그것도 좋은 생각 같다. 넉넉하게 받아왔으니 만들고 나서 남으면 요리해 줄게."

-아!!

흑흑이는 용용이한테 화를 냈다. 왜 쓸데없는 소리를 해서!

-내······ 내가 알고 한 소리겠나!

푸드덕!

두 용이 날개로 서로를 때리는 걸 무시하고 태현은 걸어 나왔다. 일행들이 기다리고 있었다.

"태현 님!"

"대화는 잘 끝났는데······ 다들 왜 그래?"

"최강지존무쌍 길드가 선전포고 했다는데 알고 계셨어요?"

소식을 들은 태현 일행은 머리를 맞대고 게시판을 구경했다. 벌써 몇몇 곳에서는 싸움이 벌어진 상태였다.

대규모 전투는 아직 없었지만, 길드 동맹 길드원들이나 그들이 점령하고 있는 던전을 공격한 것이다.

"어? 이거 너희 아버지 길드원 아니지 않나?"

케인은 영상 속에 있는 플레이어들을 보고 고개를 갸웃거렸다. 오크도 아니었고, 다른 길드 마크를 달고 있는 플레이어였다. 이런 놈이 왜 싸우고 있지?

"원래 이런 전쟁 터지면 제3자도 많이 끼어. 기회라 이거지."

평소에 던전이 욕심이 났는데, 길드 동맹 무서워서 가만히 있던 플레이어들. '다른 놈들 때문에 정신없으니 조금 털어도 보복은 못 하겠지?' 하고 덤비는 플레이어들. 그런 플레이어들도 꽤 많았다.

게다가 오스턴 왕국은 태현이 불러일으킨 산적 유행 덕분에 곳곳에 산적 플레이어들이 남아 있는 상황. 이번 전쟁은 그들에게 기회였다.

-내꿈은산적왕: 혹시 잔뜩 모여서 크게 털 사람 있냐?! 이번 기회 놓치면 멍청이다. 인생은 한 방이라고!

-산적꿈나무: 아느다 요새 공략할 산적 파티 모웁니다! 지금 중갑전사는 있으니 가벼운 전사 위주로…….

-남아쌍무존지강최: 우리 멋있고 용감한 산적 휜님덜…… 어제 하루…… ~잘 견뎌내셨지요?! 울 휜님들을 위해, 오스턴 왕국 요새들 중 방어력 낮고 치안 낮아서 털기 좋은 곳을 정리해 봤습니다~

"와. 길드 동맹 좀 힘들겠는데."

심어놓은 첩자들 덕분에 길드 동맹의 상황을 꽤 자세히 알고 있는 태현이었다. 길드 동맹의 상황은 꽤 아슬아슬했다.

오스턴 왕국을 잡아먹고 커다란 영지가 생긴 건 좋았지만, 그걸 유지할 힘이 부족했다. 오랫동안 내전이 일어나서 파괴된 곳들이 많았고, 몇몇 곳은 아예 역병지대로 변했다.

당연히 수입이 적게 나왔고, 이걸 메꾸려면 세율을 더 올려야 했다. 그러면 또 치안에 악영향이…….

악순환의 연속! 길드 동맹이 오랫동안 전쟁을 벌인 탓에 세금을 안 걷을 수도 없었다. 자기들 골드로만 메꾸는 것도 한계가 있었던 것이다.

그런 힘든 상황에서, 태현이 오스턴 왕국의 보물창고를 날려 버리고 각종 산적질과 약탈질로 찔러대니 상황은 더욱 힘들어졌다. 길드 동맹이 최근에 자랑하는 군대들과 길드원들을 전부 수도 근처에 두고 있는 데에는 다 이유가 있었다.

왕국 전체를 담당할 힘이 없으니, 일단 수도 근처부터 회복하고 수입원을 만들려는 생각! 시간은 좀 걸리겠지만 괜찮은 전략이었다. 일단 통일한 이상 남은 지역에 일어난 산적들은 나중에 처리할 수 있었으니까.

그런데 그 틈을 김태산이 찌른 것이다.

알고 한 건지, 모르고 한 건지는 알 수 없었지만 어쨌든 상대방이 가장 힘들고 짜증 나는 타이밍에 친 게 분명했다.

이대로 내버려 뒀으면 길드 동맹은 어떻게든 상황을 수습하고 오스턴 왕국을 잘 다져 나갔을 것이다.

'잠깐…… 이거 괜찮나?'

태현은 갑자기 걱정이 됐다. 김태산 걱정이 아니었다. 김태산이 이겨서 길드 동맹이 무너지면 괜찮았지만, 길드 동맹이 이걸 이겨내면?

"이겨내도 피해 엄청 클 텐데 뭐 걱정이야?"

"아니지. 이걸 이겨내면 이제 얘네들은 방법이 별로 없으니까 절박해지거든. 절박해지면 사람이 방법이 하나밖에 없어지고."

그나마 다시 붙여나가던 쪽박을 부숴버리면 할 건 하나밖에 없었다.

"다른 곳 쳐서 갚으려고 하겠는데……."

파산 직전의 길드가 언제나 하던 전통적인 방법. 새 전쟁!

따서 갚으면 돼!

오스턴 왕국과 길드 동맹은 전투력 하나만큼은 어마어마했다. 내전과 각종 싸움을 거쳐 왔으니 NPC 부대도 강력했다. 그 유지비가 천문학적으로 드는데도 길드 동맹은 꾸역꾸역 내고 있었다. 그만큼 전투력 하나만큼은 집착했다.

'왜 그렇게 전투력에 집착하는지 모르겠지만…….'

상대방이 그렇게 된 데에는 태현한테 당한 탓이 컸지만, 태현은 알 수 없었다. 어쨌든 길드 동맹이 그거 갖고 할 수 있는 건 하나 정도밖에 없었다. 주변에 있는 다른 나라를 공격해서 골드와 보물을 터는 것!

그리고 길드 동맹이 치기 가장 좋은 나라는…….

'젠장. 아탈리 왕국이겠네.'

동쪽의 우르크는 오크들만 많아서 쳐봤자 뺏을 것도 없었고…… 서쪽의 잘츠 왕국이나 에랑스 왕국은 치기 좀 부담스러운 상대였다. 그에 비해 남쪽의 아탈리 왕국은 치기 좋고, 상대도 밉고, 가진 것도 많은 좋은 상대!

태현이 무서워서 '야! 김태현 있는데 미쳤냐! 다른 거 할 거 많다! 김태현은 나중에 힘이 더 커지면 밟으면 된다!' 이렇게 다투던 길드 동맹이었지만, 절박해지고 방법이 하나밖에 남지 않으면 의견이 통일될 것이다.

죽기 아니면 까무러치기다. 무조건 아탈리 왕국을 쳐서 먹어야 한다!

'음. 무섭군.'

그 어마어마한 숫자가 치고 들어올 걸 생각하니 아찔했다. 게다가 태현 입장에서는 막아내도 손해밖에 없을 것이다.

'지금 안 그래도 귀족 NPC들은 내 말 안 듣는 놈들이 절반을 넘는데……'

수도와 골짜기 말고는 제대로 장악하지 않은 상태.

다른 영지들이 길드 동맹을 막을 수 있을지 걱정이었다.

태현이 도와주려고 말해도 안 들을 놈들 천지!

'이거 아버지가 피해를 제대로 입혀줘야겠는데……'

김태산도 나름 계산을 하고 일으킨 것이겠지만, 아무리 생각해도 상대방의 전력이 너무 대단했다. 데리고 있는 랭커들 숫자부터가 확 차이 나지 않는가.

김태산이 믿을 수 있는 건 오크들의 숫자와, 왕국에 있는 다른 플레이어들이었다.

"안 도와주셔도 되나요?"

"맞아요. 도와드리러 가도 괜찮……."

"아냐. 난 내 거 해야지."

이런 부분에서는 칼 같은 태현! 김태산은 김태산, 그는 그!

김태산이 도와달라고 하지도 않았는데 먼저 가면 김태산이
오히려 화를 낼 것이다. 그리고 태현도 자기 퀘스트가 많았다.
그걸 먼저 해야 했다.

"그렇지만 도와줄 수 있는 건 도와줘야겠다."

-슬라임 분신 소환!

태현은 시이바의 권능 스킬, 슬라임 분신을 사용했다.

"이걸 빌려드려야겠군."

"아버지."

"왜?"

태현은 오랜만에 김태산을 찾아가 같이 밥을 먹었다.

메뉴는 순대국밥!

"앗. 김태산 씨 아니세요?"

"어. 누구셨죠?"

젊은 사람이 말을 걸자, 김태산은 의아해했다. 세입자는 다 기억하고 있는데 처음 보는 얼굴이었던 것이다.

"김태산 씨 맞으시군요! 팬이에요!"

"푸흡!"

"쿠헉!"

태현과 김태산이 동시에 사레가 들렸다. 태현은 콜록대며 앞을 쳐다보았다. 김태산도 마찬가지였다.

"팬…… 팬이라고요?"

"네! 호쾌한 모습이 너무 멋있어요! 사인 해주세요!"

김태산은 얼떨떨한 표정으로 휙 사인을 해주었다.

"난 방송도 안 나가는데……."

"요즘은 방송 안 나가도 충분히 유명해지는 시대죠."

태현은 어깨를 으쓱거렸다. 판온이 전 세계적으로 유명해지면서, 개인 방송을 하지 않는 플레이어까지도 유명해지는 현상이 생겼다. 그리고 김태산 정도면 충분히 판온의 유명인사였다. 게다가 워낙 특이한 캐릭터라 팬들이 생기기도 좋았다.

지금도 게시판을 보면 '최강지존무쌍 길드는 정말 멋지다고 생각해서 저런 길드 이름을 지은 건가'로 토론하는 사람들이 있었다. 판온에서 비슷한 길드를 찾기 힘든, 정말 희귀한 길드!

김태산은 신기하다는 듯이 가만히 있다가 씩 웃었다.

"녀석. 그러고 보니 너를 내버려 두고 나한테 사인을 달라고 했네?"

"네? 아, 네."

"너는 선수로 활동하면서 저러면 안 되는 거 아니냐? 더 노력을 해야지!"

"어…… 아버지."

태현은 김태산의 오해를 어떻게 풀어줘야 하나 생각했다.

"앗. 김태현 선수!"

"김태현 선수잖아?!"

"꺄아아악! 김태현 선수! 팬이에요!"

"방송에서 보던 것보다 더 사악…… 아니, 사납…… 아니, 날카롭게 생기셨어요!"

태현의 이름이 들리자 '어? 진짜?' 하고 우르르 몰려오는 사람들!

김태산은 시무룩해졌다. 차원이 다른 인기였다.

"아니, 뭘 그런 걸 가지고 서운해하세요? 아버지는 선수로 뛰지도 않고 방송도 안 나가시는데 저보다 더 유명하면 그게 말도 안 되는 거죠."

"그건 그렇지."

"그리고 아까 그 사람은 저한테 이미 사인받았던 사람이에요. 그래서 달라고 안 한 거고요."

"……그걸 꼭 말해줘야 하나?"

김태산은 어이가 없었다. 이 자식이 위로해 주면서 은근슬쩍 놀리네!

"후. 그러고 보니 내일이 다음 경기구나. 잘 해라. 대역전 같은 걸 기대하마."

"……저희 팀이 유리하다는 게 확실한데 대역전을 기대하신다는 건……."

"인마. 넌 이미 충분히 잘 나가잖아. 상대방한테도 기회를 줘야지. 요즘 젊은 애들이 얼마나 힘들어?"

"……아버지 전쟁 도와드리려고 준비했는데 그건 다음 기회에."

"앗. 뭔데?"

태현은 분신 이야기를 꺼냈다. 그걸 들은 김태산의 얼굴이 미묘해졌다.

"그거…… 별로 안 강하지 않냐?"

"싸우라고 드리는 게 아니라 속이라고 드리는 거거든요?"

"아아!"

김태산은 바로 깨달았다. 길드 동맹이 만약 일행 가운데에 태현이 돌아다니는 걸 본다면?

바로 랭커들을 우르르 모아 올 것이 분명했다.

"아주 좋은 방법이군! 그런데 그거 안 들키는 건 확실하냐?"

마법사의 분신 스킬 같은 건 레벨 높은 플레이어들한테 들키기 쉬웠다.

"이래 봬도 권능 스킬이라 안 뚫릴걸요."

그 말에 김태산은 사악하게 웃었다.

"그런데 아버지, 다 계산하고 이길 자신 있어서 전쟁 여신 거 맞죠?"

"어? 그냥 퀘스트 깨야 해서 열었는데?"

"……."

"농담이다. 다 계산하고 열었지."

"……아, 네."

"진짜라니까!? 길드 동맹 놈들이 어떻게 덤벼오더라도 자신 있다. 숨겨놓은 패가 있다, 이거야."

김태산은 자신만만하게 웃었다. 그 모습에 태현은 아버지가 숨겨놓은 패가 있다는 걸 깨달았다.

'오오. 뭘 숨겨놓으신 거지?'

"다 네 덕분이지."

"?"

"기억 안 나냐? 체세도라고."

"체세도가 누구더라…… 아. 그 리치?"

태현과 함께 오스턴 왕국의 요새를 점령하고 있던 리치, 체세도! 한때는 에랑스 왕국 마탑의 촉망받는 흑마법사였지만 지금은 리치로 타락한 존재였다. 물론 본인은 더 대단한 존재가 됐다고 좋아했지만.

태현은 오스턴 왕국을 떠났지만 체세도는 한동안 버텼다. 그러다가 길드 동맹의 공격에 버티지 못하고 요새를 버리고 이주했다.

"걔 아직 안 죽었습니까?"

"걔가 어디로 갔는지 알고 있었냐? 바로 우르크였다니까!"

오스턴 왕국에서 도망친 사람들이 도망치기 가장 좋은 우르크 지역! 김태산 길드처럼 체세도 우르크 지역으로 이주했다. 그리고 최근에 김태산과 마주쳤던 것이다.

〈사악한 리치를 퇴치하라-우르크 지역 퀘스트〉

"저기에 리치가 나타났다고?"

"네!"

"준비 철저히 하고 가야겠군. 다들 성수 뿌리고, 사제 빌려왔지? 아니. 아키서스 사제 말고…… 얘네는 좀…… 다른 사제 없어? 아오, 하필 왜 아키서스 교단이 퍼져서…… 아키서스 사제는 불안한데. 어쩔 수 없지."

김태산은 무기를 들고 앞에 섰다.

산 중턱에 갑자기 새로 나타난 어둠의 요새! 검은 오오라가 풀풀 뿜어져 나오는 게, 과연 강력한 언데드인 리치가 있을 법한 곳 같았다.

"나와라, 비겁한 녀석! 나와서 심판을 받아라! 이 부족 오크의 피가 정의를 원한다!"

"어. 딱히 오크가 죽진 않았는데요."

"그래? 그러면 내 길드원의 피가……."

"길드원도 딱히 죽진……."

"그럼 왜 잡으라고 뜬 건데?"

김태산은 짜증을 냈다.

"저기가 철 광산 나오는 곳인데 요새 박아서 뜬 거 아닐까요?"

"……우리가 나쁜 놈 같은데?"

먼저 와서 아무 피해도 안 끼친 리치를 공격하라니.

미묘하게 찜찜해졌다.

히히힝-

유령마를 타고 데스나이트가 튀어나왔다. 문을 박차고 나온 데스나이트는 그들을 내려다보며 말했다.

-이 산맥의 주인이 찾아왔는가?

"어, 저기……."

-우리는 오크에게 빚진 게 없다. 그렇지만 싸워야 한다면 어쩔 수 없지.

"그게……."

-우리가 패배할 수도 있을 것이다. 아! 원통하도다. 우리의 한을 풀지 못하고…….

"흠흠! 공격하러 온 게 아니라 대화하러 온 거다!"

-앗. 정말인가?

데스나이트는 놀란 눈으로 김태산과 오크 전사들을 쳐다보았다.

-정말로 대화하러 왔나? 기세가 삼엄하고 신성력이 잔뜩 걸려 있어서 싸우러 온 줄 알았는데.

"우…… 우리는 원래 이렇게 하고 다닌다고."

김태산은 어떻게든 둘러댔다. 저런 놈들을 공격했다가는 찜찜해서 밤에 잠이 안 오겠다!

-그렇군. 다행이야. 하마터면 원수도 갚지 못하고 이 산맥에서 쓸데없는 싸움을 하게 될 줄 알았다.

"무슨 원수길래?"

김태산은 물었다. 대화로 해결할 수 있다면 그것도 나쁘지 않았다. 리치를 오크 부족 쪽에 끌어들일 수도 있었으니까.

오크 부족에 언제나 부족한 게 주술사 같은 마법 사용자!

-그건 오스턴 왕국에 있을 때 일어났던 일이었다…….

"!"

"그렇게 친해졌지."

"아, 네. 잘됐네요."

"후후. 체세도는 엄청 강한 리치다. 너도 보면 놀랄걸?"

"전 개보다 더 강한 애들을 많이 봐서……."

"이세연 이야기냐? 녀석. 이야기를 꺼낸 거 보니 역시 스캔들이 사실이었……."

"다른 NPC 이야기였거든요?"

태현은 정색했다. 김태산은 찔끔했다.

'슬라임 분신 아직 안 받았으니 조용히 해야지.'

"앗. 안녕하세요."

주방에서 나온 주현영이 둘을 보고 인사했다.

"전쟁 일으키신 거 봤어요. 축하드려요."

"그래. 고맙구나."

말하던 김태산은 뭔가 기분이 이상한 걸 느꼈다.

'이걸 축하받아도 되는 건가?'

뭔가 축하받기에는 어감이 이상하다!

"요즘은 무슨 퀘스트 하고 있어?"

"요리 스킬 최고급 달성하고 나서 나오는 요리 스킬 퀘스트 중이에요."

"오오……!"

최고급 요리 스킬! 수많은 요리사 플레이어들 중 손에 꼽히는 플레이어들만 도착한 경지였다.

"부럽다. 난 아직도 고급인데."

태현은 부러워했다. 태현은 키워야 할 스킬들이 너무 많아 아직도 요리 스킬이 고급에 머물러 있었다.

"아니…… 그게 더 대단한 거 아닌가요……?"

"너 인마……."

주현영과 김태산이 황당한 눈빛으로 태현을 쳐다보았다.

요리사도 아닌 놈이 뭐 이리 스킬 레벨이 높아?

김태산은 가슴을 탕탕 치며 말했다.

"요리사 직업이면 귀찮게 구는 놈들 많을 텐데, 말하기만 해. 길드원들 보내줄 테니까!"

"아. 괜찮아요. 있긴 한데……."

"있어?!"

태현은 놀랐다. 누구지?

"요리사 랭커 한 분이 자꾸 길드 들어오라고 초대를 하시네요."

레스토랑 길드의 길마, 차오! 차오는 요즘 주현영에게 계속 길드 가입 권유를 하고 있었다.

"수상한데……."

"많이 수상하다."

김태산과 태현은 동시에 중얼거렸다. 아무리 봐도 수상쩍은 권유! 차오도 같은 요리사 랭커였다. 주현영을 견제하면 견제했지 초대할 이유가 없었다.

"그 자식 안 들어온다고 뭐 괴롭히는 거 아냐?"

"아뇨? 딱히 그런 거 없던데요?"

"뭐? 진짜? 못 알아챈 게 아니라?"

태현은 믿을 수가 없었다.

"남 탈락시키려고 요리에 독도 풀던 놈이잖아."

물론 그러는 태현은 심사위원을 납치했었지만, 지금 중요한 건 그게 아니었다.

"네. 그런데 진짜 별거 안 하던데요. 계속 제안만 보내고……."

레스토랑 길드는 규모를 키우려고 하고 있었다. 요즘 길드 동맹과 서운해진 게 많아지고 안에서 불만이 쌓이자, 차오 입장에서는 미래를 생각해야 했던 것이다.

'길드 동맹의 도움이 없어도 알아서 굴러갈 수 있을 정도가

되어야 해.'

제작 직업 길드의 장점은 압도적인 수입! 제작 직업 랭커가 하나 잘 만들어서 경매장에 올리면, 그 골드만으로도 어지간한 길드는 한 달을 굴릴 수 있었다. 그렇지만 랭커는 땅에서 솟아나거나 하늘에서 뚝 떨어지는 게 아니었다.

보통 다른 길드에 소속된 고렙 플레이어들이 성장해서 랭커가 되는 것. 그랬다. 랭커들은 다 소속 길드가 있었다.

그러니 찔러볼 만한 랭커들은 정말 손에 꼽는 것!

-길마님. 요리사 랭커가 많이 필요한 건 알고 있습니다. 그래서 파즈한테도 제안을 하고 있고요.

-그래서?

-근데 당근만 주지 말고 채찍도 휘둘러야 하지 않을까요?

당근과 채찍. 좋은 제안(당근)을 하되, 거절하면 방해하겠다는 협박(채찍)을 같이! 잘 먹히는 방법이었다.

그렇지만 차오는 쓸 수가 없었다.

-미친놈아…… 쟤 김태현하고 알고 지내잖아…….

차오는 미래가 보였다. 협박한다→주현영이 김태현에게 말한다→김태현이 달려온다→힉!

-협박했다가 일 커지면 네가 책임질 거냐?

-아…… 아니요.

-그렇지만 길드 동맹이 있는데 김태현이 건드릴까요?

-안 건드릴 거 같냐?

-……신경 안 쓸 거 같긴 하네요.

강제로 분노 조절이 되게 만드는 태현의 이름!

"뭐지? 반성하고 착해졌나?"

"그럴 리가 있나."

김태산은 말도 안 된다는 듯이 손을 흔들었다.

사람은 쉽게 변하지 않아!

"지금은 본색을 숨기고 있지만 나중에는 본색을 드러내겠지!"

"흠. 그럴 수도."

"내 생각에는, 나중에 본색을 드러낼 테니까 지금 미리 패는 게 낫지 않을까 싶다."

"아버지 생각이 맞는 것 같군요."

태현은 고개를 끄덕이며 김태산의 말에 공감했다. 어차피 나중에 본색을 드러낼 놈이라면 미리 패는 게 낫지 않을까?

주현영은 당황해서 말했다.

"아, 아니요. 딱히 폐를 끼치는 사람은 아닌데요."

"그게 다 준비과정인 거지! 더더욱 사악한 놈이군. 아주 속셈이 음흉해!"

김태산은 분개해서 무릎을 쳤다. 그 소란에 주현영의 어머니인 강현숙까지 나왔다.

"아이고, 사장님. 무슨 일이세요?"

"강 사장님! 제 말 좀 들어보십시오. 현영이가 하는 게임에 아주 나쁜 놈이 있는데……!"

김태산의 설명을 들은 강현숙이 분개해서 외쳤다.

딸의 유일한 취미생활을 괴롭히다니!

"그런 나쁜 놈이 있다니! 사장님이 따끔하게 혼을 내주세요!"

"맡겨만 주십시오. 어른으로서 젊은이들을 바른길로 안내하는 건 의무 아니겠습니까!"

김태산은 호탕하게 외쳤다.

CHAPTER 6

"음. 잘 해결됐을지 모르겠네."

"뭐가요?"

"아무것도 아니야. 다들 준비됐지? 평소 하던 것처럼만 하자고."

던전 공략 대회 준결승전! 이번 경기를 뚫으면 다음 경기는 이세연과 만나게 됐다. 물론 이세연도 이겨야 했지만, 태현은 당연히 이긴다고 전제하고 있었다.

설마 이세연이 지겠어? 지면 캡슐 부수고 게임 접어라!

그 시간에, 이세연도 비슷한 생각을 하고 있었다.

"선수들이 입장하고 있습니다!"

던전 근처에 몰린 방송사들과 플레이어들이 크게 함성을 질러댔다. 뒤에서 걸어오는 LK 라이온즈 선수들이 긴장한 눈빛으로 태현을 쳐다보는 게 보였다.

'저게 감독인가?'

감독과 코치 플레이어들은 딱 눈에 들어왔다. 숨길 수 없는 초보자의 복장! 고렙인 감독이나 코치도 있었지만, 저렇게 캐릭터만 만들고 키우지 않은 사람들도 꽤 됐다.

'?'

태현은 의아해했다. 주 감독이 태현을 보고 음흉하게 웃은 것이다. 무언가 꿍꿍이가 있고, 자신이 있을 때 나오는 사악한 웃음!

'뭐지?'

태현의 본능이 경고를 울렸다.

'그러고 보니 그때 빈센트가 경고했던 거 같은데……'

태현을 어떻게든 설득하려던 에이전트, 빈센트가 와서 했던 말들 중 이런 것도 있었다.

-김태현 선수. LK 라이온즈는 전 세계에서 봤을 때 별거 안 되는 팀이지만 거기 감독은 소문이 안 좋습니다. 더티하게 플레이하는 사람이라고 소문이 나 있죠.

-그렇군.

-하지만 걱정하지 마십시오! 제가 에이전트로 있는 한 제 선수들에게 그런 더티한 수작은 절대 할 수 없으니 말입니다. 그랬다가는 제 변호사들이 나설 것입니다.

-아, 예.

대화를 하다 보면 '그러니까 우리 에이전트로 와라'로 이어지는 빈센트! 숨길 의도 없이 저렇게 당당하게 까고 다니는 사람은 또 처음이었다.

A급 에이전트쯤 되면 저 정도 철판은 기본인 것!

'근데 던전 공략 대회에서 뭔 수작을 부릴 수가 있나?'

태현은 의아해했다. 아무리 생각해도 방법이 없었던 것이다. 외적으로 방해를 하면 모를까. 경기는 이미 시작 직전이었고, 태현 팀은 전부 다 모여 있었다.

뭐 어떻게 수작을 부릴지 전혀 상상이 가지 않았다.

'설마······.'

태현은 긴장했다. 여기서 지면 이세연을 볼 낯이 없었다.

이세연이 평생 비웃겠지!

'그건 절대 안 된다!'

긴장하자 태현의 집중력이 극도로 올라갔다. 그 모습에 케인은 경악했다.

'역시 김태현······! 절대 방심하지 않는구나! 나도 열심히 해야지!'

"팀 KL의 승리! 압도적인 승리입니다! 기록을 또 줄였어요!"

"김태현 선수는 실력을 숨기고 있었던 건가요! 어떻게 이렇게 달라지죠?! 전략은 그대로였습니다만, 차이점은 김태현 선수가 진짜 실력을 드러낸 거였습니다!"

알렉세오스의 버프 덕분에 태현의 능력은 몇 배로 늘어난 상태였다. 덕분에 LK 라이온즈만 불쌍하게 됐다. 기껏 공부하고 연습해 왔는데 상대가 갑자기 미쳐 날뛰고 있으니…….

'뭐야. 별거 아니었잖아.'

태현은 괜히 긴장했다 싶었다. 뭔가 있는 줄 알았는데.

"LK 라이온즈도 만만치 않았어요! 이전 기록을 훌쩍 뛰어넘었으니까요."

"졌지만 잘 싸웠습니다. LK 라이온즈! 완벽에 가까운 플레이였습니다."

주 감독은 오만상을 찌푸리고 있었다. 그렇게 했는데도 지다니!

'김태현 저놈은 대체 뭐 하는 놈이야?! 저놈도 약을 한 건가?!'

그랬다. LK 라이온즈의 숨겨진 비책. 그것은 도핑이었다.

다른 스포츠와 달리 E스포츠는 비교적 약물에 허술하다는 인식을 찌른 것! 승리에 물불 안 가리는 주 감독은 반응속도와 집중력 관련된 약물을 갖고 와 실험에 들어갔다.

그 결과는 놀라웠다. LK 라이온즈가 태현의 팀과 맞먹을 정도의 기록을 낸 것이다. 그런데 갑자기 상대가 미쳐 날뛰더니 자기 기록을 훌쩍 넘겨 버렸다.

도저히 납득이 가지 않는 상황.

'정말로 실력을 숨기고 있었나? 상대방 경기도 못 보는 이런 토너먼트 대회에서? 그게 말이 되나?'

"어. 팀장님. LK 라이온즈 선수들 캡슐에서 이상한 기록이 나왔는데요."

"뭔데? 잠깐만…… 이거…… 설마 약물이냐?"

주 감독은 판온의 기술력을 너무 우습게 보고 있었다. 캡슐 안에 들어가면, 안의 사람 상태 정도는 당연히 체크했다.

평상시에는 이런 걸 다 일일이 확인하진 않지만, 대회 때에는 선수들의 상태를 따로 뽑아서 확인했다.

그 과정에서 나온 결과!

"이것들이 미쳤나?!"

간덩어리가 배밖에 나온 짓! 더 놀라운 건 이러고 진 거였다.

'사람들이 뒤집어지겠군.'

처음으로 터진 판온 E스포츠계의 도핑 사건도 도핑 사건이지만, 그걸 아무렇지 않게 이긴 김태현도 김태현이었다.

E스포츠계에서 이런 부정사건이 처음 있었던 건 아니었지만, 보통 하고서도 지는 쪽은 드물었다.

'새로운 전설이 만들어지겠군……'

약 빤 상대 선수들을 실력으로 압살했으니, 사람들의 열렬한 반응은 보지 않아도 예상이 갔다.

"위에 보고하고, 감독한테 연락할 준비 해. 발표하기 전에 말은 해야겠지."

[충격! LK 라이온즈 도핑…….]

[LK 라이온즈의 도핑은 누가 지시했나?]

[주 감독 '나는 그런 걸 지시한 적이 없다'고 밝혀…… 선수들의 단독행위…….]

[김태현 선수와 LK 라이온즈 선수의 반응 속도 비교…… 놀랍게도 김태현 선수 우위로 밝혀져.]

다음 날이 되자 바로 공식 발표가 뜨고 기사들이 쏟아져 나왔다. 충격 그 자체!

"어?! 얘네 도핑했었어?! 이런 치사한 놈들!"

케인은 깜짝 놀랐다. 나중에 경기 끝나고 방송 보니까 엄청 잘하길래, '와, 이 자식들 진짜 연습 열심히 했구나. 반응이 칼같고 딱딱 맞는 게 정말 대단하다. 스스로가 부끄러워진다!'고 반성했는데…….

그게 약빨이었다니. 갑자기 배신감이 느껴졌다.

그사이 일어난 태현이 하품을 하며 걸어 나왔다.

"뭐 하냐?"

'근데 이 자식은 약 빤 놈들보다 어떻게 반응이 빠른 거지?'

인간 맞나?

"헉. 얘네 약했어?!"

태현은 놀랐다. 어쩐지 잘하더라!

'이 자식들 엄청 열심히 연습했다고 생각해서 케인을 구박했는데…….'

경기가 끝나고 태현은 놀랐었다. 이긴 건 이긴 거지만, 태현 팀이 기록을 줄이지 않았다면 위험했었을 수도 있었던 것이다.

'아. 내가 케인을 좀 더 채찍질했다면' 하고 스스로 반성했었는데…….

살짝 미안해지는 마음!

"뭔 약인지는 모르겠지만 효과가 대단하긴 하군."

"그, 뭐시냐. 반응속도하고 집중력하고 이것저것 올려주는 약이래."

"지능도 올려주나?"

"지능은…… 아닐걸?"

"행운은?"

"……이게 게임에 나오는 약이냐!"

케인은 어이가 없었다. 뭘 묻는 거야?

"생각보다 별로군. 그거 두 개 달랑 올려주는 거면."

그거 두 개 달랑 올라간 팀이 어떤 성적을 냈는지 생각해 보면, 별로란 말을 할 수가 없었다. 다들 기본 실력이 있고, 기본 레벨이 되는 프로들 사이에서는 약 한 방에 실력이 확 느는 것이다. 혹하지 않는 게 이상했다.

'저놈 빼고.'

솔직히 태현이 약을 먹는다고 더 반응이 빨라질 것 같지는 않았다. 저기서 더 빨라질 수가 있나?

"이번 사건 때문에 LK 라이온즈는 해체될 거 같더라. 나름대로 역사 있는 팀이었는데……."

모기업의 지원이 주는 상황에서 성적도 못 내고, 이런 치명적인 스캔들을 냈으니……. 수많은 게임단들이 들어서고 있는 판온. 슬슬 하나씩 탈락되어 가는 게임단들이 나오고 있었다. E스포츠의 전통적 강국인 한국도 예외는 아니었다. 아니, 오히려 한국이 더 불리한 면이 있었다.

미국이나 중국 쪽 게임단보다 자금력이 밀리고 규모에서 밀리니, 아무리 뛰어난 한국 선수들이 많이 나와도 해외로 많이 유출됐다. 해외 유명 게임단 중 한국 선수 한 명 없는 게임단은 드물 정도!

그렇지만 국내 팬들은 '자금에 밀리고 규모에 밀려서 어쩔수 없었습니다'란 변명을 들어줄 만큼 호락호락하지 않았다.

팬들도 뛰어난 선수, 강한 게임단을 좋아하게 마련. 덕분에 나름의 역사가 있던 게임단들도 변화에 적응하지 못하고 허덕이고 있었다.

지금 국내 게임단 중 판온에 성공적으로 자리 잡았다고 평가받는 건 아이러니하게도 유성 게임단과 팀 KL이었다.

한때는 '유성했다'라는 말이 비웃음으로 쓰였을 정도로 패배의 아이콘이었던 유성 게임단! '회장이 판온 경기 직접 보는 거 아닌가?' 하는 소문이 돌 정도로 파격적인 지원을 받더니, 이세연의 리더십으로 그만한 성적을 내고 있었다.

그리고 시작 당시에만 해도 '선수들로만 구성된 게임단이 굴러가느냐', '자금이 부족하고 유지하기 힘들어서 오래 못 갈 거다', '괜히 프로 팀들이 지원받아가면서 감독 따로 두고 코치 따로 두는 게 아니다' 같은 말들을 들었던 팀 KL.

작지만 강한 팀이라는 이미지를 확고하게 보여주며 연전연승하고 있었다. 덕분에 다른 대형 게임단 입장에서는 죽을 맛이었다.

-팀 KL은 지원 저렇게 받고 저렇게 성적 내는데 너희들은 뭐 해!
-팀 KL을 본받아봐라! 돈 한 푼 안 받았는데 성적 내고 마케팅하고 광고까지 다 하잖아!

지원해 주는 기업 입장에서는 팀 KL 같은 게임단이 탐이 날수밖에 없었다. 물론 위에서 까이는 감독 입장에서는 그만큼 억울한 것도 없었다.

'시×놈들아…… 그러면 김태현 같은 선수를 영입해 주던가…….'

태현이 이상한 거지 그들이 잘못한 게 아니었던 것!

"선수들은?"

"나와서 뭐 알아서 살겠지? 다들 레벨 높으니까 개인 방송을 한다든가…… 어. 너 전화 왔는데."

태현은 핸드폰을 꺼냈다.

"아, 네. 광고요? 한동안은 그냥 게임에 집중하고 싶은데요. 돈이요? 아뇨. 안 모자라는데요."

케인은 태현의 대화를 들으며 부럽다고 생각했다. 나도 전화를 받으면서 저런 쿨한 반응을 보여주고 싶다! 어떻게 '광고 들어왔는데 찍을 생각 없냐'란 전화에 저렇게 반응할 수가 있지?

전화를 하고 있던 태현의 얼굴에 곤란한 빛이 드러났다.

"어…… 음. 그건 좀 생각해 봐야겠는데요."

'무슨 일이지?'

"예. 알겠습니다."

태현은 전화를 끊고 난감한 표정으로 케인을 쳐다보았다. 케인은 겁부터 덜컥 났다.

"헉…… 왜? 무슨 문제야?"

"그게…… 음……."

"설, 설마 나 때문이야? 팬들이 나 자르래? 다, 다음 경기부터 정말 열심히 할게!"

되레 스스로 찔린 케인! 이번 경기에서 태현이 미친놈처럼 날뛰는 동안 뒤에서 창과 발사대만 들고 움직인 탓에 '나 뭐 하는 게 없는 것 같은데…….'라고 생각했던 케인이었다.

실제로 게시판에서 몇몇 리플은 '케인 하는 거 없이 업혀 가네'라고 달려 있었다. 물론 그런 리플은 아주 소수였지만, 선수에게는 크게 느껴졌다.

"아니. 그런 건 아니고…… 그보다 너 열심히 안 했었냐?"

뜨끔!

"광고 제의가 들어왔는데, 이번에는 나한테 들어온 게 아니라 팀 전원한테 들어왔어."

태현 개인이 아닌, 팀 KL 전원을 대상으로 한 광고 제안!

케인은 울며 매달렸다.

-이번 한 번만 찍게 해주면 하라는 거 다 할게! 뭐든 먹으면 되잖아!

-그거 어차피 먹어야 할 건데 뭘…… 그리고 내가 너한테 안 좋은 거 줬냐?

-더 적극적으로 먹을 테니까!

-아니, 거절하려고 하지도 않았어. 팀으로 들어왔으니까 너희 의견도 들어봐야지.

물론 다른 사람들은 모두 다 찬성이었다.

"광…… 광고! 제가 말입니까?"

"들어올 때가 되긴 했지."

정수혁과 최상윤은 각자 다른 반응을 보였다.

"너도 광고 꽤 달지 않나?"

"그건 찍은 게 아니라 단 거고……."

최상윤은 자기 개인 방송에 광고를 달았던 적도 있었다. 사실 이들 중에 태현을 제외하면 개인 방송으로는 가장 인기가 높았던 게 최상윤!

"광고요? 조금 부끄럽긴 한데요……."

이다비는 살짝 주저했다. 태현은 핸드폰으로 메시지를 하나 보냈다.

"이게 뭔가요?"

"출연료."

"이, 이, 이…… 이만큼을 나눠 가지는 건가요?"

"아니. 각각."

이 정도면 파워 워리어 광고 계정의 반년 수입치!

"나갈게요!"

"그래. 나가고 싶다면야."

"받아서 드리고 싶어요!"

"아니. 그건 아니지. 그걸 왜? 남들 들으면 팀장이 돈 뺏는다고 소문나겠다."

"나…… 나는 못 준다?"

케인은 주저하며 말했다. 진짜 달라고 하면 어쩌지? 줘야 하나?

"가져갈 생각도 없었어 이 자식아…… 그보다 용케 수락을 하네. 난 케인이 거절할 줄 알았는데."

"?"

"무슨 광고인지 못 들었나? 아. 내가 말을 안 해줬군."

"무슨 광고인데?"

최상윤은 의아해하며 물었다. 그러나 케인은 신이 나서 듣고 있지도 않았다.

"잘…… 잘 부탁드리겠습니다!"

"내가 잘 부탁해야지. 요즘 가장 잘나가는 게임단 선수들하고 계약하는데."

이동팔 대표는 상냥하게 웃으며 케인과 악수를 해줬다.

태현 팀의 선수들도 앞으로를 대비해 회사와 계약을 할 필요를 느꼈던 것이다. 광고뿐만 아니라 각종 방송에 출연을 할 때를 대비한 계약!

이런 부분에서는 SI 엔터가 확실히 전문이었다.

이동팔은 흐뭇한 눈으로 태현을 쳐다보았다.

볼 때마다 쑥쑥 크는구나! 계약할 때만 해도 이 정도로 클 줄은 몰랐는데!

'나하고 대할 때와 태도가 좀 다른 거 같지 않나?'

태현은 속으로 생각했다. 느끼하고 당당하던 태도는 어디 가고, 케인한테는 많이 친절한 모습이었다.

이동팔은 태현에게 속삭였다.

"그야 저 친구는 심하게 대하면 겁먹을 거 같으니까."

속마음을 읽어?!

"그보다 김태현 선수가 정말 최고야. 앞으로 광고도 많이 많이 나가고 그럴 거지?"

"아뇨. 지금 대회가 몇 개인데……."

"아. 이제 좀 있으면 리그 시작이군. 우리 조카가 자기 SNS 프로필에 〈김태현 타도〉라고 적어놓은 거 봤어?"

"어? 그런 프로필을 썼다고요?"

"아차. 가족들한테만 공유하는 계정이었지."

이세연 이 속 좁은 자식!

태현은 속으로 욕했다. 이동팔은 케인을 보며 말했다.

"저 친구, 처음 광고인데 그런 웃기는 컨셉을 받아주다니. 참 마음이 넓고 그릇이 넓은 친구야. 다른 선수들은 폼 잡는 광고를 찍고 싶어 하는데."

"흠…… 뭐 그럴지도……."

태현은 케인을 빤히 쳐다보았다.

'저거 광고 내용도 제대로 안 읽고 사인하는 거 같은데……'

케인은 신이 나서 사인을 한 다음 말했다.

"이제 가서 메이크업 받으면 되나요?"

"응? 우리 광고 판온 안에서 찍는 거잖아."

"어?"

"게임 안에서 캐릭터로 찍는 거 몰랐어?"

"앗. 그랬구나."

케인은 놀랐지만 곧 받아들였다. 어쨌든 광고는 광고니까.

'게임 캐릭터면 더 멋있게 나오겠군!'

"케인 씨. 저는 케인 씨가 거인으로 변신해서 악마를 쓰러뜨린 그 영상을 감명 깊게 봤습니다."

"아. 그거 명장면이었죠. 후후."

케인은 촬영 감독 앞에서 뿌듯해했다.

아! 그 장면 아시는구나! 수도에 나타난 악마 공작. 그 악마 공작을 상대하기 위해 융합체 거인으로 변신한 케인!

물론 그 뒤에는 태현이 억지로 정수를 먹이고 먹였다는 사정이 있었지만, 사람들 눈에는 그렇게 보이지 않았다.

"싸우기 직전에 우렁차게 먹는 케인 씨를 보는 순간 저는 감이 왔습니다. 이거다!"

"?"

"게다가 케인 씨나 김태현 씨가 판온에서 타고 다니는 게 뭡니까? 오토바이 아닙니까?"

"……그렇죠?"

"저희 광고를 위해 태어난 것이나 다름없습니다!"

케인은 갑자기 걱정이 되어 태현에게 귓속말을 보냈다.

-야. 우리 광고 찍는 거 뭐냐?

-응? 배들의 신족 광고인데. 배달 어플 너도 자주 쓰잖아.

케인은 사색이 되어 광고 컨셉을 읽기 시작했다.

-케인을 제외한 나머지 넷이 치열하게 보스 몬스터와 싸우는 사이, 케인은 오토바이를 타고 달려서 음식을 받아온다. 그런 다음 맛있게 먹고 거인으로 변신해서 싸운다!

주연은 주연인데 뭔가 좀……. '폼이 안 나잖아!'

"마음에 안 드세요?"

"마…… 마음에 안 드는 게 아니라…….."

-케인.

-?

-출연료를 생각해라.

"……너무 마음에 듭니다!"

케인은 그 순간 깨달았다. 이것이 자본주의의 힘!

"브라보! 브라보! 최고입니다. 케인 씨! 연기라고는 생각할 수 없군요!"

감독도 만족하고 광고주도 만족하고 선수들도 만족하고 팬들도 만족하는 광고가 완성! 그러나 케인은 고개를 절레절레 저었다.

'이래서 김태현이 광고 찍기를 싫어하는구나!'

물론 이유는 달랐지만…….

케인은 통장을 열어보았다. 착잡했던 마음이 출연료를 보니 사르르 녹아내렸다.

'후. 다시 생각해 보니 광고도 참 좋은 것 같아.'

좀 웃기면 어떤가. 사람들을 웃게 만들 수 있으면 그것도 좋은 거겠지!

우우웅-

그 순간 케인에게 전화가 걸려왔다.

-케인 씨?

"누구세요?"

-안녕하세요. 광고 때문에 전화를 드렸는데. 혹시 통화 가

능하신가요?

"앗. 네."

-이번에 케인 선수가 나온 광고 너무 재밌게 봤습니다. 저희 사장님께서 그걸 보고 꼭 케인 선수한테 맡기고 싶어하셔서 이렇게 전화를 드렸는데……

"……잠깐. 근데 무슨 광고죠?"

케인은 교훈을 얻은 상태였다. 계약서는 읽고 사인하자!

-치질방석 광고입니다.

"……네?"

-치질방석 광고요.

케인은 잠시 멈칫했다. 예전이라면 바로 거절했겠지만, 케인은 이제 달라졌다.

"출연료가 얼마죠?"

대답을 듣고 나자 케인은 침묵했다. 그리고 대답했다.

"……하겠습니다!"

"히히힉. 돈이 최고야. 돈이 최고라고."

"얘 왜 이래?"

"광고 찍고 나서 좀 사람이 이상해졌어요."

태현 일행은 알렉세오스의 던전을 나와 이동하고 있었다.

알렉세오스가 알려준, 권능이 있는 지도를 향해!

"저…… 저희도 같이 가도 됩니까?"

베이징 파이터즈 선수들은 조심스럽게 물었다. 마음 같아서는 계속 같이 다니고 싶었지만, 과연 태현이 허락해 줄까?

"물론이지. 너희가 같이 다니면 폭탄…… 아니, 든든하잖아."

"김태현 선수!"

"흑흑! 평생 존경하겠습니다!"

"근데 도동수는 어디 갔냐?"

"어? 도동수 씨 어디 갔어?"

"그러게?"

"……던전에 두고 나온 거 아냐?"

케인은 주저하며 물었다. 그러자 선수들은 '아!' 하는 표정을 지었다.

"어떡하냐? 다시 가서 데리고 나와야 하나?"

케인은 그렇게 말했다. 그러자 베이징 파이터즈의 선수들은 까르르 웃기 시작했다.

"하하하! 농담도!"

"케인 선수는 농담도 잘하십니다."

"……농담 아닌데?"

"예!? 농담이 아니었다고요!? 아니, 케인 선수는 도동수 씨 뭐가 예쁘다고 그렇게 챙겨주시는 겁니까?"

선수들은 놀랐다. 아무리 생각해도 케인은 도동수에게 잘해줄 이유가 없었던 것이다. 도동수도 실제로 김태현 욕할 때 케인도 같이 욕하던데!

'그러게?'

케인은 왜 그러나 생각해 보았다. 그러자 곧 이유를 알 수 있었다.

'아⋯⋯!'

동병상련! 맨날 태현에게 깨지고 당하는 도동수가 왠지 모르게 안쓰러웠던 것이다.

'후. 나란 사람은 참 착하군.'

"너희들은 같은 팀이잖아. 데리고 가야 하지 않아?"

"저희는 팀이지만 경쟁자입니다."

"맞아요. 자기 일은 자기가 알아서 해야죠. 솔직히 우리 중 한 명이 낙오됐어도 도동수 씨가 챙기러 왔을지는⋯⋯."

서로에 대한 굳은 신뢰! 선수들이나 도동수나 서로 그렇게 믿지 않았다. '저놈 내가 고꾸라져도 알아서 무시하고 잘 살겠지' 정도의 생각!

"그리고 도동수 씨 정도의 랭커면 알아서 잘 나오시겠죠."

"맞아. 나름 팀 최고수잖아."

'아까 던전 보니까 도동수한테만 가혹하던데⋯⋯.'

그래도 케인은 머뭇거렸다. 그러자 선수 중 한 명이 입을 열었다.

"케인 선수. 음. 이런 이야기 드리기는 죄송한데⋯⋯."

"?"

"도동수 씨가 뒤에서 케인 선수 되게 욕했거든요. 김태현 선수랑 같이."

"……."

"케인 선수가 챙겨주시는 게 좀 안타까워서 말씀드려야 할 것 같았습니다."

"두고 가자!"

케인은 빠르게 결정을 내렸다. 태현 일행은 감탄했다.

"역시 케인 선수!"

"광고도 재밌게 봤습니다!"

"……광고 이야기는 하지 말자."

"뭐, 인터뷰 때 할 이야기 많고 좋지. 분량 없어서 묻히는 것 보단 낫잖아?"

태현의 말에 케인이 움찔했다.

"어…… 뭔 인터뷰?"

"뭔 인터뷰냐니. 너 지금 대회 결승 앞둔 선수잖아. 인터뷰 안 해? 대회 처음 나온 것도 아니고, 저번에도 했었잖아."

케인의 얼굴이 새파랗게 질렸다.

"언, 언제 하는데?"

"그게 언제더라……."

언제 하든 간에 일단 치질방석 광고 이후에 하는 인터뷰!

케인은 직감했다. 인터뷰 때 무조건 질문으로 나온다!

'크아아악!'

"그런데 사람이 좀 많은 거 같다?"

"그러게……?"

케인은 주변을 두리번거렸다. 아스비안 제국이 열리고, 수많은 플레이어들이 찾아왔다지만…….

너무 많은 거 아니야?

지금 일행이 있는 곳이 도시도 아니고, 유적으로 가는 황량한 사막 위였다. 있는 거라고는 길과 모래밖에 없는 곳인데 왜 이렇게 사람이 많지? 어디 뭐 좋은 던전이라도 떴나?

"습격이네."

"뭐?!"

태현은 가장 먼저 알아차렸다. 산전수전공중전까지 다 겪은, 판온에서 전투 경험 많은 걸로 치면 무조건 손가락 안에 들어가는 사람! 그런 태현을 속일 수는 없었다.

'주변에 얼마나…… 와. 미친. 쫙 깔렸군. 뭐야?'

태현은 스킬을 사용해 주변을 확인했다. 이 넓고 넓은 사막에 새까맣게 사람들이 몰려오고 있었다. 지금 태현 일행 위치에서는 안 보이는 언덕 뒤에서도 웅성거리며 대기하고 있는 파티들이 있을 정도!

다들 태현 일행과 눈을 안 마주치려고 슬금슬금 이동하고 있었지만 티가 안 날 수 없었다. 저들은 태현 일행을 노리고 있었다.

'노리는 건 좋은데 이유가 궁금하군.'

파티 하나가 태현한테 '원수!' 하면서 덤벼들면 태현도 '아. 그럴 수 있지' 했을 것이다.

그러나 파티 수십, 수백이 덤벼들면? 그건 뭔가 이유가 있어야 했다. 갑자기 그렇게 모이는 데에는 이유가 있었다.

"태현 님! 길드 동맹이…… 현상금을 걸었어요!"

"뭐? 또? 아니, 그보다 아직도 안 걸었어?"

새삼스러운 말에 태현이 더 놀랄 정도! 아직까지 안 걸었다고?

"아뇨. 이제와는 좀 달라요."

현상금. 판온 1에서부터 이어져 내려온 역사 깊은 전통이었다. 길드가 플레이어 한 명을 조지려고 해도, 사실 길드 입장에서도 문제가 있었다.

길드원들이 플레이어 한 명을 쫓아다녀야 하는 것이다. 길드원들도 해야 할 게 많은데! 게다가 판온은 워낙 넓어서 작정하고 튀면 찾기도 힘들었다.

그럴 때 쓰는 게 현상금이었다. 현상금을 걸면 돈에 눈이 먼 플레이어들이 알아서 길드의 눈이 되어주고 귀가 되어줬다. 현상금을 높게 걸면 걸수록 효과는 몇 배로 증가!

당연히 태현한테도 현상금이 꽤 걸려 있었다. 그러나 이제까지는 아무 의미가 없었다.

저걸 어떻게 잡아?

태현의 전적을 본 플레이어들이 먼저 질려서 포기한 것!

아무리 일확천금이 좋아도 그렇지 가능성이 있어야 뭘 할 것 아닌가. 태현한테 덤빈 랭커들이 쓸려 나가는 영상들은 더더욱 태현을 피하게 만들었다.

그러나 이번에는 달랐다.

김태현 한 대만 맞춰도 준다. 김태현 퀘스트 방해만 해도 준다. 가서 몸으로 막든 시간을 끌든 뭐만 해도 현상금 준다! 김태현과 같이 다니는 놈들도 마찬가지다. 그놈들 한 대만 맞춰도 현상금 올라간다! 성과 많을수록 더 준다!

이제까지 없었던 파격적인 조건! 거의 퍼주는 것이나 다름없는 현상금이었다. 물론 현상금을 건 쪽은 길드 동맹이었다.

'이 자식들 골드가 감당이 되나? 안 그래도 골드 없어서 허덕이는 걸로 알고 있는데.'

태현은 사실을 알자마자 의문부터 들었다.

저런 식으로 하면 골드가 기하급수적으로 들 것이다.

골드가 어디서 났대?

'이 자식들 설마…… 먹튀를……'

판온 1에서도 양아치들이나 하는 바로 그 짓! 현상금 걸고 안 주기! 한번 하면 정말 게임 끝날 때까지 욕을 먹는…….

'근데 생각해 보니 게네는 이미 양아치였지.'

하는 짓을 생각해 보니 이미 충분히 양아치였다. 판온 1때 소문 안 좋았던 대형 길드들의 발전형! 다른 길드 협박해서 삥뜯기, 선전포고 없이 기습 공격해서 영지 점령하기, 길드원 제외하고 세금 몇 배로 뜯기, 기타 등등…….

'근데 진짜 먹튀하나? 와. 그런 거면 좀 보고 싶긴 한데.'

솔직히 태현도 '설마 거기까지 가나?' 싶을 정도!

수단과 방법을 가리지 말고 김태현을 막아라!

대규모 전쟁이 터지자 길드 동맹은 비상이 걸렸다. 그중 하나가 태현을 막는 것이었다.

-아스비안제국 갔는데 괜찮지 않을까요? 너무 걱정이 과한 거 아닌…….

-저 새끼 끌어내!

-?!

새로 올라온 길드 간부 하나는 입 하나 잘못 놀렸다가 바로 쫓겨났다. 모두가 동의했다.

-김태현은 분명 낀다! 그놈이 안 낄 리가 없다!

그렇다면 어떻게 막아야 하는가? 지금 길드 동맹 전력은 김태산과 기타 등등을 처리하기 위해 모이고 있었다.

김태현 척살대가 있긴 했지만 이 전력을 태현한테 쓰는 것 자체가 손해였다.

'김태현하고 붙으면 최소한 반은 박살이 날 테니까…….'

최대한 전력을 아껴야 하는 상황!

그 결과 나온 아이디어가 현상금이었다.

-현상금은 어떨까요?

-김태현한테 현상금 걸어봤자 누가 가?

-그야 목을 따와야 준다고 하니까 그렇죠. 한 대만 쳐도 주고, 가서 길만 막아도 준다고 하면 다들 몰려가지 않을까요?

-그럴듯하긴 한데…… 돈은 누가 내냐?

-처음에만 조금 주다가 나중에 안 주면 되죠.

-??

-너…… 천재냐?

길드 동맹 간부들도 경악할 악마적인 아이디어!

-아, 아니. 잠깐만. 저거 저래도 돼?

-뭐 어때. 지들이 어쩌겠어.

-맞아. 처음에만 좀 챙겨주면 다들 몰려들 거 아냐. 그 뒤에는 적당히 시간만 끌자고.

-어떻게든 김태현은 막아야 할 거 아냐! 네가 막을 거야?

-그…… 그렇긴 한데…….

뭐라도 해야 한다! 절박한 길드 간부들은 결국 현상금을 통과시켰다.

"피해야 하지 않나?"

"피해야 할 것 같습니다. 빠져나간 다음 각자 변장하죠."

태현 일행은 변장에도 능했다. 한 번 빠져나간 다음 변장해서 다른 플레이어로 위장해 버리면 어지간해서는 찾기 힘들었다.

그러나 태현은 고개를 저었다.

"아니야. 한 번 오냐오냐해 주면 버릇 나빠진다."

원래 저럴 때 쓰는 단어인가? 다른 사람들은 고개를 갸웃거렸다.

"한번 제대로 보여줘야 다음에 안 덤비지."

"태현 님. 경험치랑 아이템 챙기려고 그러시는 거죠?"

이다비는 태현의 속마음을 알아차렸다.

"사실 그것도 있지."

"잠깐, 김태현 선수! 저는 길드 동맹과 친분이 있습니다. 제가 말하면 분명 들어줄 겁니다. 김태현 선수가 나쁜 사람이 아니라는 걸!"

"어…… 그, 그래. 한 번 해보던가."

태현은 말리지 않았다. 물론 될 리가 없다고 생각했지만 저건 자기 자유였으니까.

베이징 파이터즈 선수는 귓속말을 보냈다.

-저기, 내가 지금 김태현 선수와 같이 뛰고 있는데…….
-이런 배신자 새끼. 죽어라!

[현재 차단되어……]

"……."

"뭐라디?"

"아…… 아무것도 아닙니다."

'거절당했군.'

'욕 먹었나 봐.'

"자! 이동하자!"

태현은 아무 일도 없었던 것처럼 이야기를 돌렸다. 베이징 파이터즈 선수는 어깨를 축 늘어뜨렸다.

"일단 가장 가까운 던전으로 가자고. 이런 넓은 곳에서 싸울 수는 없으니까."

다수 대 소수로 싸울 때는 지형 선정만큼 중요한 게 없었다. 안에서 치고 빠질 수 있는 깊은 던전은 태현이 애용하는 곳!

'신경 쓰여!'

케인은 짜증을 냈다. 주변에 몰린 플레이어들이 신경이 쓰였던 것이다.

"저 자식들 왜 안 덤비는 거야? 눈치 보는 건가?"

"그야 가장 먼저 덤비는 사람이 죽을 테니까요."

"아……."

케인은 납득했다. 아무리 현상금을 퍼주더라도, 죽는 걸 좋아하는 사람은 없었다. 그러니 누구 먼저 한 명 덤비기를 기다리고 있는 것이었다.

'아무나 시작 좀 해봐!'

'가장 먼저 갔다가 김태현한테 얼굴 기억되면 어떡하냐. 네가 먼저 가라.'

'원거리 직업 뭐 해? 시작하면 나도 같이한다.'

태현 일행의 동작 하나하나에 주변에 몰린 플레이어들이 움찔거렸다. 금방이라도 터질 것 같은 긴장된 분위기!

"앗. 이거 그냥 넘어갈 수 있는 거 아니야?"

케인이 희망찬 목소리로 물었다. 그러자 태현이 고개를 저었다.

"이렇게 모였는데 그건 아니고…… 당연히 덤비겠지. 저렇게 사람이 많은데 아무도 안 쏘겠냐. 옆에 있는 사람 믿고 화살 당기는 놈 무조건 나온다."

"나오면 제가 죽여 버릴게요!"

"그, 그래. 고맙다?"

유지수의 열렬한 반응에 태현은 살짝 당황했다.

탁-

일행은 어느새 가까운 던전 입구에 도착했다. 폐허가 된 사원 형태의 던전이었다.

'음…… 지하도 있는 거 갖고. 이 정도면 괜찮겠네.'

태현은 빠르게 견적을 냈다. 크기 자체도 넓은 데다가 안으로 들어가면 지하층도 있는 것 같았다. 남 괴롭히기는 딱 좋다!

"야. 들어가려고 하잖아!"

"들어가면 진짜 곤란해져! 잡아야 해!"

태현 일행이 던전 앞에 도착하자 모여 있는 플레이어들도 안

달이 났다. 한 대만 때리면 골드가 두둑하게 들어오는데!

"젠장! 내가 쏜다!"

결국 플레이어 중 한 명이 화살을 들었다. 태현을 잡을 생각은 없었다. 한 대 맞춘 다음 그걸로 현상금이나 받을 생각!

'맞아라!'

쉭!

"!"

"쐈, 쐈다!"

"이제 들켰어! 싸워야 해!"

웅성거림에 케인은 짜증스럽게 외쳤다.

"아까부터 알고 있었거든 이 자식들아!"

"역, 역시 케인! 눈치채고 있었나!"

"이렇게 빙 둘러싸고 눈치 못 챈다는 게 말이 되냐!"

"태현 님. 뭐 하세요?"

"응. 아. 스킬 쓰려고 잠깐 장비 바꾸고 있었지."

태현은 차고 있던 장비들 중 방해되는 걸 해제했다.

그리고 스킬을 사용했다.

To Be Continued

흙수저 판타지 장편소설

회귀자
사용설명서

어느 날, 이세계로 소환되었다.

짐승들이 쏟아지고, 믿을 수 없는 위기가 닥쳐오나.
가지고있는 재능은 밑바닥.

[플레이어의 재능수치는 최하입니다.]
[거의 모든 수치가 절망적입니다.]

선택받은 용사든, 재능 있는 마법사든,
시간을 역행한 회귀자든.
모든 것을 이용해야 한다.

살아남기 위해.

"쓰레기면 뭐 어떻습니까. 살아남기 위해서
뭔 짓인들 못 하겠어요?"

만 년 만에
귀환한
플레이어

나비계곡 퓨전 판타지 장편소설
WISHBOOKS FUSION FANTASY STORY

어느 날, 갑작스럽게 떨어진 지옥.
가진 것은 살고 싶다는 갈망과 포식의 권능뿐.

일천의 지옥부터 구천의 지옥까지.
수십만의 악마를 잡아먹고 일곱 대공마저 무릎 꿇렸다.

"어째서 돌아가려 하십니까?"
"김치찌개가… 김치찌개가 먹고 싶다고."

먹을 것도, 즐길 것도 없다.
있는 거라고는 황량한 대지와 끔찍한 악마뿐!

"난 돌아갈 거야."

「만 년 만에 귀환한 플레이어」